他生出来就是为了
去寻找他比的半圆

Best Time
白马时光

原来这就是特写片和肥皂剧的区别。特写片里，爱恨都在一瞬间，那么疯狂，那么激烈。卻悬一线的时候，根本由不得半点犹豫。命运在推着你走，你只能承受。

可是肥皂剧呢？肥皂剧才是真实的生活。在真实的生活里，人是另一种活法。活在迷雾里，活在十字路口，活在无法喘息的重压，被太多的琐事磨平了棱角，绊住了手脚，不敢往前，也不敢往后，害怕得到，也害怕失去。

艳山姜 著

基因迷恋（上）

图书在版编目（CIP）数据

基因迷恋 / 艳山姜著 . —南昌：百花洲文艺出版社，2024. 8. — ISBN 978-7-5500-5675-6

I.I247.5

中国国家版本馆 CIP 数据核字第 2024DK7661 号

基因迷恋
JIYIN MILIAN

艳山姜 著

出 版 人	陈 波
出版统筹	李国靖
责任编辑	程昌敏 曲 直
特约编辑	张 丝 黄志瑛 陆珍珠
封面设计	山河长诀
版式设计	白马时光
出版发行	百花洲文艺出版社
社 址	南昌市红谷滩区世贸路 898 号博能中心 I 期 A 座 20 楼
邮 编	330038
经 销	全国新华书店
印 刷	三河市金元印装有限公司
开 本	880mm×1230mm 1/32
印 张	16.5
字 数	521 千字
版 次	2024 年 8 月第 1 版
印 次	2024 年 8 月第 1 次印刷
书 号	ISBN 978-7-5500-5675-6
定 价	69.80 元（全二册）

赣版权登字：05-2024-175

版权所有，侵权必究

发行电话 0791-86894752　　网 址 http://www.bhzwy.com

图书若有印装错误，影响阅读，可向承印厂联系调换。

基因匹配检测报告
GENETIC TEST REPORT

检测报告编号：JY254698955221236

检测人： 陈松虞
检验类型： 基因匹配度
检测机构： K星基因检测中心

检测流程

- 虹膜识别 ◎
- DNA采集 ◎
- 基因匹配 ◎
- 脑电波扫描 ◎
- 系统检索 ◎

检测结论

检测结论	陈松虞—匹配对象—池晏	100%

说明

1、根据《帝国婚姻法》条例规定，所有成年公民在结婚前每年都必须进行基因匹配测试。
2、《帝国婚姻法》禁止基因匹配度低于60%的伴侣结婚。

检测人签名：*陈松虞*　　医师签名：*胡*

CONTENTS 目录

拍摄计划 SHOOTING SCHEDULE

	第一章	基因悸动	001
	第二章	追逐与心跳	026
	第三章	我的导演	049
	第四章	无可挽回的宿命	077
	第五章	底牌	104

基因迷恋
JIYIN MILIAN

🎬	第六章	同谋者	132
🎬	第七章	他的月亮	158
🎬	第八章	风波	186
🎬	第九章	她不属于任何人	211
🎬	第十章	流行的云	238

她是他的月亮，
他是她的创作母题。

第一章
基因悸动

十八岁那年,陈松虞做过自己人生中唯一一件离经叛道的事。

在空荡荡的实验室里,她站在测量机器前,偷偷打开了一份从未被其他人看到的基因报告。

陈松虞——匹配对象——池晏

匹配度:100%

显示屏的幽光照亮了少女稚嫩的脸。她嘴角微勾,露出一个讥诮的笑,眼里尽是与年龄不符的漠然。然后,她删除了这份报告。

请确认:报告一经删除,数据无法恢复,匹配对象将永久从数据库中移除。

她毫不犹豫地按了"确认"。

这是她此生最大的秘密——那个完美的结婚对象,从未在她的生命里存在。

她只想拍电影。

陈松虞在二十六岁这年,已经是同龄导演中的佼佼者。她一共拍了五部电影,曾凭借处女作就被提名了星际电影节最佳新人导演,此后连续拍的三部作品都叫好又叫座,甚至有作品跻身年度电影本土票房前二十名。

然而那又如何?最后一部电影扑街了,她立刻就变回悲惨的打工人。在休息日她还要被老板喊起来加班,大老远地从 K 星坐飞船到偏远的 S 星,给一支无人问津的新人乐队拍纪录片。只因为原本负责拍摄的同事阿春突然提出辞职，要回家结婚。

更气人的是，同事这样临时撂挑子，还能撂得理直气壮。

"我和他的基因匹配度可是有 75% 呢！"阿春当时的语气带着几分炫耀，"我何必在这个垃圾电影公司浪费青春？"

陈松虞临危受命，等她匆匆赶到 S 星的拍摄现场时，另一位同事已经在帮忙架机器。

那是个年轻的女实习生，叫作季雯。

陈松虞在她身后不远处，看着她一个人在那里手忙脚乱，正要过去帮忙，却发现对方正在打电话。

季雯戴着一副可视讯的智能眼镜，小声道："是哦，妈，陈松虞你知道吧？对的对的，就是那个挺有名的女导演，她也在我们公司。哎呀，她的导演事业本来势头很猛，结果就因为两年前的那部新片扑了，你看她现在，不仅没戏拍，也跟个跑腿的没什么区别了……"

她又信誓旦旦地向母亲担保："妈，你放心，我知道 S 星的治安问题很严重，晚上我哪里都不去，拍完就回酒店。"

和秩序井然的 K 星不同，S 星向来以"帝国的垃圾场"著称。这里龙蛇杂处，人种混乱，犯罪率连年居高不下，每年都被评为"最危险的星球"之一。没有人愿意来 S 星拍摄，只有最不重要的人才会被派遣过来。比如刚入职的实习生，或是坐了两年冷板凳的女导演。

陈松虞倚在墙边，没发出任何声音。从走廊上反光的玻璃面里，她看到自己的身形。

她的脊背依然挺直，身形薄得像张纸。日光影影绰绰，将她在玻璃上的倒影分割成蓝天白云里无数个看不清的虚影。

直到季雯絮絮叨叨，又跟妈妈东拉西扯了一堆，陈松虞才轻轻地屈起指节，敲了敲墙面。

季雯受惊般地回过头，对陈松虞露出个阳光明媚的笑："陈老师，您来啦！"转头又按了按眼镜，"妈，我先挂了，你偶像来了，放心，我一定帮你要签名！"

挂了电话后,她对陈松虞吐了吐舌头:"陈老师,我妈是你的粉丝。"

陈松虞似笑非笑地看着她,懒得计较这种小女生的心机,只是淡淡道:"我们开始吧。"

季雯尴尬地指着面前一堆被她拼得乱七八糟的器械:"呃,陈老师,你会装吗?"

这是她从K星背过来的老式摄影机,型号太旧,只能现场组装。

实际上由于技术升级,现在大部分的拍摄器材都设计得非常轻便、隐形。季雯之前都没有见过这种老古董机器——足以看出这次的拍摄有多么不被重视了。

陈松虞叹了一口气:"早知道我就自己带摄影机过来了。"

季雯很机灵,立刻认错:"抱歉陈老师,是我没有把拍摄方案写清楚……没写摄影器材的型号。"

"算了。"陈松虞说完,干脆利落地蹲下身。

化腐朽为神奇的一幕发生了。季雯目瞪口呆地看着陈松虞像变魔术一样将一堆奇形怪状的破铜烂铁一一组装起来,使其慢慢变成了一部完整的大摄影机。

季雯不禁讪讪道:"没想到您还会装这个,好厉害。"她甚至觉得有些不好意思。堂堂大导演半路被强行拉过来顶缺,被自己这样一个半吊子实习生拖后腿,竟然还能心平气和地跪在地上装摄影机。

季雯鬼使神差地道:"陈老师,跟您说个八卦,刚才我妈说,别看这个乐队都是新人,普通人哪有胆子来S星演出,其实乐队主唱的父亲好像是……"

她神神秘秘地凑到陈松虞的耳边,一字一句道:"帝、国、公、爵。"

陈松虞诧异地看了她一眼,没说话,自己向来不关心这些花边新闻。

"我妈说,这种事不要到处声张,我只告诉您了哦。"季雯有些扭捏地继续道,"所以您别觉得这一趟是白来啦……给公爵的儿子拍纪录片,不算丢脸吧?"

陈松虞失笑。她总算明白这个实习生绕了一个大圈子,到底在说什么——对方竟想安慰自己。

"谢谢你。"她说。她的声音很真诚,说完一笑,清眸流盼。

003

季雯居然有点脸红，于是转头看向二楼，转移注意力一般，飞快地说："您看二楼！说不定今晚还有贵宾呢，不知道能不能见到什么S星的大人物。"

陈松虞漫不经心地调整着机位："不管是谁来，素材好看就行。"

她没有想到，自己会一语中的。

演出正式开始后，现场的气氛倒意外地很燃。

他们做的是迷幻摇滚。那位据说身世显赫的主唱，完全不像是玩票的贵公子，竟然真有一副极有穿透力的嗓子。吉他和贝斯也设计得极其绚丽。音符被冷色调的霓虹灯管点燃，一切都有种梦境般的躁动与喧嚣。

台下的大多数观众尽管是第一次听他们的歌，但也跟着一起疯狂地扭动，歇斯底里地尖叫，扯着嗓子大喊"真棒"，还不断鼓动主唱和吉他手再来一首。

陈松虞也渐渐有点着迷，她站在舞台边缘，运镜越来越大胆，不断地两边切换，尽力抓住现场的电光幻影。

但变故就在此时发生。

一个男人突然踢翻了护栏，直接冲上舞台。

陈松虞本以为他是某个狂热粉丝，但她看到贝斯手笑嘻嘻地迎上去，笑容却立刻凝固在他脸上。这个年轻人"轰"地倒在地上，血从胸口喷涌出来，染红了地面的幽蓝灯管。

冲上舞台的男人高举起藏在袖子里的新型武器，直接将架子鼓打烂了。

射击物与乐器相击，发出恐怖而沉闷的轰鸣。架子鼓后面的鼓手忙不迭地抱着头滚到地上。

一切都发生得猝不及防。陈松虞离舞台最近，她清楚地目睹了一切。难以名状的一幕，令她瞳孔收缩，浑身的汗毛都竖了起来，身体的本能令她想要赶紧躲开。

她跌跌撞撞地爬到台阶下，打算将摄影机收起来。但她恰好看到了镜头，只一眼，就彻底改变了她的命运。

她看到了景框内的舞台，那是一个完美的、堪比黑色电影的构图。霓虹灯和杀手，肾上腺素和死亡，都冲击着她的大脑。

下一秒，她几乎还没有意识到自己在做什么，就已经抱着笨重的机器无声地藏进台阶的死角里。

她极富技巧地以一个刁钻又隐蔽的角度，将镜头对准了舞台。是导演的本能，在这一刻掌控了她的身体——她没有关掉摄影机。

台上的凶手像焦躁的困兽，他一边继续扫射台下，一边用粗哑的嗓音吼道："所有人给我趴好了，谁敢站起来，我就要他的命！"

台下的人恐慌不已。观众们起先爆发出一阵惊天的尖叫，然后四散开来，慌不择路地冲向剧场出口，但门已经全部被锁上了。这时他们才发现，场馆里的保安早就倒在地上，不省人事。令人不安的死寂气氛在空气中弥漫开来。

一只血淋淋的手垂在舞台边。铁架子上有一排不整齐的、被武器射穿的孔洞，像被鲨鱼的锯齿狠狠地咬过。镜头缓缓地摇过，记录了这令人窒息的画面。

陈松虞的大脑在飞速运转。害怕吗？当然。但是她的手还是很稳，姿态也极其专注，跟在片场没什么区别。

其他三个乐手都已经瘫倒在地，不省人事。只有主唱跪在同伴的血里，冷冰冰的金属武器抵着他的太阳穴。他垂着头，半张俊美的脸，显得楚楚可怜。凶手站在他身后，手指因为过分兴奋而微微痉挛。凶手像只失控的兽，迫不及待要咬断这只鸟雀的喉咙，一根根地拔掉他名贵的羽翼。

陈松虞无声地将镜头再次摇到舞台之外，想要检查有没有观众受伤。突然，她似乎在镜头的边缘看到了什么——二楼，贵宾区，帷幕背后，一个男人缓缓地站了起来。

明暗之间，镜头里最先拍到的是一点星火。他的指尖还夹着一支未燃尽的香烟，摇曳的光将他的身形投射在暗黄的帷幕上。巨大的阴影在墙上浮动着，宛如一只蛰伏在黑暗里的凶兽，极富耐心地伸出了利爪。

接着她听到了某种细微的爆破声，是利器划过空气的声音，她飞快地将镜头切回舞台。

转瞬之间，一切已成定局。凶手被击中了膝盖，倒在地上抽搐，像条可怜巴巴的毛虫。主唱则瘫倒在一边，颤抖着，睁大眼睛望着他。

那个男人依然气定神闲地倚着二楼栏杆，他望着年轻的主唱，微微颔首致意。

此人西装革履，戴着黑领结，胸口插着一枝玫瑰。这本该是最文明的打扮，但文明这个词似乎又与他毫无关系。只因他生来一张野性难驯的脸，有着刀锋般的轮廓，像猎豹，每一寸肌肉都绷到最紧。英俊到极致，反而令人不敢直视。

他抽出胸口的玫瑰，于鼻尖轻轻一嗅。然后他转身，毫不留情地将它扔开。他皮鞋的尖头踩着名贵的仿生花，柔软的、鲜嫩的花瓣被踩碎了，自二楼的边缘徐徐飘落，仿若春夜落樱。突然之间，这男人仿佛有所警觉，直直地看向镜头。

陈松虞的脑海中闪过一句古老的异国谚语——"如果你敢于直视猛虎的双眼，你就能逃过一死。"她的心猛地一颤，某种难以形容的、危险的战栗感如过电一般，席卷了她的身体。

这一刻，她的心跳得极快。大脑"轰"的一声炸开了，她觉得自己像是后颈被叼住的幼兽，她的皮肤立刻惊出了一层薄薄的汗。她从未对某个人产生过如此强烈的反应。但那时她并不知道，这就是"基因悸动"。

"基因悸动"是一种极其罕见的生理反应。只有当两个基因匹配度高于90%的人见到彼此时，才会产生。他们会呼吸急促，瞳孔放大，大量出汗。他们会脸泛红潮，心跳加快，血液加速流向大脑，大脑发出危险而紧张的信号。

这一切全部因为他们找到了那个人——灵魂伴侣，命定之人。

陈松虞对此一无所知，她只是以为她被发现了。二楼那个男人的眼神实在太陌生，太凶悍，也太有进攻性。

不过她又很快推翻了这个想法。她确信自己藏得很好，这是她勘景时特意考察过的位置，是视线盲区，他绝无可能发现她。她的心跳慢慢恢复平静。在一片惊疑不定的死寂里，她听到剧场外传来了隐约的撞门声和高声喊叫声，这才意识到救援的人已经来了。

几秒钟后，厚重的剧场大门轰然倒塌。一群人出现在场馆尽头。他们全副武装，手持军用激光武器，甚至戴着防毒面罩，仿佛天兵降世。冷色调的

霓虹灯管将他们一身的防护服照得寒光凛凛，逆光之下，他们有种说不出的威慑感。

"都别慌。"站在最前面的人声音浑厚，"你们安全了，我们是来救你们的。"

这句话像根定海神针，离得近的观众迟疑地抬起头，见到他们的阵仗，立刻松了一口气，慢慢地站起来。

救援有条不紊地进行，很快又有人搬了医疗舱进来，将伤员抬出来。这群人训练有素，行动高效又敏捷。

陈松虞调整镜头，想将这一幕也记录下来。

突然间，或许是职业练就的敏锐的观察力，她察觉到一丝微妙的不和谐。由于职业所需，她跟星际警察打过几次交道，她清楚那些人工作时的状态。他们做事总有几分轻慢和高高在上，从不好好说话，张嘴就训人。绝不可能是……这样的周到和小心。

太刻意地扮好人，反而不像好人。陈松虞本能地起了一点疑心，也许今晚这场袭击有蹊跷。

她飞快地将机器关了，把摄影机的储存芯片拿出来藏在身上。迟疑了一秒，她又换了一张备用的新芯片放进去。

摄影机肯定是不能拿的，这么一个大机器，太显眼，会被盘查。她弯腰，低着头，不动声色地潜回人群里。

在剧场外的大厅里，陈松虞找到了季雯。季雯显然已经被吓傻了，又在打电话。她看到陈松虞走过来，像抓救命稻草一样抓住了对方的手，她的掌心又湿又烫，满手是汗。

"我今晚就订最早一班太空船回来。爸，你说得对，S星真的太乱了，好端端的出个差，居然能出这种事……"季雯转头问陈松虞，"陈老师，您呢？要一起吗？"

陈松虞想了想改签需要支付巨额的费用，公司未必会报销，顿时有些犹豫。

季雯继续苦口婆心地劝她："S星这几年一直在闹独立，治安太差了。而

007

且刚才我爸爸还说,这里明年就要换届选新总督,正是最乱的时候呢……"

陈松虞还想着刚才拍的素材,只好同意了。季雯欢天喜地,转头跟她父母继续说话。大厅内早已挤满了被疏散出来的观众,一张张惊惶的脸被红蓝灯管照得变形,人声鼎沸,乱成一团。两人如同身处湍急的洪流,转瞬就会被冲散。

陈松虞正要再凑近些,口袋里的智慧型手机振动了起来。是公司老总李丛拨来的视讯电话。

她来S星时很匆忙,没戴智能眼镜,不方便在公开场合接视讯电话。于是她匆匆向季雯比画了个手势,然后躲进旁边的楼梯间。

李丛的投影出现在半空中。

"小陈啊,我看到新闻了,你们现在是什么情况?"

李丛实际上比陈松虞大不了几岁,但他总喜欢故意让自己显得老成,所以喊她"小陈"。

陈松虞说:"我和季雯都没有事,今晚就回来。"

李丛听了这话,并没有安慰,反而露出几分踌躇:"这么快吗?其实我想说,既然你们也在现场,不如赶快出个短视频,一定能抢到热搜。"

陈松虞的脸色一沉。还真是个"尽责"的老板,她们刚死里逃生,而他半点不关心员工的安危,倒还记得榨干她们的最后价值。更何况他们这家公司明明是个电影公司,什么时候沦落到要跟花边媒体抢头条了?

李丛看到她的表情,就知道她是什么态度。他"哼"了一声:"怎么,不愿意?拍短视频你觉得太掉价,难道还想着拍长片?"

他提到了"长片"。时下的电影有个趋势——时长越来越短,节奏越来越快,内容也越来越轻松无脑。通常的院线片,片长三四十分钟,最长不会超过一小时。

陈松虞两年前的那部影片,却被坚持保留了一百二十分钟的片长,李丛一直坚信这就是她失败的原因。

于是他一边说,一边举起茶杯,咕噜噜地灌着茶水,发出恶心的口水吞咽声,又咂咂嘴,继续道:"你就是太狂妄自大了,之前不听我的劝,非要那么拍。结果呢,多少双眼睛看着,多少人笑话你?也只有我还敢用你。"

"你别怪我总是揭你的短,我跟你说这些都是为你好。你自己想想,还有哪个老板会对员工这么掏心掏肺?你都二十六岁了,也不是小姑娘,该学会变通了。你看看人家阿春,还比你小两岁,好歹解决了终身大事,你呢?你可未必能找到匹配度那么高的对象……"

够了,越说越荒唐。陈松虞心想,她明明刚从鬼门关里逃回来,见过了生和死,为什么还要站在这个空无一人的漆黑楼道,听他劈头盖脸地一通训?于是她故意冷冰冰道:"抱歉,现在拍不了。刚才太乱,我把摄影机落在现场了。"

李丛的脸色立刻就变了:"什么?你把摄影机丢了?你怎么没把命也丢了?"

哦,狐狸尾巴终于露出来了。装什么关爱员工,其实在他心里,他们所有员工的命加起来,都比不上那一部不知道从哪个烂仓库里翻出来的二手摄影机。这句话算是彻底触到了陈松虞的逆鳞。她冷笑一声,正要反驳他,就在此时,她却听到一声低低的咳嗽声。

——这里竟然还有第二个人。

窗户大开着,冷风灌进来,还隐约有一股烟草的草腥味。陈松虞被吹得头痛恶心,却依然很清醒。她绝对不可能在这里白白地跟李丛搭台唱戏,给一个不相干的人听。于是她对李丛说:"我稍后再打过来。"也不顾他在那边的大呼小叫,就干脆利落地挂断了电话。

"谁在那里?"她冷冷地问。

等了片刻,无人作答,她转头看向空荡荡的楼梯:"那我自己上来了。"

咳嗽的声音其实微乎其微,换个人大概根本不会注意到,或者以为只是风刮到了窗户而已。但——都说了是职业特性,她的耳朵和眼睛一向很敏锐。她不仅听出来是咳嗽声,还准确地找出了声音的方位。下一秒,一只烟头被挑衅般地扔到她的脚边。

"别过来。"对方说。

这声音令她一愣,她下意识地抬起头。她依然看不到他。他藏得极好,恰好在楼梯的死角,完全是她的视线盲区。他的嗓音低沉,喑哑,像烟燃尽后的灰,烫进她的心里。

009

"怎么不说话了？"那低沉的嗓音继续道，"你的声音很好听，多说几句。"

陈松虞怎么也没想到自己会突然被一个见不到脸的陌生人调戏，还是在这种场合。

奇怪的是，她的心跳再一次加快了。怦怦怦，怦怦怦。

刻意压低的嗓音，像在她的耳边无限放大，轻佻而诱人，像半浮在空中的烟圈，一圈圈地落到她的脸上，不依不饶，勾缠着她。

谁能配得上这样的声音？陈松虞的脑海中鬼使神差地浮现出之前在二楼的帷幕下，看到的那张若隐若现的、英俊至极的脸。不过她又立刻否定了，觉得这不可能。当然，这个正在跟她说话的人想必也非富即贵。他的语气如此傲慢，自带上位者的威严，应该习惯了命令别人，也没什么人敢拒绝他。但她偏偏很想拒绝他。

"神经病。"陈松虞转身要出去，手已经放在门把手上。

她却听到对方慢悠悠地道："如果我是你，我会立刻辞职。哦，再去把那个破机器砸了。"

他果然全部听到了。被陌生人偷听到自己被上司痛骂，对大多数人来说，都应该是一件很难堪的事情。但陈松虞只是微微蹙眉："听够了吗？听够了就滚。"

她的声音很冷淡，又有一点不耐烦。

往常她说话并不会这么冲，即使是对一个陌生人。但是此时此刻，她竟然粗暴得根本不像平时的自己。

陌生人并没有生气，他只是轻笑一声："我说得不对吗？"

陈松虞心想，听听这上位者的口吻：睥睨，凉薄，傲然。她不禁冷笑："你很喜欢教化女人？"

他的笑意更深，低沉的笑声，暧昧而喑哑："不要把我跟你那个老板相提并论。"

"你们的确不能相提并论。"她扯了扯嘴角，"至少他还会发我工资。"

"发你工资就能对你评头论足？"

"我会把他当成空气。"她淡漠地说，"他出钱，我拍戏，大家都是做彼此的工具人罢了。"

"你倒是很想得开。"他揶揄道。

窗外临街的广告牌不知何时亮了起来,黑暗之中,陈松虞的半边轮廓被染成淡淡的金红色。她的面容如此沉静,只有眼底有一点不灭的火种,耀眼得令人心潮汹涌。她突然问他:"还有烟吗?"

他短促地笑了一下。"啪"的一声,一个被捏得扁扁的烟盒和一个黑色打火机,落到她的脚边。

陈松虞:"多谢。"黑暗之中,她倚靠在墙边,蜷起一条腿,将烟盒摊在大腿上,动作娴熟地抽出一支香烟。一朵橙花在她唇边绽开。

她其实很少抽烟,但是做导演很难没有烟瘾,因为一旦到了片场,压力太大,熬夜、抽烟甚至酗酒,坏毛病全部都来了。或许只有折磨身体,才能够锻炼意志。不拍戏的时候,她的生活就会很健康,作息规律,饮食清淡,一周至少健身四次。而她有两年多没进组了。

她咬着烟,一只手漫不经心地把玩着这个小巧的打火机。黑珐琅材质,线条流畅,低调又奢华,她细长的手指熟门熟路地滑过打火机底部的一行字母。这个陌生人果然很有钱。

现在大多数人都不会抽真烟,改良过的电子烟或者尼古丁贴片会便宜得多。香烟,纸卷的干烟丝,反而成了不折不扣的奢侈品,更不要谈这是一个限量版打火机。

他却像扔废弃的烟头一样,随随便便地把它扔到她的脚边。

她不禁揶揄道:"限量版也舍得扔?"

"你喜欢?"

"谈不上喜欢,以前拍戏的时候用过。"陈松虞的声音隐隐透出怀念。被火光照耀的脸,终于出现一点暖色。

沉默片刻后,他问她:"你叫什么名字?"

这个问题来得很突兀。陈松虞没有说话,她的心猛地跳了一下。接着她听到楼上另一个打火机的咔嚓声。一点呛人的烟草味,顺着向下的台阶,缓缓地朝着她袭来。她不禁想,他还真是个烟鬼,不知道他每天出门究竟要带多少个打火机。

"我可以帮你。"他继续道,声音变得有些含糊,多半是叼着烟。

"帮我？"陈松虞一怔，"什么意思？"

"你缺什么？钱，资源，还是新电影？"

她没回答，却反问他："为什么？"

"因为我今天心情好，想做善事。"他不轻不重地说，"而且……我说过，你的声音很好听，陈小姐。"

陈松虞："你知道我姓陈。"当然，李丛刚才喊过她"小陈"。

他漫不经心地笑："这很简单。二十六岁，女导演，姓陈。一通电话，我就能知道你是谁。"

陈松虞也笑了："阁下这么神通广大，直接打电话就好了，何必再问我？"

"因为我想听你自己说，用你的声音。"低沉的嗓音里，仿佛带着一丝不易察觉的诱哄。混在烟草味里，像只蚀骨销魂的钩子，要将人的魂都勾出来。

他缓缓地重复："告诉我你的名字。"

陈松虞心神一荡，突然感到心跳加速，大脑发烫，那种奇怪的悸动又回来了。下一秒，她的指尖感到一阵刺痛。

原来是被烟灰烫到了手指，疼痛令她清醒过来。

她的大脑里亮起了红灯，像海上的急救信号，一闪一闪的，向她发出警告——因为这个陌生人突然的越界。

她从来不被动。于是她将烟头扔在地上，踩碎了火星，往前一翻身，突然坐上了楼梯栏杆的边缘。尽管她动作轻巧，老栏杆还是不堪重负，猛烈地摇晃起来。

她并不害怕，反而将手肘倚在栏杆上，身体一点点地后仰。从这个角度，她能够看到，楼上确实站着一个人。

凌乱的光线被分割开，巨大的影子浮现在墙上。他的身形颀长而挺拔，穿着西裤的双腿既长又直，随意交叠，虚靠着墙面。尖头皮鞋名贵而锃亮，却漫不经心地踩着满地零零碎碎的烟头。

以一个导演的职业眼光来看，这画面的构图完美，光影也完美，堪称有极好的电影画面感——既有种街头的脏乱，又因男主角这双长腿而充满了力量感。可惜此刻她没有摄影机。

"你在做什么？"他问她，墙上的影子微微朝她倾斜。

"我在看你。"陈松虞微微一笑,"你很上镜,考不考虑拍戏?不如换我来捧你。"

他似乎一怔。

"一直是你在楼上,我在楼下。你听到我的秘密,又猜到我的身份,我却还对你一无所知——身份悬殊,谈什么给予帮助?"其实在这个角度,陈松虞仍然看不到他的脸。她只是在赌,赌他不愿意被窥探到身份,赌这个高高在上的陌生人,对一段深夜的邂逅,究竟能有多少耐心。

她赌对了。

"我很少做善事。"他沉默片刻,才淡淡道,"你想好了。"

陈松虞:"陌生人的好意,一根烟就足够了。"

他嗤笑一声。她又补充了一句:"我想你一定很少被人拒绝。"

他哈哈大笑起来,笑得胸腔发震,像在演奏一支放浪形骸的大提琴曲。沉郁,狂放,却又极其迷人。他说:"你是第一个。陈小姐,再见。"

过了一会儿,陈松虞听到微不可察的脚步声。门被轻轻扣上,烟草味也渐渐淡去。那个男人出去了,空气中却仍飘浮着曼陀罗的甜蜜香气。

陈松虞坐在原地,手指摩挲着打火机光滑的表面。她忽然微微一笑,将它扔了下去。

再见?不必再见。她永远不会再来S星。

先是寂静无声,良久才传来"啪"的落地声。楼梯间的旋涡,像无尽的深渊,将这个昂贵的打火机连同这段无关紧要的、陌生人之间的插曲,彻底吞没,将其摔得粉身碎骨。

陈松虞抚弄着手指上的烫痕,突然想起来自己还有一通电话没有打完。她拿出手机,给李丛拨去,立刻就被接通了。李丛像一直在等这通电话,一上来就阴阳怪气地说:"陈导好大的忘性啊,还记得回我?"

陈松虞平静地看着他,她突然意识到,他们已经很久没有心平气和地说话了。她说:"李丛,我们认识多久了?六年?七年?"

李丛"哼"了一声,正要说什么,却被她打断。

"我一直记得,是你投资了我的第一部电影,你对我有知遇之恩。所以哪怕这两年你故意压着我的戏约去扶持新人,我也没有生气。你给我派这些无关紧要的工作,给其他人擦屁股,我也无所谓。"

陈松虞的语气始终波澜不惊,李丛的脸色却越来越难看。他想插嘴,却始终找不到机会,渐渐只觉得自己像被剥光了衣服,站在刺眼的白炽灯下,羞恼又恐惧。因为他终于明白,原来蠢的人只有他自己,他的那些小把戏,她早就看清了。

陈松虞继续道:"可是今夜,我差一点死在那个剧场里。都说人死之前会看到走马灯,于是我才明白,原来很多所谓的坚持……都不重要。人都是会变的,我会变,你也会变。

"我们解约吧。"

在听到"解约"二字的时候,李丛的脸色彻底变了。

"你说什么?"他气得手一抖。没想到恰好茶杯歪了,滚烫的水泼在他的手背上。他整个人都惊得跳了起来,手忙脚乱的,像个笨拙的小丑演员。

他还不忘冲她喊道:"陈松虞,你别太忘恩负义!你真以为自己是艺术家?有多少人忍得了你这个臭脾气?你知道两年前的那部电影让我亏了多少钱吗?你也配跟我谈解……"

陈松虞平静地说:"我也让你赚了不少钱吧。"她不动声色地笑了笑,"当年如果没有我,这家电影公司开得起来吗?"

李丛简直暴跳如雷,不顾烫得发红的手,嘴唇都哆嗦了起来:"你……你……"

陈松虞:"我该说的都说完了,就这样吧。"

李丛却高声叫道:"你这个白眼狼!没有我,你什么都不是!"

陈松虞脸色一沉,冷笑道:"你也太拿自己当回事了,反正我也不在你这里干了,看在同事一场的情分上,我给你个临别忠告。"

她扫了一眼李丛头上的鸭舌帽。认识李丛的人都知道,他从不摘下帽子示人。同事们一度以为这是某种时尚,只有陈松虞知道为什么。

"买顶假发吧。"她讥诮地说。

池晏倚着墙吞云吐雾,灯影落在他的脸上,他英俊的侧脸半明半暗。他一边咳嗽,一边低低地笑出声。他根本没想到,自己只是出来抽根烟,竟然能听

到一出好戏。

当然,他刚才并没有走。只是她想赶走他,他就顺她的意,陪她把戏演足。好在现在她已经离开,他可以肆无忌惮地咳嗽。

"咳咳……咳咳。"池晏最近的烟瘾很大,大到他甚至病态一般一根接一根地抽。不知道是不是因为抽了太多烟,刚才和那女人说话时,他竟然一度觉得心跳很快,大脑皮层仿佛通电了一般,有种不安的悸动,但这感觉稍纵即逝。

在缭绕的烟雾里,他看到她的身影。她将双手扶在栏杆上,上半身尽情地向后仰。这姿势勾勒出她的腰肢像一只隐秘的喙凤蝶,于黑夜里徐徐地展开。

她的身影离开一段时间后,楼梯间的门又开了。

池晏抬眸,以自己都未能察觉的急迫朝下望去。只是进来的不是她,而是他的心腹徐旸。

"池哥,事情很顺利。"对方毕恭毕敬道。

"哦。"池晏捏着烟,懒洋洋地倚靠回去。

徐旸继续汇报:"现场的痕迹已经清理干净了,星际警察两分钟前才到。警察队长谢谢您帮了他的大忙。"

"让他去跟律师谈。"

"……好的。"

"杨倚川呢?"池晏又问。

"人没事,也去医院了。我在路上听到他给公爵打电话,他一直在电话中感谢您。看来我们这出戏演得很成功,他完全没起疑。"

池晏笑了,是冷淡的、懒懒的笑,他早就知道今夜的一切尽在自己的掌控之中。阴谋、欺骗,所有的事情都在按照他编排的剧本上演,毫无难度,也没有任何意外。然而成功来得太容易,他竟然觉得有些索然无味,甚至不如在楼梯间里抽烟有意思。直到徐旸又犹豫着道:"还有一件小事。刚才清场时,有个兄弟说在现场找到一台摄影机,正对着舞台,机器还是烫的。"

池晏慢慢地站直了身体,好像终于对他的话产生了一点兴趣。他似笑非笑地重复:"烫的?"

徐旸:"对,老机器,散热慢,应该是杨公子的拍摄团队落下的。为了保险起见，兄弟们还是将它给搬走了。要让他们直接砸了吗？"

池晏笑了："不必，先把芯片拿出来。"他的脸上仍然是没什么温度的笑容。那双狭长的黑眸，却慢慢展露出一点危险的侵略性。

这机器属于谁，显而易见。陈小姐，他在心里默念。看来她给他制造了一点小麻烦。

池晏喜欢"玩火"，骨子里是个追求危险的疯子，否则今夜的事根本不会发生。他甚至希望，这位陈小姐真的拍到了什么不该拍到的东西。这样一来，他就能顺理成章地抓住她。

他跟她第一次见面时，她只是陌生人，他允许她拒绝。但从现在起，他与她的交集，就不再只是各自人生里一段无关紧要的插曲。

池晏的脚边本就堆满了凌乱的烟头，如今又多了一个。一脚下去，他狠狠地踩灭烟蒂，火星四溅。那一瞬间，耳畔仿佛听到"吱"的一声——火、电流、悸动、红唇边的一团橙花，同时在他的大脑里炸开。

这一夜才刚刚开始。

陈松虞从楼梯间出来时，大厅里的人已走得稀稀落落，季雯也不知去向。这时她才发现，其实刚才季雯给自己打过几通电话，但是不巧地一直占线。

季雯的最后一条留言，是将航班信息发给她。陈松虞一看，只道糟糕，离出发时间很近了。她赶紧冲出剧场，从各大媒体饥渴的无人机轰炸里杀出重围，拦了一辆空中计程车。

路上果然堵车了，并且堵得十分夸张。陈松虞打开卫星航图查路况，图中高空轨道的路段已是水泄不通的深红。电台频道里，主播以近乎惊心动魄的语气，正在绘声绘色地描述今夜剧场的这场袭击事件。

"据星际警察透露，凶手已被当场击毙。被击毙者今年三十七岁，已确认其身份为Ａ级星际通缉逃犯，身负多项帝国一级罪名，疑似有严重的反社会倾向。目前该事件已造成一人重伤，七人轻伤。

"今年以来，Ｓ星的贫民窟已发生多起街头袭击事件，并导致上百名无辜市民死于非命，而警方对此始终毫无作为，这令我们感到震惊和担忧。这一突

发事件，是否再次暴露 S 星现任总督梁严治下不严，警力薄弱？距其任期结束仅剩一年，而今正值换届大选的关键时期，梁严是否还能顺利连任……"

她听得心烦意乱，直接关掉了新闻频道。又觉得按照现在的路况，怎么也不可能准时到机场了。于是她打开了改签系统，不幸的是又多了一条噩耗——今夜满航。显然，察觉到 S 星暗流涌动的并非只有她和季雯，人人都想赶末班船逃离暴风雨。

无奈之下，她望向窗外。身在高空轨道，满城星光都被踩在脚下，灯火在雾面玻璃上融化，变成了霓虹的潋滟。她又想，S 星虽然危险，夜景却美极了。或许正因为这里有三教九流、鱼龙混杂，反而比 K 星多了一股蓬勃的生命力。她将目的地改到附近的一家酒店，航班也改签到明天。

当晚，陈松虞失眠了。发生的事情太多、太杂，她辗转反侧到大半夜，依然毫无睡意。她只能从床上爬起来，打开芯片，想把素材粗剪一遍。

收音太烂，运镜还算不错，不过这个长镜头似乎可以处理得更流畅……工作果然是万病良药，一旦进入状态，她就变得异常专注，将所有无关的事情都抛到脑后。

直到演唱会的部分结束，那噩梦般的一幕再次出现。袭击者冲上台，接着画面天旋地转，摇摇晃晃，是她在混乱中调整镜头。她怔住了。这一切拍得太生动，充满了手持摄影的粗粝与迷幻感。她感觉自己仿佛被拽回了现场，那些可怕的记忆，那种直面死亡的恐惧，都重新涌回大脑。

那时她都被吓傻了，全凭本能行事，身体像失去了控制。现在回过神来，才感到后怕，自己怎么就那么不怕死，在那种时候，还敢端着摄影机？

突然之间，陈松虞一激灵，确信自己看到了什么——就在凶手冲上台的同时，画面的一角有一个穿着保安制服的人用武器抵住他的保安同伴，并锁上了剧场大门。

她将视频倒回去，定格在这一幕。她发现这是个假保安，那么，这是一次团伙行动。里应外合，难怪这场袭击进行得如此顺利。她回忆起广播里的话，"该事件已造成一人重伤，七人轻伤"。

她将画面放大，试图看清那个假保安的脸。但不巧的是，他始终背对着镜头，她只好将视线下移，寻找新线索。她看到了此人的手，手腕深处有一块阴影，似乎是文身。她继续把画面放大，尽管分辨率不高，她还是勉强看到了文身的图案。

陈松虞再一次愣住了，她突然想起另一幅画面。当救援队赶来，其中一个工作人员在抬医疗舱的时候，由于动作太笨，不小心划破了手套，露出了手腕。他的同伴立刻呵斥了他，他就飞快地掏出备用手套。那个人的手腕深处有文身，同样也是这个图案。

当时他们的动作很小心，应该没什么人注意到这个细节。偏偏陈松虞对他们起了疑，才将这一幕尽收眼底。如今将这两幅画面串联在一起，一个极其恐怖的想法涌上心头——根本没有什么袭击，这就是一出自导自演的好戏。

抱着这样的想法，陈松虞又将视频来来回回地看了几遍。可疑之处都一一浮出水面。

为什么这场袭击看似惊心动魄，但现场居然一个观众都没有死，主唱杨倚川更是毫发无损，只是白受了一场惊吓？

——因为主唱是公爵的儿子。他们只想制造一次假的袭击，却不想将事情闹大。

救援又为什么来得如此准时，凶手一旦伏击，他们立刻就破门而入？

——因为他们早就里应外合。

现在想来，那个所谓的"救援队"，的确没介绍过自己的身份。他们故意穿着防护服全副武装，只是试图误导观众。不过那时候几乎所有人都被吓傻了，不会有人想到去追究他们的来历。"救援队"也并不熟悉救援的真正流程，他们没有核查任何人的身份，就急着将观众都赶走，让他们尽快回家。或许这才是这群人的真正目的——清理现场，掩盖痕迹。

想通这一切后，陈松虞依然坐在床边，内心一阵阵发冷。反光的落地窗，清清楚楚地照出她惨淡的神情。唇无血色，面色极其凝重。她意识到了自己此刻的处境有多么危险。因为贼喊捉贼，这出戏最讲究死无对证。

现场肯定没有监控，现场的观众也都是普通人——或许被刻意筛选过身份——所以一出事就都吓傻了，之后就算被星际警察盘问，也问不出什么。一切本该天衣无缝，可是她成了唯一的变数。谁都不会想到，一个小小的女导

演，竟然有胆子躲在舞台下面，将这一切都拍了下来。致命的罪证，天大的秘密——此刻就藏在她手中的这块小小的芯片里。

陈松虞感到手心冒汗，一阵口干舌燥。她想去倒一杯水，先让自己冷静下来，却鬼使神差地打开了新闻。

最新的新闻头条不再是突发袭击，而变成了"遇袭地点突发火灾"。就在几分钟前，剧场的楼道因为年久失修，加上警方排查现场时操作失误，引起火灾。陈松虞看得冷汗涔涔，甚至有种要喘不过气的感觉。

楼道——那正是她先前给李丛打电话的地方。为什么偏偏是这里失火？这是什么意思？那群人发现舞台下的摄影机了吗——怀疑到她头上了吗？

不可能，这一定只是个巧合。陈松虞想，她取芯片的时候，还插了一只备用的进去。没什么明显的漏洞，不会被轻易怀疑。可是，万一他们真的发现了问题呢？她很确定，假如有任何人知道她手里还有这段视频，那么她的处境将非常危险。

时间倒回到几小时以前。

池旸在剧场外的安全屋里，看到了那台可疑的摄影机，他的第一反应竟然是想笑。闻名不如一见，这破机器果然大得出奇，又笨又沉，难怪令那女人耿耿于怀。

手下向他汇报："杨公子要拍纪录片，外包给了K星的一个拍摄团队。后面内部出了事，今天临时换人。现场的导演叫陈松虞，她的助手叫季雯。已经查过两人的身份，没有疑点。"

另一个人嘀咕道："陈松虞？是不是还挺有名的，我好像看过她的电影啊。"话音刚落，就被同伴推了一把，示意他在池先生面前不要乱讲话。

池旸并没有在意。他想，陈松虞，原来这就是她的名字。舌尖缓缓地从下颚向上卷，他无声地咀嚼这三个字，像在含一颗意犹未尽的薄荷糖。他转头问徐旸："芯片呢？"

手下将芯片递上来，又毕恭毕敬道："池先生，内容已经看过了，都是拍摄素材而已。"

徐旸附和："我猜她们当时一听到动乱的声音，就慌慌张张地丢下机器躲

019

起来了。"

如果没有在楼梯间见过陈小姐本人,池晏兴许就信了这句话。但此刻他不置可否,只是轻轻一笑:"放出来。"

芯片里的内容被投影到半空中。乱七八糟的画面,一卷卷的拍摄素材,镜头飞快地切换。现在的人对于长视频都没什么耐心,尽管开了倍速,他们还是很快就看得头昏脑涨。只有池晏一直盯着投影,无声地嗤笑。

视频很快结束,但他仍然什么都没说。慢慢地,众人都感受到了那种沉默的压迫感。他们面面相觑,互相小心翼翼地使眼色。

最后还是徐旸硬着头皮站出来:"池哥,有什么问题吗?"

池晏狠狠地睨了他一眼,没说话。

徐旸却不敢再出声了。

"这只是一块备用芯片。"池晏的声音很轻。

然而对听者而言,这句话的信息量,不啻轻描淡写地抛出一颗定时炸弹。越是轻描淡写,就越阴沉和可怕。如同火山喷发前,最后一点火山灰弥漫在整片天空。

所有人都站在原地,脸色变得极其凝重。他们都从这短短的一句话里意识到了事情的严重性——既然是备用芯片,那就意味着还有另一块芯片。她们为什么要将它拿走?是不是拍到了什么?

如果真的被拍到了什么,留下证据,那他们就全完了。

池晏冷笑:"我能活到今天,就是因为我从来不轻敌。"

冷淡的目光,缓缓地落在每一张惊惶的脸上,像有一把看不见的刀,悬在他们的头顶。

"今晚站在这里的人,都立过军令状。"

这间安全屋里,除池晏之外,一共站了五个人。

一片静默后,一个留着小胡子的男人瑟瑟发抖地站出来,"扑通"一声,跪倒在地上。

"池先生,对不起。"他闭上眼,绝望地说,"负责核实观众身份的人是我,我不知道杨公子竟然要拍纪录片……"

池晏垂下头看着他,过了半晌,还是道:"你被开除了。"

那人沉默着，心如死灰，慢慢地从地上爬起来。

无人敢为他求情。

徐旸站出来，将他领了出去。

片刻后，徐旸回到池晏的身边，更谨慎地低声问："池哥，要怎么处理那两个女人？暂时不能确定芯片在谁的手上，季雯已经离开S星，陈松虞没走成。"

池晏："派人去K星机场，把季雯的行李全部拦截。"

徐旸："是。那另一个人呢？今晚要把她带过来吗？"

"明天吧。"池晏淡淡道。他低头点了一根烟，在缭绕的烟雾里，他慢慢地露出一个冷酷的笑。

他还不知道她到底拍到了什么，又为什么要大费周章地替换掉那张芯片。是做贼心虚，还是出于本能，阴错阳差。但无论如何……

陈松虞。从来没有哪个女人敢在他的眼皮子底下做这种手脚，她的胆子，竟然比他想的还大。他能感受到，自己此刻的精神极度亢奋。他迫不及待地要再次见到她，但他不着急，他放她再做个好梦。

反正……她也逃不出他的掌心。

很多时候，危险真正来临前，会让人产生一种预感，通常被称为"第六感"。

冥冥之中，陈松虞也产生了一种第六感。她坐在床边，一遍遍地刷着实时新闻和订票系统。直到一条决定她生死的新消息突然闪现出来——她的船票被无故取消了。

接下来，无论她尝试订哪一天离开S星的船票，也无论目的地是哪里，系统都只会出现冷冰冰的四个字——"订票失败"。

她走不了了，他们怀疑到她头上了。不知为何，最坏的结果陡然砸到头上时，她的内心反而一片平静。她摸索着走到浴室里，用冷水洗了一把脸。镜子里的自己尽显疲态，瘦削的脸颊，眼下一圈淡青，脸色惨白。化妆镜的强光，在她的瞳孔里落下一圈日全食般的光圈。漆黑的眼仿若两只微型的黑洞，吸走了全部光线。

她意识到自己终于变成了一场猫鼠游戏的猎物。不在今夜，就会在明天，迟早有人来抓她。于是接下来她在这个城市里的每一秒，都像死刑执行前漫长的等待期。她该怎么办？坐以待毙吗，还是反抗？

"反抗"这个词第一时间出现在陈松虞的脑海中时，她甚至感到一丝荒诞。

怎么反抗呢？她又不是女特工，没有三头六臂，在这个冷冰冰的星球里孤立无援。没有朋友，警察不可信，她甚至不知道躲在暗处的敌人到底是谁。可是她又不甘心坐以待毙。她明明逃过了一场袭击，还好不容易才下定决心从李丛的那堆烂摊子里脱身出来，她明明还有那么多电影要拍，怎么可以在这里出事？

更何况，她本来就是赶鸭子上架，被李丛临时叫过来顶缺的。这件事根本与她无关，凭什么？

冷静。陈松虞告诉自己冷静，她可以做到的。至少，这些人只是锁了她的船票，却没有直接来抓她。这说明什么？

说明他们只是在怀疑她，但是并不知道她手里的芯片到底拍到了什么。她还有最后一张底牌，这又给了她微弱的希望。她坐回床上，仰望着面前的落地窗。窗外星光璀璨，暖黄色的灯光照得人仿佛被醉意熏染。她却像琥珀里的昆虫，根本动弹不得。

电光石火间，她的大脑里冒出了一句电影台词——"给你十分钟，你要怎么从酒店里逃出来？"

那是陈松虞曾经看过的一部特工片。她对这部电影印象深刻，因为它是近年来除了她拍的电影之外，唯一一部长片电影，并且惨遭票房滑铁卢，所以李丛常常将它挂在嘴边来教育她："片长足足有九十一分钟，太长了，难怪才卖了几十万的票房。"

陈松虞却认为，它之所以失败，与时长倒没什么关系，而是因为拍得太无聊，太写实。比起节奏紧凑的动作戏，这部电影偏好用冗长的对话来卖弄自己渊博的情报学和反侦察知识——据说导演是某位自掏腰包为爱发电的前任情报局高层。这就可以完美地解释一切。

不过，她现在回想起其中的一段情节，正是男主角在夜店撩妹时，教对方如何在十分钟内逃出酒店——

"千万不要住快捷酒店。"男主角笑道,"到处都是 AI 摄像头,全机械服务,不好脱身。"

"那怎么办?"

"一定要住五星级酒店。越好的酒店,越会坚持人工服务。只要有人,就能有办法。当然,首先,你要叫个订餐服务……"

此刻陈松虞站在门口,脑中牢记那段对话,她深吸一口气,等待送餐的人进来。冷静,她在心里继续重复这个词,就当自己在片场,只是照着剧本演罢了,没什么难的。

门铃响了。服务员戴着口罩,推着餐车站在门口。或许是老天都在帮她,这不仅是个女孩,就连身形都和她有几分相似。

陈松虞尽力掩饰自己的紧张,让对方进来。她看着这个女孩的眼睛,慢慢地露出一个和气的微笑——一旦开了头,一切就似乎变得容易了起来。她谎称自己是一名综艺演员,正在完成一个类似变形计的游戏。任务内容就是与一名五星级酒店的服务员交换身份。

她乞求对方帮助自己,并且以丰厚的奖励许诺:"你什么都不用做,只要替我在这里睡一晚上,之后节目组的人大概会假扮成警察或者其他什么身份找上门来,如果能抵挡住他们的攻势,事后还会获得额外的奖金。"

说服这个年轻女孩,对陈松虞来说,简直小菜一碟。毕竟她是个导演。做导演的不管口才好不好,最重要的一个职业技能,就是要随时随地让别人相信自己。

这个女孩开开心心地跟她换了衣服。陈松虞慢慢地推着餐车出去,低着头,继续回忆那部特工片里的台词——

"酒店的员工通道往往是安保的一大漏洞——老员工最喜欢躲在这里摸鱼,所以他们会想尽一切办法破坏监控。"

棒极了。

只需要刷 ID,连人脸识别都没有,陈松虞一路畅通无阻,从员工通道直接来到了地下一层的员工休息室。另一个女孩正在里面换制服,一边换一边骂骂咧咧,抱怨愚蠢又毫不人道的夜班制度和肥肥大大、完全不显身材的二手制服。

特工片还在完美地演下去。陈松虞看着对方闪亮的鼻钉和手指上的文身，微笑着提议道："要不要我和你换一下？只要你把私服借我穿一个晚上。我那身太土了，谁知道今晚临时有人要请我喝酒呢。"

对方眼睛一亮："没问题啊，美女。你穿我这身，保证秒杀全场。"

十分钟后，一个嘻哈装扮的女孩出现在后巷。她穿着宽大的卫衣和性感的热裤，露出两条又长又直的腿。鸭舌帽和夸张的墨镜将她的脸遮得严严实实。

她倚靠在墙边，身后的墙面爬满脏兮兮的涂鸦，头顶是一个被打破的摄像头。这当然也是她精心挑选的地点，因为——"最完美的藏匿地点，就是酒店的后巷，这里的治安往往不好，因为品行不端的员工如果偷了客人的什么东西，多半会在此交易。"

陈松虞不禁露出一个胜利的微笑，一时间忘了是哪位表演大师曾说过"演员要有信念感"。她照本宣科，总算有惊无险地演完了上半场。问题是，逃出酒店只是个开始。接下来该怎么办？

此时已经是凌晨三点。空气里隐隐传来尿骚味，或许某个流浪汉曾经夜宿于此。被打烂的半个路灯不屈不挠地发出了一点暗黄的光，影影绰绰地照着对面的水泥墙。褪了色的涂鸦像是洗不掉的文身，爬满了灰白的墙面。

陈松虞漫不经心地瞥了一眼。起先她以为那反光的图案也是涂鸦的一部分，接着她发现那是一张海报——而在看清海报上的人的一瞬间，她的心跳几乎快停止了。在被打烂的半个路灯之下，在污浊恶臭的空气里，她第一次看清他的五官。

海报上是那个男人，那个站在二楼帷幕背后的男人。

她看到了一张英俊而充满侵略性的脸——圆寸头，狭长的双眼，薄唇，锋利的下颌。敞开的、皱巴巴的衬衫领子令他看起来像个花花公子，透出几分阴郁、颓唐。他直视镜头的双眼，又如同一把雪亮的长刀，径直劈开了这漫漫无际的夜。

不知为何，此时此刻，陈松虞的心跳得极快。怦怦怦，像快要从胸膛里跳出来，把她撕裂开。大概因为这是一张竞选海报，海报上的这个男人，正在竞选S星的总督。

无数个声音，突然同时出现在陈松虞的耳畔。

季雯："我爸爸说这里明年就要换届选新总督，正是乱的时候呢……"

电台广播："而今正值换届大选的关键时期，梁严是否还能顺利连任……"

陈松虞终于明白今夜这一出假袭击到底是为了什么，是为了自导自演一出英雄救"美"——借讨好公爵的儿子，来得到一位帝国公爵的支持。当然，顺便再给现任总督泼点脏水。

墙上的大片涂鸦突然在陈松虞眼前变成交叠错乱的虚影。她头昏目眩，像要被吞进自己的影子里，她不得不伸手扶着墙面，支撑住自己。她即使设想过今晚这件事的严重性，也没想过竟然会如此严重，但这时候感到后怕已经来不及了。

她该怎么办？继续按照特工片演下去吗？会不会太小儿科？

陈松虞忍不住继续凝视着面前海报上的人，很可惜她仍然不知道他的名字——海报的边缘被撕烂了。这张脸也不该出现在竞选海报上，他的神情太冷酷，又显出几分漫不经心与不羁，并没有半分亲和力。

冥冥之中，一个更可怕的想法突然狠狠地攫住了陈松虞脆弱的心脏：如果——万分之一的如果——他也看过这部电影呢？

第二章
追逐与心跳

　　监控录像里，一个高挑而清瘦的女人穿着员工制服，镇定自若地推着餐车经过。经过摄像头下面时，她很自然地低着头，恰好躲过了人脸识别。当然，她的脊背挺得太直，仪态也太落落大方，服务生绝不会有这样的气质。不过，对于一个初学者来说，能伪装到这种程度，也是可造之才。

　　池晏冷笑："安保都是瞎的？"

　　黑进酒店系统的黑客一板一眼地说："就是因为没有安保，整条员工通道里，只有这一个摄像头还能用，其他的都被毁了。

　　"其实陈松虞如果走酒店的任何一个正常通道，只要被人脸识别，就会触发我们这边的警告。但她偏偏走了员工通道……她不是拍电影的吗？怎么对酒店的安保漏洞这么熟？"

　　池晏挑眉，垂眸去看录像里她模糊不清的侧脸。显示屏的幽幽荧光照亮了这张英俊的脸，甚至让这张脸显出几分狰狞。不知是因为熬夜，还是因为突如其来的悸动，"导演"和"酒店"这两个词在池晏的大脑中产生了奇妙的化学反应。他突然想到一个有趣的可能性，他回忆起曾经看过的一部很无聊的特工片。无聊，但是不算一无是处。

　　"查员工休息室。"池晏说，"和酒店的后巷。"

　　阴郁的目光紧锁着女人低头时一截雪白的脖颈，像猛兽在嗅掌下的花瓣。这场猫捉老鼠的游戏，好像比他想象中的更有趣。他向来欣赏猎物的挣扎，毕竟，挣扎得越猛烈，被他咬破喉咙的一瞬间，味道就越香甜。

坐在电脑屏幕前的黑客希尔，按照池晏的吩咐，开始寻找员工休息室里的监控镜头。开始时他一无所获，十分苦恼地碎碎念道："查不到啊，员工休息室里没有监控，是不是因为在里面装监控不符合员工人权条例……"

片刻后他又嘀咕了一声："咦？更衣室里好像有个偷拍的摄像头……"

希尔在触控板上一顿操作，屏幕上很快就出现了一个背对着女员工的镜头，恰好能拍到她们换制服的画面。

"好黑的酒店啊。"他转头对池晏感慨。

池晏仍然坐在他身后，修长的手指轻轻地掸了掸烟灰："女更衣室。"

希尔："啊？"

池晏不会重复第二次。希尔很快就反应过来："找到了！女更衣室的。"

镜头的角度极其刁钻，被迫熬了一个大夜的希尔不禁眼睛里放光："这在暗网上肯定能赚一笔吧……酒店的客人身份高贵，不敢随便偷拍，就把主意打到了女同事的身上。真有生意头脑！"

他望着面前香艳的画面，蠢蠢欲动，心想这加班福利还不错，又回头赞美池晏："池先生，您真是神机妙算！"

希尔却发现池晏对这些女人根本视而不见，只是低着头抽烟。烟雾缭绕，池晏宛如一尊静止的、贝尼尼的雕塑。这冷淡的姿态，令希尔下意识地缩了缩脖子，不再心猿意马，而是继续专心地盯着监控。

片刻之后，他精神一振——陈松虞来了。陈小姐与旁人闲聊，三言两语就借到了衣服。这时她的状态竟然比刚才在走廊推着餐车更放松。希尔如果不是知道内情，也完全会被她骗过去。

希尔不禁嘀咕道："不是吧，这也太自然了吧？她真的是导演，不是演员吗？"

他不死心地另开一个投影，在半空中翻出陈松虞的生平档案。对于他们这种级别的黑客，普通公民的个人信息，可以说是完全透明，他只花了不到一秒就将陈松虞的履历表翻了个底朝天。

起初他看到她的电影和编剧作品，以及一堆奖项，并不耐烦去细看，就继续往前翻。看到她的学生时代，然后他露出仿佛受到惊吓一般的表情。

"这是个学霸啊！"希尔发出了不可置信的声音，"她怎么能从小到大，每一门功课都拿Ａ！她成绩这么好为什么不去学金融、人工智能，非要读电影学院？脑子抽了吗？"

他八卦得太入神，甚至忘记了老板还坐在自己后面。

池晏慢条斯理地站了起来，他高高在上，睨着对方，一口烟圈喷在希尔的脸上，不咸不淡地说："专心做事。"

希尔："哦……哦，好的……"

接着他看到，池先生手中的烟头，狠狠地摁在了触控板上。触控板被烧出一股刺鼻的焦味，投影也在瞬间消失。

希尔像被捏住了喉咙的鸭子，心疼得快要哭出来，这可是他新买的电脑。然而他一句话也不敢说，只觉得后背发冷，冷汗涔涔。因为池先生分明在告诫自己要专心做事，否则下一根烟头烧的就不是电脑了。

他心有余悸地转过头，结果正好看见屏幕上的陈松虞在换借来的衣服。镜头一寸寸地拍下了她雪白的背，如一只情人的手爱抚着艺术品。这后背的线条饱满而流畅，肌理细腻，毫无瑕疵。显然她平时经常健身，后背骨肉均匀，不是病态的瘦，而是恰到好处的挺拔与优美。

这一幕美得惊人。尽管希尔刚才已经欣赏了不少裸背，但还是没有哪一个能与她相媲美。没想到学霸竟然有这样的本钱。希尔看得入迷："池先生，你看这个女学霸的身材还挺好啊！一看就是练过的！腰也够……"

话说出口后，他的大脑才开始敲警钟——完了，他又在八卦了。接着他发现池晏居然没有训斥自己——此时的气氛简直安静得诡异。他悄悄地抬起头，看到池晏还在凝视着屏幕。

显示屏的荧荧幽光照亮了那张英俊而阴沉的脸，池晏平静的眼底，仿佛也出现了若隐若现的浪潮。希尔疑心自己在池先生的眼中看到了一丝惊艳——但光线太迷离，他立刻推翻了自己的想法。怎么可能，这可是池晏，他什么女人没见过。

他心虚地垂眸。再一次抬头时，他发现池晏的目光又落回自己的身上。此时池晏明明在笑，眼里却没有丝毫笑意。

"看得很开心？"池晏淡淡地问。

危机感在大脑中疯狂作响，希尔本能地摇头："怎么会！学霸有什么了不起？这个女人胆大妄为，在我心里已经是个死人了——"他突然灵机一动，又说道，"我现在就把这段视频删掉！把偷拍的摄像头也毁了！欺负女人，我们黑客都看不起这种人！"

池晏似笑非笑地睨了他一眼，没说什么，只是坐回原位，再点了一根烟。

希尔知道他还在盯着自己。那充满压迫感的目光，简直能将他的后背烧穿。他的全身都紧绷着，不敢有半点放松。过了一会儿，他才听到池晏吩咐道："她今晚不会去机场，查酒店附近的地下旅馆。"

希尔在心里松了一口气，连声答"是"。这时他才感到口干舌燥，伸手要去摸水杯，却摸到了一个小小的凹凸不平的地方。他发现不知何时，桌上被烧出了一个深深的洞。那正是他的左手惯常放的位置，他不禁悚然一惊。

窗外仍是黑沉沉的夜，凉风习习。夜色即将退去，很快又是新的一天。

他们坐在飞行器上，徐旸在池晏的身边报告："池哥，和您想的一样，陈松虞确实逃进了酒店附近的一家旧旅馆。她做得很谨慎，整条街的监控都是坏的，但是街角恰好有个流浪汉看到了她。"

池晏微闭着眼，摩挲着手指，轻轻地"嗯"了一声。

徐旸继续恭维道："您可真是料事如神，竟然料到她没有去机场，反而在附近杀个回马枪。"

池晏低低地笑了一声："不过是照剧本演罢了。"

这只小鸟，扑棱着翅膀，妄想趁黑夜飞出天罗地网。可惜他们都看过同一部电影。

一行人很快抵达旅馆。老板乍然见到几个持武器的人走进来，吓得浑身颤抖，动作娴熟地高举双手，从柜台后站出来。

徐旸问："刚才是不是有个女人进来？"他接着详细描述了陈松虞的伪装，老板哪里敢隐瞒，连连点头。

"把她的房间号和房卡交出来，就没你的事了。"

老板的神情却变得有些迟疑，他的眼珠乱转，支支吾吾道："可……可是，她根本就没有在这里住啊。"

徐旸二话不说，一脚将他踢倒在地上，用武器指着他的头："别耍什么花招。"

老板吃痛地捂着肚子，闭着眼睛大声喊道："真……真的没有！她就找我借了个手机，十分钟之后就走了！"

不像是作假。徐旸使了个眼色，手下连忙去查老板的通信记录。前面的对话池晏并没有仔细听，他只是坐在一旁抽烟，顺便处理了一件更为紧要的事情——继续安抚杨倚川。

杨公子今晚毫发无伤，只是受了巨大的惊吓。从医院出来，稍作安顿之后，甚至来不及见池晏一面，就赶着要回K星。足以看出他那位尊贵的公爵父亲，对S星的治安有多么不满。他在简讯里再次向池晏表达了歉意，并承诺下次一定要当面道谢。

——真是个傻子，被卖了还要帮人数钱。池晏淡淡地笑着，回了几句妥帖的客气话，又做了个顺手人情，安排杨倚川的私人飞船走VIP加急通道。这边的事情告一段落后，他恰好听到徐旸盘问酒店的老板："没装摄像头？"

老板瑟瑟发抖道："哪……哪里敢呢。做我们这行的，知道得越少对自己越好……"

池晏打断了他们的对话："把流浪汉叫进来。"

蓬头垢面的中年男人立刻被架进来，后背被人踢了一脚，然后趴在发霉的挂毯上。他偷偷地从指缝间打量池晏，触及对方过于锋利的眼神后，又立刻吓得低下头。

徐旸问："你看到那个女人离开旅馆了吗？"

流浪汉将头埋在挂毯里，发出沉闷又古怪的笑声。手下又狠狠地踢了他一脚，他吃痛地断断续续道："她……她被一架飞行器接走了——"

徐旸听到这里，脸色已经微变："什么飞行器？"

流浪汉却说不出更多了，只是趴在地上支支吾吾。

徐旸对手下使了个眼色："你们上去，把每间房都查一遍。就说是临时安全检查。"

几个人鱼贯而入，将旧楼梯踩得"嘎吱嘎吱"响。很快从楼上传来一阵撞门声、女人的尖叫声与家具被砸烂的闷响——这就是S星的特点，混乱、危险。谁的拳头硬，谁就能为所欲为。

这些声音令流浪汉听得瑟瑟发抖，他再也不敢隐瞒，颤声道："是一架黑色飞行器。那……那女人走之前特地给……给了我一笔钱，说万一有人问起来，就帮她个小忙，只说见她进了旅馆，不说别的！"

这么说，陈松虞也早就料到了流浪汉的事情，甚至故意摆了他们一道。

徐旸的脸色更难看了："黑色飞行器……"这在S星是身份的象征。这意味着接走陈松虞的人非富即贵，也意味着他们再想找人，会难上加难——可是陈松虞在S星人生地不熟，怎么会有这样的人脉？

池晏却捏着烟，睨了那流浪汉一眼，微微笑道："拿钱办事，你做得不错。"

对方不明就里，松了一口气，又听池晏说："可惜，我不喜欢别人对我撒谎。"

流浪汉顿时吓得冷汗直冒。不过池晏的神情依然很平静，他只是微微侧头："通信记录呢？还没查到？"

一个手下忙不迭地小跑过来："查……查到了。她拨的应该是这个号码。"

池晏漫不经心地接过来，眼神却慢慢地变了，他盯着那一串数字，低低地笑出了声。只是这笑声极其阴沉，令人脊背生寒。

"不用找了。"他说。这号码他并不陌生，几分钟以前，他们还联系过——这是杨倚川的私人号码。这样一来，接她的是谁，再清楚不过。想必陈松虞此刻就坐在那艘前往K星的私人飞船上，还是他亲手为他们——为她——开了绿灯。

"……她已经离开S星了。"

最危险的地方往往就是最安全的地方，这句话来自古龙的武侠小说《三少爷的剑》。陈松虞给杨倚川打电话的时候，脑海中莫名地闪过了这句话。

她并不认识杨倚川，之所以知道他的私人号码，只是因为她在拍摄前临时抱佛脚地翻了翻这个乐队的私人档案，里面有主唱的联系方式。她恰好对数字很敏感。

电话接通时，一个干练的女声出现在听筒的另一端，对方是杨倚川的经纪人凯茜。陈松虞听到这声音，就觉得情况不妙，这女人听起来精明难缠。但她还是尽量平静地说明来意。电话里不能讲太多,她只说自己订不到回去的票,有没有可能搭他们的顺风车。

"陈小姐,你的情况我了解了。"凯茜很客气地说,"但你也知道,我们乐队四个人,现在有三个还躺在医院里,实在是乱了套了……"

陈松虞的心慢慢地沉了下去,和之前想的一样,对方会委婉地拒绝。她拿着店家脏兮兮的公用手机,飞快地思考自己该说些什么来让对方帮助自己,这是她最后的机会了。她在S星谁都不认识,否则绝不会来找杨倚川。

就在此时,听筒对面出现了另一个更清亮、悦耳的声音,是杨倚川:"谁啊?"

"今晚的纪录片导演。"

"怎么了?"

"她说她……"凯茜的声音模模糊糊的,越来越远,陈松虞并没有听清。

杨倚川突然激动地抬高了声音:"等一下,你说这个导演是陈松虞???我超喜欢她的电影!你快去接她!"

于是凯茜不情愿地举起听筒。陈松虞大脑中那根紧绷的弦,在这漫长的一夜,第一次放松了下来。她转过身,定睛看着这家旧旅馆。墙上挂着破旧的羊毛挂毯,上面有褪色的曼陀罗花图案。墙角有只鱼缸,硕大的金鱼在蓝莹莹的水波中摇曳,像被泡开了的向日葵。

她没想到,最后还是自己的导演身份,救了自己一命。

事情就是这么巧。公爵的儿子竟然是影迷,还恰好是她的影迷。

一坐上飞船,杨倚川就主动凑过来跟陈松虞打招呼:"凯茜没跟我说临时换的导演是谁,没想到竟然是你!我好开心!"他咧嘴一笑。

靠近了看,他其实有一点男生女相,骨骼纤细,五官小巧,不笑时会显得太过漂亮和倨傲。或许这就是世家教养所带来的距离感。他一笑起来,嘴边就露出了一个小酒窝,倒显得他很单纯,甚至有种孩子气。

陈松虞笑了笑:"谢谢你。"她原本只想心平气和地向他道谢,没想到杨倚川却拉着她不放,还开始大谈特谈她的作品,俨然对她拍的每部电影都如数家珍。

恍惚之间，陈松虞觉得自己回到了什么电影节的红毯或者首映礼上，面对着狂热的影迷。谈论的话题兜兜转转，又落到她两年前的那部滑铁卢作品上。

杨倚川义愤填膺，先是怒骂那一年电影节的评审团都是瞎子，然后又说："长片怎么了！我就不明白，为什么现在的电影越拍越短，这么短的时长，怎么能讲好一个故事啊？"

陈松虞听到这里，倒有点诧异。因为这两年以来，为她打抱不平的人虽然不少，却从来没有人真正支持过她拍"长片"的这个决定。似乎大家都默认电影越拍越短，才是这个时代真正的趋势，是市场的选择，是人心所向。她不禁笑了笑："你是第一个这么对我说的人。"

杨倚川瞪大了眼睛："真的吗？"

"真的。"她的语气很诚恳，又直视着杨倚川的眼睛——对二十岁出头的年轻人来说，这样的眼神，实在太专注和清澈了。他莫名地感到一丝赧然，手脚都不知道往哪里放了，耳根也已经开始发烧。

陈松虞没注意到他的失态，正要说些什么的时候，灯突然暗了下去。她的笑容一僵，警惕心立刻冒上来。尽管这艘飞船早已离开了S星，但……谁知道那群人还能做些什么？

下一秒，广播里却突然放起了生日歌。坐在另一客舱里的经纪团队，连同两个空中管家，都满面笑容地走了进来。经纪人凯茜站在最前面，手里捧着一个精致的生日蛋糕。

"生日快乐！"几个人齐声喊道。

陈松虞微微一笑，放下了手中的空酒杯——如果真有任何意外，她本打算打碎酒杯，拿玻璃碎片来做防身武器。

在一片欢声笑语中，只有杨倚川本人的兴致不高，他神情怏怏地吹灭了蜡烛："好了好了，快开灯吧。"之后连蛋糕也懒得切，完全交给凯茜张罗。

陈松虞："今天是你的生日？"

"是啊。"杨倚川唉声叹气道，"不然我为什么要来S星开演唱会呢？"

为什么？她一时间没想明白他的脑回路。接着就听到他继续愤愤道："就是因为我不想在生日这天，去做那个基因测试！"

陈松虞："……"这时她才终于明白了为什么杨倚川作为一个K星的贵

033

公子，非要千里迢迢地跑到 S 星来开演唱会。因为帝国公民每年都要在生日这一天，去做一次"基因匹配测试"。他显然想要借去异国他乡开演唱会来浑水摸鱼，逃过今年的测试。

"可别再任性了，小川，要不是你非要来 S 星，也不会发生这种事情。还好最后是有惊无险。"凯茜一边教育他，一边递给他切好的蛋糕。

杨倚川气鼓鼓地接过了蛋糕："都这样了，今年不能不去吗？"

"不行。"对方无情道，"刚才你父亲已经跟我通过电话，下飞船之后，我们先去医院，之后就去基因检测中心。"

"烦死了。"杨倚川一脸不高兴地举起叉子，好端端的蛋糕，很快被搅成了一团烂泥。

凯茜柔声劝他："基因检测有什么不好？你不想早点遇到自己的命定之人吗？"

杨倚川："什么命定之人啊？明明就是陌生人而已。我喜欢谁，跟谁结婚，应该是我自己决定，而不是让莫名其妙的百分比来决定！"他越说越火大，"这跟动物配种有什么区别？"

凯茜笑："孩子话。"

她转过头，将另一块蛋糕递给了陈松虞："陈导演，你说是不是？"

陈松虞知道对方话里有话。这其实在暗示自己，这些私房话听过就算了，不要随便传出去。

杨倚川却完全没听出来，甚至十分不屑道："喊，陈老师肯定支持我。"

陈松虞诧异地看向他，只见杨倚川一脸热切地看向自己："陈老师，我还记得你拍过一部电影，讲的是一对情侣，他们明明真心相爱，却因为基因匹配度不及格，不被帝国婚姻法认可，而没有办法结婚。于是他们选择了私奔。那是我看过的，近十年最好的爱情片！"他热情洋溢道。

陈松虞一怔，接着才掩饰地笑了笑："那也是我自己最满意的一部作品。"

"我也记得那部电影。"凯茜突然插嘴道，"女主角当年拿了星际电影节的最佳女主角，对吧？她演那部电影前好像还是个素人，没学过表演。陈老师，你可真会调教演员。"

她话锋一转，看松虞的眼神里，明显多了几分热情："陈老师最近有筹备新戏吗？下次有什么合适的角色，要不要考虑一下我们家小川？你别看他玩乐队，他其实更喜欢电影，一直很想拍戏的，只是对剧本实在太挑剔了。但如果是陈导演的剧本，那肯定没问题吧？"

杨倚川的眼睛顿时亮了起来："当然了！就算让我跑龙套，不，让我演一具尸体都好！"

凯茜转头啐了他一口："说什么不吉利的话！"

杨倚川却一脸满不在乎："行了，昨晚不是没出什么事吗，干吗这么大惊小怪。"

陈松虞在旁边听着，不禁心想，他怎么能这么心大？大概是被家里保护得太好。她原本考虑过，要不要在飞船上向杨倚川告知事情的真相。这时却打消了这个念头，毕竟他和她想象中的完全不同。

他这样不谙世事，什么都不懂，一心只有艺术，贸然告诉他，又有什么用呢？知道得太多，反而害了他。

到底该如何处理那块如烫手山芋一般的芯片，最好等她安全抵达K星再从长计议。陈松虞踌躇片刻，又对他说："我也送你个生日礼物吧。"

"哎？什么？"杨倚川一脸期待地望着松虞，见她转过身，拿出一个芯片递给自己。

"……这是今晚的演出视频。"陈松虞说，"虽然纪录片拍不成了，但我把素材粗剪了出来，就当留个纪念吧。"

这当然不是原始芯片，而是另一个备用芯片。里面只有演出，袭击的部分被剪辑了。

其实将它拿出来还是有风险，最好的做法是保持沉默，并且咬死自己什么都没有拍，但陈松虞到底是心软了。

"希望你会喜欢。"她说。

杨倚川很惊讶："什么？你拍了？！"

果然和她预料的一样，他高兴得快要疯了，大声地宣布："这是我最喜欢的生日礼物！"他恨不得要立刻打开投影，让凯茜和自己一起看。

他们倒完全没有对她起疑，毕竟那场袭击似乎已经有了结果。当然，也没人会认为她能在那样危险的情境下，继续端起摄影机。

陈松虞又想，即使暂时不能明说，或许她也能先对杨倚川稍作暗示。于是她斟酌地开口道："你昨晚见到的那个……"

杨倚川兴冲冲地转过头来："那个什么？"

陈松虞的话骤然被打断了，因为智慧型手机再次振动了起来。她下意识地扫了一眼屏幕，在看到上面文字的一瞬间，她愣住了。接着她对杨倚川说："不，没什么。"

这条消息来自季雯，她说自己在K星机场时，行李不见了。

季雯：行李全丢了。警察查遍了监控，也没找到什么蛛丝马迹，最后还说我自己不小心，太过分了……

这时飞船猛地一震。宇航员在广播里通知飞船即将返航进入大气层，请他们回到座位。

杨倚川拿着芯片，恋恋不舍地回云了。陈松虞却手一软，没握住的智慧型手机"啪"的一声摔到了地上。这简短的消息文字，瞬间戳破了飞船上充满欢声笑语的泡沫，将她从日常生活又拖回那个噩梦里。她意识到自己还是太天真了。

在暗中操作的人是谁不言而喻。本以为逃出S星就算安全，但这样看来，现在根本不是噩梦的结束，而只是开始。那群人的势力范围，远比陈松虞想象中的更大。等飞船落地，在K星等待她的会是什么？那个二楼的男人，会放过她吗？

飞船已经开进大气层，冲撞力令陈松虞想要呕吐，她快要无法呼吸。气流、颠簸、重力、升温、几乎要震破鼓膜的尖锐轰鸣——

智慧型手机还静静地躺在她的脚边，屏幕却再一次亮了。陈松虞低下头，看见屏幕上出现了一道极深的裂痕，是刚才摔的。一条新消息弹了出来。

父亲：松虞，下周是你的生日。我来陪你做今年的基因匹配测试。

基因检测中心在今年推出了全新的宣传片。

在巨幅广告屏上，当红女星尤应梦和她的新婚丈夫荣吕——年轻有为的议员先生，一脸甜蜜地依偎在一起。

"是的，人人都说我们是天生一对。我和阿吕的基因匹配度高达91%，我第一次见到他的时候，就心跳加速，感觉大脑像'砰'的一下炸开了……"

屏幕上立刻出现了一行关键词的科普。

基因悸动：基因匹配度高于 90% 的伴侣，会在初次见面时，产生强烈的生理反应，包括但不限于脸红、心跳极快、呼吸急促、瞳孔放大、大量出汗等。

陈松虞发出一声冷笑，觉得这可真是胡说八道。她还记得在 S 星的那个夜晚，自己同样心跳加快，浑身发热，大脑如同炸开一般——简直完美符合宣传片里的描述——但哪有什么悸动？

宣传片里的尤应梦继续道："我们经常这样坐在一起，他忙他的，我忙我的，就算一句话不讲，也照样能知道对方在想什么。"

"心有灵犀吗？你们说这是不是心有灵犀？"她捂着嘴，露出娇媚的笑容。

屏幕上出现下一个关键词及解释。

基因超感：基因匹配度高于 90% 的伴侣，会产生精神和情感上的感应，甚至能够在一定程度上共享感觉、知识和技能，也就是我们通常所说的"心灵感应"。

"天哪，他们真是神仙爱情！"陈松虞听到旁边一个女孩发出十分梦幻的感慨，"我也能遇到基因匹配度高于 90% 的他吗？"

她的同伴笑着推了推她："你想得美！没看去年基因检测中心出的年度报告吗？K 星公民的平均基因匹配度只有 66.67%，匹配度高于 90% 的概率只有不到 1.5% 呢！"

那基因匹配度为 100% 的概率是多少呢？

陈松虞不禁想笑。她甚至怀疑，如果眼前这几个小姑娘知道自己有一个基因匹配度是 100% 的对象，怕是会把自己当成活的月老来拜。

陈松虞之所以会站在这里耐着性子看完这个不知所谓的宣传片，纯粹是以一个导演的身份欣赏同行作品。更何况，尤应梦是她很欣赏的女演员。从前有人这样形容《乱世佳人》里的费雯·丽："她有如此的美貌，根本不必有如此的演技；有如此的演技，根本不必有如此的美貌。"

这句话放在尤应梦身上，同样适用。

前几年，陈松虞一度和她有机会合作，当时项目都递到了尤应梦面前，尤小姐也欣然同意。没想到过了几天就传来噩耗——影后开了记者会，宣布婚

037

期，结婚对象是个权贵，她从此无限期息影。

不过，尤应梦还是那个尤应梦，即使关在家里做了两年阔太太，演技也不曾生疏。

陈松虞并不觉得镜头前的她有多幸福，只觉得她在完美地"表演"幸福。这正是这个短片唯一的用意——将"基因匹配"与"爱情"画等号。他们在兜售一种美妙的爱情幻想：基因匹配度越高的夫妻，越能够拥有完美的婚姻。基因匹配度越高的两个人越契合，从身体到灵魂，无一例外。

陈松虞对此从来都嗤之以鼻。她觉得自己像个待价而沽的牲口，像被盖了检疫章的新鲜猪肉，在检测中心里排队。只是为了寻找最完美的交配对象。

不幸的是，偏偏每年都有人押着她来检测中心。陈松虞和父亲分开住，平时不怎么联系。唯有到了要基因检测的这一天，他雷打不动地要陪着她。对于她的匹配结果，父亲向来比她本人上心一百倍。

此刻他盯着另一边的智能叫号系统，轻声提醒她："轮到你了。"

陈松虞置若罔闻，只是专注地仰望广告屏："等我先看完这个宣传片。"

"还看什么呢，都在出字幕了——"父亲说，话音一转，"你想看导演是谁？"

知女莫若父，陈松虞扯了扯嘴角。父亲不高兴地说："不是终于辞职了吗？怎么还想着拍电影呢？"

"只是辞了这份工作，又不是不拍电影。"

父亲的口气变得更严厉："都跟你说了，事业心不要这么重……你就是因为这样，才总是找不到合适的匹配对象。"

陈松虞冷笑："匹配不到合格的人，是基因的问题，和我的工作有什么关系？要不是婚姻法规定基因匹配度低于60%的两个人不许结婚，你是不是恨不得到中心广场去举牌子帮我相亲？"

父亲生气了，声音也变大了："你怎么这么跟爸爸说话？让你早点结婚也是为你好，一个女孩子，独自在外面漂着，还不如……"

"别说了。"陈松虞打断了他，"难得见一次面，我不想吵架。"她甩手进了检测间，留父亲一个人坐在等候大厅里。父亲欲言又止，既生气又无奈，最后深深地叹了一口气。

虹膜识别 — 脑电波扫描 —DNA 采集 — 系统检索 — 基因匹配。

几年下来，陈松虞对这一整套流程几乎已经烂熟于心。检测结果会是什么，她也同样很清楚。报告打印出来了，她看也不看，直接走出检测间，将那张薄如蝉翼的纸塞进父亲的手里。父亲充满期待地打开了检测报告，脸色立刻又变成灰白。

陈松虞——匹配对象——丰羽

匹配度：58.6%

"怎么又是这样……"他难以置信地低声道。他把报告拿近些想看得更仔细，快把整张脸都埋进纸里。陈松虞看到他后脑勺的白头发，与去年相比，父亲的面容似乎又苍老了不少。

陈松虞问："还是没合格吗？"

父亲沉默，半晌才抬起头来，嘴唇颤抖："为什么会这样……松虞……八年了，从你成年到现在，为什么一个合格的匹配对象都没有？"

"啊，我也不知道，也许是我的基因有什么缺陷吧？"陈松虞双手插在兜里，仿佛事不关己，用一种奇怪的、漠然的口吻道。当然她的心里很清楚，问题不在于基因，而在于她早就删除了那个唯一的、对她来说完美的结婚对象的报告——和她基因匹配度为 100% 的人是池晏。

大概正因为她和池晏的基因匹配度太高了，所以才不可能出现下一个及格的匹配对象。按那部宣传短片里的说法，这就是"命中注定"。不得不说，还真是怪可笑的。

父亲断然否认："胡说！我去年就找过检测中心的胡主任，他说你的基因没有问题，当然，检测结果也没有问题……"

他说着说着，态度又从愤怒转为颓唐："……你这样，我以后怎么跟你妈妈交代？"

陈松虞的声音变冷漠了："别跟我提我妈。"已逝的母亲，向来是这个家庭的禁忌。她转过身，低下头，逃避般地打开了智慧型手机。手机的荧荧幽光照亮了她的下半张脸，她的嘴角紧抿，神情凌厉。

裂开的屏幕上，却突然出现了一通来电请求，来自杨倚川。又是他。

从 S 星回来已经一周了，好消息是，陈松虞预想中的那些糟糕的事情统统没有发生，生活风平浪静，那些S星的危险分子像是彻底忘记了她。但坏消息是，这位贵公子果然是她的狂热粉丝，他对陈松虞始终保持着超乎寻常的热络。即使陈松虞出于某种微妙的心态，决心要跟他保持距离，杨倚川也从来没有因为她的冷淡而退缩过。

如果在往常，她或许会假装没看到他的来电，但现在她急于找点事情来逃避与父亲的对话，于是不假思索地接通了。杨倚川火急火燎的声音传了过来："帮帮忙！江湖救急！"

陈松虞一愣："有什么事吗？"

杨倚川单刀直入道："我有个朋友，最近想找人帮他拍点东西。但他刚来K星，人生地不熟……"

陈松虞果断道："抱歉，真的不行，我在休假。"

杨倚川却像早预料到了她的拒绝，他用一种快要哭的语气，可怜巴巴地说："不是的！你听我说！你也知道我自从回K星就被爸爸禁足了，他说外面太动荡，不让我出门……可是我都回来这么久了！快被憋死了！

"帮帮忙吧，你就跟我朋友见一面，随便跟他聊聊，主要是帮我……多说点好话，你懂的，我爸爸很喜欢他。如果他能帮我求情，爸爸一定会同意的！"

陈松虞："……"话都说到这里了，她觉得如果自己再拒绝，就实在是太不近人情了。更何况，她的余光瞥到父亲的神情，发现他正在不动声色地偷听这边的对话。于是她故意道："好吧，地址发我。"

杨倚川如释重负，发出欢呼："太好了！我先准备着，等你到时候一拨电话，我就知道可以了。"

"好。"陈松虞结束电话，转头对父亲道，"我临时有工作，先走了。"

他叹了一口气："又拍电影？"

陈松虞："是。"……当然不是。她只是替杨倚川跑这一趟，帮他传传话罢了。

父亲却信以为真："我就知道，你辞职了也不会消停。一个女孩子，怎么就这么爱往外面跑？"

陈松虞漠然道："反正也没有男朋友，只好努力工作了。"

"有这个时间，不如多出去交际。万一认识了合适的男生，我也能私下托胡主任帮你查一查你们的基因匹配度……"直到离开检测中心，父亲都一直絮絮叨叨个不停，陈松虞只当没有听见。

杨倚川的朋友看起来身价不菲。他号称人生地不熟，竟然在K星有自己的办公室，还是在CBD的一栋摩天大楼里。

陈松虞乘坐电梯去顶楼时，在心中默念他的名字：Chase。"追逐"，这名字有点微妙。

玻璃盒子是这个时代的通天塔。她在四面透明的电梯里看着层数一层层上升，感觉自己如同踩着天梯迈进云端。城市的版图，尘世的烦恼，郁结的心事，都仿佛被一一踩在脚下。

迎接她的人站在电梯口，彬彬有礼道："陈小姐，老板已经在等你了。"

陈松虞点头，跟着他往里走。这里的设计风格无疑极有品位——简约、空旷，甚至冷峻。来往的员工都训练有素，忙碌而安静。Chase的办公室视野极好，有一整面反光玻璃，恰好能将楼下所有人的一举一动尽收眼底。她猜测此人大概充满控制欲。

身边的员工替她开门，对办公室里的人说："老板，陈小姐来了。"又毕恭毕敬地退了出去。

一个男人坐在办公椅上，背对着她，没有说话。他身前是落地窗，过分通透的日光，将他宽阔的后背镀上了一层金光。

陈松虞从玻璃的倒影里，隐约看见一个锋利的轮廓。这让她觉得很眼熟，像在哪里见过。她的心跳得更快了，且无法控制地越来越快，快到像要从胸膛里跳出来。她试图无视这奇怪的反应，竭力使声音保持平静："你好，我是陈松虞。"

对方轻笑一声，才道："你好。"

这个声音，这低哑的嗓音，仿佛一个被摁在陈松虞心口的烟头，立刻将她拉回那个夜晚——楼梯间，穿堂风，浓重的烟草味和五光十色的霓虹倒影。他是那个楼梯间的男人，怎么这么巧？她感到错愕和一丝微妙的不安。

他慢慢地转过椅子。陈松虞看到了这声音的主人，那是一张英俊的脸，一张尽管不苟言笑,也足够令人痴迷的脸,那张……捕猎者的脸。

那一瞬间,陈松虞觉得自己如遭雷击,她感到一种奇怪的、沉甸甸的压迫感,从心脏向外扩张,像要将胸腔撕裂开来。她根本无法控制自己的身体,一直往后退,退到门边,直到她退无可退。

他们竟然是……同一个人。难怪她回K星这一周都无事发生,风平浪静,原来他根本没有放过她,而是早就蛰伏在暗处,布下天罗地网,等着她……一头撞进来。

陈松虞像被施了冷冻魔法,寒冰顺着脊椎一寸寸往上,冻住了她的四肢、嘴唇……眼睛。她觉得自己的身体如冰雕一般僵硬。

此刻,池晏微笑着,十指交叠放在桌上,身体前倾,摆出一个兴趣十足的姿势,目光灼灼地看着她:"……我是Chase。陈小姐,好久不见。"

"哦,原来是你。"陈松虞倚在门边,竭力克制身体的反应。她仍然挺直脊背,微微扬起下巴,露出一贯的冷淡神态。

"还记得我?"

"记得你的烟。"

他微微一笑:"陈小姐近况如何?"

"辞职了。"

"那要恭喜你脱离苦海。"他敲了敲桌子,"送一瓶香槟上来。"

陈松虞挑眉:"在办公室喝酒?"

"当然,老板的特权。"他漫不经心地说,又低下头扯开袖口,露出劲瘦的手腕。

陈松虞隐约在他低头露出的后颈的衣领深处,见到了呼之欲出的文身——像是某种错综复杂的黑色图腾。她浑身一激灵,立刻想到在S星那一夜,自己在那群人的手背上见到的文身。

但是这跟那晚见到的又不同。他身上的文身更精致,也更神秘,仿佛带着某种原始、野性、危险的生命力,如同旋涡一般,要将她的神魂都卷进去。

池晏抬起头,对她短促一笑:"也庆祝我和陈小姐再见面,看来我们很有缘。"

陈松虞权当没听懂他的暗示:"是很有缘,没想到你也认识杨倚川。"

"世界真小。"他说，"我们不仅在同一个楼道抽过烟，还有一个共同的朋友。"

他话锋一转："对了，我还没问过陈小姐去 S 星做什么，捧小川的场？"

来了。陈松虞心想，还真是意外地单刀直入。但这样也好，她不喜欢拖泥带水，无非看谁演技更好。

"不，我是去拍纪录片。"她微微蹙眉，"你不是听到了吗？那本来不是我的工作，同事临时有事，才把我叫过去。"

他轻笑一声："堂堂陈大导演，竟然被派去做这种事。不知道的，还以为你的老板在故意作践人。"

——他在激怒她。

"不过，陈小姐实在比我想象中要冷静很多。当时你离舞台很近吧？亲眼看到一个人死在自己面前，是什么感觉？"他的声音还是这样低沉，暧昧，慢条斯理。

不知道为何，这短短的描述，却如同催眠一般，立刻唤醒了陈松虞记忆深处最恐惧、最想要逃避的画面——瞪大的双眼，涣散的瞳孔，额头上的血洞，被打穿的伤口边缘，皮肤皱巴巴的。她全部看见了。

陈松虞的声音很冷淡："我不知道，一出事我就躲起来了，后面发生了什么，都没有看清楚。"

池晏定定地看着她。他的目光在她的脸上逡巡，像暗夜里的车灯，照得人心慌；又像是在拆礼物盒子的缎带，丝绸光滑而冰冷的表面，沿着她的皮肤往下滑。

然而陈松虞不为所动，只是以几乎漠然的眼神与他对视着。片刻之后，池晏才轻笑一声："那就好。小川说你最近在休假，我还以为，是因为那一夜受了惊。"

"劳你费心。如果真有什么事，我自己会去看心理医生。"实际上陈松虞的确需要一个心理医生，可惜她不敢。她只能装作无事发生，生活如常，就算在半夜做噩梦惊醒，满头大汗之际，都不曾喊出声来。

"……不过，S 星的确很乱。"她继续道，"我差一点买不到回来的票，还好杨倚川肯帮忙。后来我打电话去问，听说是人流量太大，导致订票系统直接崩溃了。"

池晏挑眉:"原来你们是这样认识的。"

"是啊。"她扯了扯嘴角。

他相信她说的话了吗?她不知道。敲门声骤然响起,打断了他们之间的僵持。一个西装革履的高大男人恭敬地走进来,一手握着冰桶,里面插着香槟,另一只手……却捧着一个硕大的礼盒。

池晏将下巴搁在交叠的指尖上,对陈松虞笑道:"对了,陈小姐,知道你要来,我还为你准备了一份礼物。"

礼物?她当然不会傻到以为真有一份"礼物",他根本就是来者不善。她的心一沉,但那个男人已经将礼盒送到她面前,她只好将它接过来。这东西重得出奇,令她双臂一沉,整个人都矮了一截。但这东西拿在手上,又莫名地有种熟稔感。

池晏不着痕迹地打量她的动作,皱眉:"徐旸。"

被喊到的男人会意,立刻从陈松虞手中将东西接过来,礼貌道:"陈小姐,我来帮您打开。"

盒子当然被包得极其精致,用了昂贵的环保材料。银色纸面如同电子屏幕一般,折射出绚丽的光彩,但徐旸毫不在意地将它撕扯开来。纸面摩擦的声音极其刺耳,陈松虞的眼睛一眨不眨地望着他的动作,一颗心都吊了起来。

随着他的动作,最后一层屏障被扯开——被砸烂的塑胶、玻璃和铝合金。漆黑的东西,七零八落地、静静地躺在被撕烂的银色纸面里,犹如一朵靡丽而古怪的黑色大丽花。

只一眼,陈松虞就认出了这是她落在 S 星剧场的那一部旧摄影机。然而此刻它已经被砸得七零八落,倒在自己面前。这是明晃晃的威胁。她背对着池晏,血液一股脑地涌向她的大脑,但她的声音依然很镇定:"这是什么?被砸烂的摄影机?"

池晏笑道:"你不认识它了吗?"

陈松虞继续装傻:"你说什么?"故意又停顿了几秒钟,她才装作恍然大悟的样子,"原来是我丢的摄影机,剧场不是失火了吗?我还以为它也一起被烧了。"声音里有恰到好处的诧异,还有抬高和感激对方之意,她真该拿个最佳新人演员奖。

　　池晏也乐于陪她演戏，他笑道："陈小姐喜欢就好，我特意留给你的，毕竟我一向说到做到。"

　　陈松虞一愣。说到做到？接着有两句话浮现在她的脑海里，"如果我是你，我会立刻辞职""哦，再去把那个破机器砸了"——正是在那荒唐而疯狂的夜里，这个男人在楼梯间对她说的话。说到做到，好一个说到做到，她浑身一激灵。

　　窗外艳阳高照，暗流涌动的压抑气氛，却在这办公室里静静地弥漫着。徐旸早就无声地退了出去，只剩他们两人，以及地上被砸烂的摄影机。

　　陈松虞终于收回视线，面无表情地说："我想起来了，谢谢你的礼物，你可以帮我把它直接扔进垃圾桶吗？"她突然不想再跟这个人虚与委蛇地演下去。

　　他今天叫她过来，无非是想试探她，可是为什么要这样麻烦？她不觉得这样的人，会对自己有任何怜香惜玉。既然如此，该说的话她都已经说了。信与不信完全在他，她只想结束这场谈话。

　　"看来你并不喜欢这个礼物。"池晏说。

　　"你说笑了，它本来就是一堆垃圾，我为什么要喜欢？"

　　池晏笑出了声："陈小姐说得对。"他从那张办公桌后站了起来。

　　他一站起来，陈松虞再次感受到那种逼人的压迫感，她甚至有些后悔自己说话那么夹枪带棒。他竟然这么高大，身材魁梧，穿西装也藏不住他的凶蛮气质，他像个遮天蔽日的巨人。逆光的脸只剩一个锋利的轮廓，他每往前走一步，阴影都在吞噬她的光明，仿佛具有某种致命的传染性。

　　陈松虞退无可退，他却步步逼近，在她面前站定。他缓缓抬起她的手，他修长的手指，冷得像冰块一样。她的手臂上立刻起了一层鸡皮疙瘩。

　　不，她简直被惊得直打冷战。冷意顺着指尖，沿着血液倒流，心脏都要变成石头。她当然想要抽回来，然而他的力气特别大，她像被一只冷冰冰的钢铁臂给擒住了，无法动弹。

　　陈松虞只能眼睁睁地任由池晏将自己的手送到他的唇边。很奇怪，时间在此刻似乎变慢了。像电影用 0.5 倍速播放，像爱情剧里做作的慢镜头，像死刑犯被绳索套头前最艰难的等待……

一个吻——缓缓落在陈松虞的手背上。她听到自己战栗的心跳,也听到他隐约发出一声餍足般的叹息。灼热而缓慢的呼吸,如同火山岩浆喷在她的手背上。他却流连于这姿势,目光幽沉。

"陈小姐,从见你的第一面时,我就想要这样做了。"他说。

陈松虞冷笑道:"那你还真是有礼貌。"

她的话音刚落,又听到"咔嗒"一声。有什么闪耀又沉重的东西锁在她的手腕上,仿佛是一只精致的手铐。她定睛一看,发现是一块机械手表。鳞纹鳄鱼皮的表带,玫瑰金镶嵌钻石,深邃的黑色表盘上是交相辉映的日月苍穹和极其繁复的星体轨迹。

无论时代如何变迁,奢侈品总是如星辰般永恒不变。他竟然这样毫不在意地将一块价值连城的手表,扣在她的手腕上。

"你不喜欢刚才的礼物。"池晏说,"我就重新送你一个。"

陈松虞终于抽回了手。她立刻从旁边抽出一张纸巾,狠狠地擦拭手背,擦得手背都发红。她产生了一种糟糕的错觉——那个吻已经像烙印一般,刻进她的皮肤和血液里。

"谢谢你的……大礼。"她嘲讽地勾了勾唇,"这太贵重,我不能收。"

当然,如果在前两年,即使这手表再贵,她也未必买不起。她看得很清楚,这手表真正"贵重"的地方在于……这是一块旧表。表盘边缘已经有轻微的磨痕,表带上甚至还留有他的余温。他一定戴过很久,是几个月,还是几年?

"我送出去的东西,没有收回的道理。"池晏似笑非笑道。

"无功不受禄。"陈松虞说着,伸手去摘表,然而一只冷冰冰的大手再度按上她纤细的手腕,不由分说地阻止她的动作。

池晏微微倾身:"一块手表而已,陈小姐又要拒绝我?"

她扯了扯唇角,不着痕迹地甩开他的手:"习惯就好。"

他笑了笑,不置可否,转身端起两杯香槟:"Cheers(干杯)。"

他把酒杯递到她面前,她眼皮都没抬:"我不喝酒。"

"哈。"池晏懒懒地笑道,"陈小姐今天到底要拒绝我几次?"

陈松虞听出他声音里淡淡的冷意。他的手还牢牢地捏着细长的杯身,是她刚刚领教过的力度。

她突然微微一笑，从他手中接过了香槟："好啊，那就喝一杯。"这一笑如同春花初绽，令她整张脸都变得生动了起来。可惜酒杯还没沾到她的唇，他们身后就突然响起细微的、不和谐的声音。

池晏的目光又在她脸上停留片刻，才懒洋洋地循声转头。半透明的投影里突然出现一个俊美的年轻人，这个人裹着深绿色睡袍，怀里抱着一只扁脸的加菲猫。

杨倚川睁大了眼睛，左顾右盼地打量着办公室里的情形："哇，Chase，这是你的办公室吗？好高级啊！"杨公子对面前两人过于靠近的站姿竟然没有感到丝毫奇怪，也是相当粗神经了。

陈松虞抱歉地对池晏笑了笑，后退两步，做出一个"按错了"的口型。这时她藏在身后的另一只手，才不动声色地放回身侧——握着手机。她刚才趁他不注意，悄悄地拨给了杨倚川。这才是她真正的拒绝，她一分钟都不想再跟他独处。

池晏回以淡淡的一笑，只是目光里明明白白地闪过一丝阴鸷，如黑云罩顶，撞得陈松虞心口一惊。他转头面向杨倚川时，这张英俊的脸却笑得毫无芥蒂，温和又亲切。

"改天一定要好好感谢你。"池晏说，"真没想到你让我见的人，居然是陈小姐。"

陈松虞不禁在心中冷笑，这男人不仅变脸功夫一流，还深谙说话的艺术，三言两语就能将事情的主动权全部推到杨倚川身上。什么叫"你让我见的人"？这分明是他自己设的局，不是吗？

杨倚川对此一无所知，反而兴奋道："你也喜欢陈老师的电影吗？"

"我们曾有一面之缘。"池晏慢条斯理地说，又举起手中的半杯香槟，绅士十足地与陈松虞轻轻地碰了碰杯。

陈松虞抬起酒杯，一饮而尽。

"可以了吗？"她不甘示弱地看了池晏一眼，转头对杨倚川说，"之前我们说好了，我只是来见你的朋友一面。现在话带到了，我就先告辞了。"

她一贯雷厉风行，杨倚川根本没反应过来："好的，陈老师，那下次再……"

然而有一只手越过陈松虞的头顶,不由分说地抵住了门。

"陈小姐,我们好像还没有聊完吧?"池晏笑得温和,声音却隐含威胁。

陈松虞的身体一僵,听到他低沉的声音响在自己的头顶。他漫不经心地问杨倚川:"你父亲在家吗?"

"好像说过晚上要回来吃饭……"下一秒,杨倚川的眼睛亮了起来,他兴高采烈地提议道,"对哦!你们都来我家吃饭吧,陈老师也来!正好一起帮我劝劝爸爸!"

陈松虞的脸色变得难看了几分,张口拒绝:"不必了,我……"

然而一只冰冷的手不着痕迹地扣在了她瘦削的手腕上,又微微收紧,像掌控一只笼中雀。他的手指太冰,冻得她胸口一滞,想要说的话竟然都卡在了喉咙口。

池晏笑着看了她一眼,才慢慢抬起头来,对杨倚川说:"好啊,我们现在就来。"声音里有几分懒散。

只有陈松虞知道,这个男人的眼神有多么可怕。他像守株待兔的猎人,目光深沉,凶狠地盯着自己。她的冷汗在这一刻全冒了出来。

第三章

我的导演

飞行器正慢慢地驶进公爵府。

陈松虞的手上仍然戴着那块手表，在对方的虎视眈眈下，她根本摘不掉。它像沉重的黄金枷锁，压迫着脆弱不堪的羽翼，插翅难飞。她心想，Chase之所以要把自己引到公爵府，就是为了进一步试探自己，观察她和杨倚川之间的关系。那他这步棋可真是走错了。

或许是酒精上头，她突然产生了一个极大胆的想法——不如就趁今夜，她直接在餐桌上明明白白地告诉公爵，这个男人是如何欺骗了他们一家人。这是最好的机会。

她一边暗自打着腹稿，一边随意地望向窗外的景色。公爵府的景象令她一怔，她根本没有想到，戒备森严的高墙之后竟然是一座欧洲中世纪的梦幻庭院。哥特式的幽深宫殿，精美繁复的伊斯兰花纹瓷砖……即使在黑夜里，也依然金碧辉煌。

这突然让她有点看不懂公爵究竟是个怎样的人。他教出了杨倚川这样天真的儿子，又将自己的府邸设计得如此复古和华丽，仿佛根本不属于这个高科技的冷肃时代。

池晏并没有放过陈松虞脸上的一丝惊异，他站在她面前，手臂一揽，亲自为她开了飞行器的门。手掌还举高到门框上，再贴心不过，只可惜他扮绅士的姿态依然太过桀骜。

"喜欢吗？"两人擦身而过时，他低头凑在她耳边问，"第一次来这里？"

陈松虞的心顿时沉了下去。他好像能看出她在想什么，又像在故意嘲讽她。她没来过公爵府，而他已做过杨府的座上宾。谁跟这一家人的交情更好，谁的胜算更大，简直一目了然。

池晏甚至刻意走在陈松虞前面，姿态娴熟地带她穿过古典的拱廊、喷泉和摇曳的棕榈树。她也不甘示弱，望着那信步闲庭的背影，淡漠地笑："没错，有劳你当导游。"

他的步子一顿，转过身来，轻轻地笑出声："我的荣幸。"

花园大得令人无法想象，绕了一圈又一圈，才终于看到杨倚川。他抱着一只加菲猫，开心地对他们招手："你们来啦！"

管家也恭敬道："晚宴已备好，客人们请随我来。"

陈松虞深吸一口气，甚至为即将到来的会面感到一丝紧张。尽管她这些年也见过不少大人物，但大多只限于电影行业之内的。像公爵这样的贵族，她极少打交道。

管家领着他们往餐厅走，沿途的下人们都向他们点头致意。公爵府内部果然更富丽堂皇，一步一景，浓浓的南国风情，绿宝石一般的池水，掩映着幽深的火把。加菲猫在池边慵懒地摇着尾巴。陈松虞的眼神一凝，因为桌上只有三副餐具。

杨倚川挠了挠头："爸爸今天临时有公务处理，不回来了。"

她的心跳顿时漏了一拍。怎么这么巧？

餐桌上，加菲猫优雅地从杨倚川身上跳下来，跳进池晏的怀抱里。池晏漫不经心地抚弄这只猫，青筋尽显的手背，深陷进柔软蓬松的雪白皮毛里。

杨倚川羡慕地说："嘉宝真的好喜欢你，你每次来都要黏着你。"

池晏懒洋洋地笑。

陈松虞冷眼旁观，只觉得这太可笑了。他们才认识多久？看杨倚川这态度，简直已经把他当成亲哥哥一样。她骤然站起身，椅子腿在地板上划出刺耳的声音："抱歉，我去一下洗手间。"

杨倚川道："好啊，我让人带你去。"

在公爵府金碧辉煌的盥洗室里，白麝香的香气浓郁，陈松虞匆忙地打开手机，搜索了一下"Chase"这个名字。她立刻找到了他的公开信息，连档案上的照片，都还是竞选海报的那一张。照片里的他，雪亮的目光直视着镜头，那样英俊的脸，英俊到刺眼。但Chase的生平履历非常简短，她扫一眼就能看完。

一位年轻有为的企业家和低调的慈善家。其投资行业相当广泛，包括人工智能、太空探索技术、新能源、泛娱乐行业等。

她心想，这并不合理。他太神秘了。这个人明明在竞选S星的总督，那些小报记者，还有他那一大帮仇敌，难道没有将他的来历挖得干干净净吗？

陈松虞继续往下检索，直到她发现一篇文章，标题赫然是"起底！史上最神秘的总督候选人！"。

当然，不出她所料，里面并没有什么有效信息，只是车轱辘话来回说。评论区倒是很热闹，尽管清一色都是支持。

太帅了吧！爱了爱了，这一票我投给他！

妥妥的霸道总裁啊！

早就觉得梁严不靠谱了，占着位置不做事，赶紧下台吧！

一连十几条好评之后，她才终于看到了一条匿名用户的质疑：不是，你们不觉得很奇怪吗，这个人怎么就突然冒出来了？

陈松虞心想，终于有个符合常理的评论出现了。她扯了扯嘴角，指尖继续往下滑，把页面刷新，那条质疑的评论却消失了。她一怔，又将评论页翻回去，翻来覆去地找那行文字。然而根本找不到，简直像幽灵一样，如果不是她亲眼见过，都要怀疑那条质疑的评论只是幻觉。

陈松虞握着手机的手指微微收紧，这……真可怕。就在此时，她身后响起一个低沉的声音："陈小姐，你在做什么？"

她头皮一紧，深吸一口气，才不情愿地转过身。

上一秒钟还在手机屏幕里的人，此时站在了自己面前。他懒洋洋地站在梁柱之下，在月光和摇曳的南国树影里，慢慢地自阴影里走出来，一点点地显现出英俊的面庞。这画面美得像电影画报。

他实在太高了，她不禁想。她即使作为导演，时常要跟男演员打交道，也很少见到有人这么高，这么挺拔。拥有这样的身高，好像只要站在这里，什么都不用做，存在感就已经很强。

陈松虞道："没什么，出来透透气。"

池晏含笑看着她："小川还在等你。"

小川，多么亲昵的称呼。

陈松虞皱眉："让你们久等了。"

她下意识地将手机收了起来，转身就要回去。擦肩而过时，池晏却在她耳畔轻声道："在看我的资料？"

他微笑着晃了晃手机："不必如此，你有什么问题，可以直接来问我。"

陈松虞猛地停下脚步，她转过身来，紧紧地盯着他："你监视我？"

池晏挑眉，这并非他预料之中的反应。在这种情景下，人通常会心虚，陈松虞却疾言厉色，直接将问题抛给他。

池晏不动声色地笑了笑："只是恰好看到屏幕而已，陈小姐，你好像对我很有敌意。"

月光之下，这张脸简直英俊得不真实。可是，尽管他在笑，他的眼神却如此冷酷，根本看不到半分笑意。

陈松虞冷笑道："那你该反省一下自己，我平常对人都很和气。"她头也不回。池晏在她身后轻笑一声，意味不明的笑声，她权当没有听见。

可是她知道自己的身体现在有多么僵硬，心跳快得要将胸膛给撕裂。她确定了两件事：第一，他还在怀疑她，试探她，她方才差一点就暴露了自己；第二，他的确在监控她的手机。

或许……不止手机。

她绝不能再轻举妄动。

回到餐厅，陈松虞继续不动声色地听着他们的对话。

杨倚川近乎撒娇地对池晏说："你到底什么时候去帮我向爸爸求情！我真的快被闷死了！"

"他这样做，也是为你好。"池晏将身体向后仰，斜斜地倚靠着椅背，一只手搁在桌上，姿态很放松。

杨倚川抓狂了："什么为我好不为我好的？你说这话的样子简直跟我爸一

模一样!你才是他的儿子吧?"

"孩子话。"池晏笑了笑。

然而杨倚川还在碎碎念着:"反正你们一天到晚都泡在书房里,顺便帮我说句好话不行吗?也不知道你们都在说些什么,什么生意、什么政策的,以前爸爸在家一提这些,我和妈妈都是要大喊无聊的……"

陈松虞的手指动了动,她越听越心惊。

她渐渐意识到,池晏和整个公爵府,建立了多么深厚的关系。她突然感到一丝微妙的庆幸——好在公爵今晚不在。否则,假如她真的当众说出了事情的真相,他会怎么样?

当然,公爵一定会勃然大怒。

但是话又说回来,那一夜的事,池晏处理得相当有分寸。杨倚川根本毫发无损,连其他的乐手都活得好好的。所以,池晏玩的这点小把戏,真的足够让公爵立刻对他翻脸,甚至对他赶尽杀绝吗?

那倒未必。

但是公爵会怎么对她呢?

陈松虞的脸色渐渐变得很难看。她想到自己看过的一些电影。电影里的主角往往未必会死,因为他们有足够的谈判筹码。然而夹在事件中间、阴错阳差地窥探到真相的普通人,向来都是必死无疑。

就在这时,她听到"啪"的一声。

红酒杯重重地落在地上,发出沉闷而迟钝的响声。杯子被猫打翻了,鲜红的液体慢慢染红她的鞋底。这液体像血一样,如此鲜艳,如此不祥,仿佛昭示着即将降临在她头上的命运。

陈松虞浑身发冷。

肇事的加菲猫却一脸无辜,动作轻巧地跳上她的膝盖。一团毛茸茸的雪球落进她的怀里。

加菲猫那水汪汪的圆圆的下垂眼,凝视着她,意外地……令人心安。她下意识地伸手抚弄它柔软的皮毛。

杨倚川气恼道:"嘉宝!"

他张罗着让人清理现场,转头又问陈松虞:"你没事吧,陈老师?"他又突然盯着她的手腕看,"咦,你也有这款手表?我记得 Chase 有块一模一样的古董表,他不是说那表是全球只有一块的限量版吗?"

池晏漫不经心地笑道:"我送给陈小姐了,当作生日礼物。"

"什么!今天是陈老师的生日?!"杨倚川惊喜道,说完他立刻欢天喜地地吩咐厨房准备蛋糕。

而陈松虞只是冷眼看着。

"没必要这么麻烦。"她对杨倚川说,声音漠然,"我跟你一样,不爱过生日。"

"那怎么行!你之前还送了我那么棒的生日礼物!"杨倚川喜滋滋的,又像小孩子献宝一样,骄矜地对池晏炫耀道,"你知道陈小姐送我的生日礼物是什么吗?"

"生日礼物"这四个字冒出来的一瞬间,陈松虞的心口仿佛被狠狠地撞了一下。完了,她终于想明白了一切。

事情到了这一步,她已经无力阻止,只能眼睁睁地看着一切按照他主导的剧本演下去。

"生日礼物?是什么?"池晏含笑道。

"你绝对想不到的,是一部纪录片。"

所以,池晏故意送她百达翡丽,引她来公爵府,再恰到好处地抛出"生日礼物",全是醉翁之意不在酒。他绕这么大的一个圈子,步步为营,都只是为了让杨倚川主动奉上芯片。

杨公子浑然不觉自己上了套,他热情洋溢地将自己与陈松虞结识的过程和盘托出。

池晏不动声色地听着,依然是那副置身事外的神情。

甚至当管家将芯片送过来,三个人围在一起看的时候,他也依然是那副气定神闲的姿态。

他懒散地后仰在椅背上,偶尔抿一口红酒,优雅自持。摇曳的烛光照耀着他锋利的轮廓,他的眸底是一抹暗色,像浮动的深潭。只有陈松虞知道,这是胜利者的姿态。他得到了他想要的。

当然,池晏也可以私下与杨倚川聊天。想必他有一百种办法,能够诱使杨倚川完全不起疑心地交出这段视频，但是他偏偏要将这出戏搬到陈松虞面前，完完整整地在她面前彰显自己强大的控制力。这控制对杨倚川，也对她。

当初在Ｓ星，她借杨倚川的名义，逃脱了他的追捕。今夜，他用这种方式告诉她：他才是这三个人里，唯一的主导者。

芯片里的视频，仿佛又将他们拉回Ｓ星的那个虚无的夜。迷幻的电子摇滚和舞台的霓虹灯影，都让空气中飘浮着一种甜蜜的致幻感。

陈松虞不敢去观察池晏的表情，那会让自己的目的太明显。但她的内心始终忐忑不安，她的后颈起了一层薄薄的汗，湿漉漉的碎发缠在一起，像海藻一样，拖着她往没有光的深海里下坠。

视频一直播放到最后，袭击者骤然跳上舞台。镜头天昏地暗，晃得令人想吐，到此戛然而止——暗示着视频的拍摄者到这里匆匆地关掉了机器，落荒而逃。

这收尾剪得很自然，即使是同行，多半也能被她骗过去。可是根本不能用普通人的心态去揣测面前的男人，他或许不懂电影，却比其他任何人都更敏锐，也更可怕。

一片死寂里，仍然是杨倚川的声音最先响起来。她听到他以一种得意的语气问池晏："怎么样？我的生日礼物厉害吧？"

池晏夹着烟蒂，轻轻地鼓了两下掌，笑着看向陈松虞："确实，拍得真好。"

陈松虞想，拍得真好，哪里好？他总不能真的在夸她的导演技法，还是他话里有话，在暗示自己他发现了这视频里的端倪？

她终于抬起头。

隔着袅袅烟雾，池晏凝视着她，嘴角微勾，目光却暗沉，一点火星在他的眸中浮动。他像在看猎物，仿佛她已经是他的囊中之物。

她云淡风轻地说："谢谢夸奖。"

她尽量装得自然，端坐在原地。但身体早已僵硬得仿佛不属于自己，而像是个被五花大绑的犯人，在众目睽睽之下，站在刑场上，下一秒钟，就要被人用黑布蒙眼，狠狠地推出去——

不行，至少还要再挣扎一次。最后一次。

"对了。"陈松虞转头去看杨倚川，佯装无事地问道，"你们今天来找我，到底是为了什么？"

"啊！我都忘了！"杨倚川扭头看向池晏，"Chase，你是不是还没给陈老师看过剧本？"

陈松虞很疑惑："剧本？"

杨倚川非常热心地介绍道："是这样的，Chase新开了一家电影公司，正在筹拍电影，剧本和资金都到位了，只差主创团队，但他并不熟悉K星的情况，所以拜托我给他推荐人选——陈老师，你也看看剧本，提一提建议吧！"

"好啊。"陈松虞笑了笑，看似漫不经心地问道，"既然人生地不熟，为什么一定要大老远跑来这里拍电影？"

"这……"杨倚川果然愣住了，他求救般地看向池晏。

池晏意味深长道："如果不来，怎么能再一次见到陈小姐？"他拿出一个电子阅读器，递给陈松虞。

她没接，反而看着他的眼睛，冷笑道："听你这话，好像你是专程为我而来。"

他的笑意更深："我为最好的导演而来。"

陈松虞抿唇道："不敢当。"

她终于接过电子阅读器，尽管这更像块烫手山芋。起先她只打算敷衍了事，随便看一眼——毕竟她的本意，不过是用这所谓的剧本来岔开话题，为自己拖延时间。但是她很快就抛开了这个念头，她竟然真的沉浸到了这个故事里。

这是一个非常写实且残酷的人物传记。

一个贫民窟的小男孩，从底层往上爬，在背叛和阴谋里，慢慢建立起了自己的王国。

很奇怪，她对这类电影从来都没什么兴趣，她甚至连《教父》都不怎么喜欢。但这个故事带给她强烈的冲击，甚至和她产生了某种……微妙而隐秘的联系。

她明明读的是静态的文字，可是文字连在一起，竟然变得如此生动。它们像流水一样往下，穿过狭窄的甬道，变成摄影机里的画面，变成放映机里的一束明亮的光。

她想要将它拍成电影。

良久之后，陈松虞才抬起头来。方才她读得太专注，根本没感受到身边有两道视线一直注视着自己。一道带着好奇；一道……晦暗不明，令她芒刺在背。

杨倚川兴致勃勃地问她："你觉得怎么样？"

陈松虞想要说"很不错"，话都到了嘴边，又被她按捺下去。她平静地说："这根本不是剧本，充其量就是个故事大纲罢了。"

杨倚川一愣："哎？"

陈松虞扯了扯嘴角，继续挑剔地说："能看出来，这个剧本是由真实人物和事件改编。但是写剧本的显然是个新手，把一个冷血枭雄的人生，写得太套路，也太商业。"

话音刚落，陈松虞似乎感受到一道极其锋利的目光，朝着自己横扫过来。但她转过身，发现根本没人在看她。

池晏低头把玩着打火机，仿佛闲聊一般，随口问道："陈小姐怎么看出来，这是由真实人物改编的？"

他的声音很淡。猩红的火光，一起一灭，照亮他棱角分明的侧脸，莫名地让人感到危险。

是直觉，陈松虞心想。是直觉告诉她，这剧本里写的一切，都是真的。当然，她并没有这么说，而是拿出一副导演的专业口吻："很典型的非虚构写法，不是吗？"

杨倚川在旁边恍然大悟道："非虚构？咦，好像还真是……"他碎碎念的声音渐渐淡出，像电影里不重要的画外音。

火光之中，只有两个人在对视着。池晏的眼神依然深沉、晦暗，如枭鹰一般，危险而令人战栗。陈松虞也不甘示弱，含笑望回去。她的脊背挺直，整个人被月光照得莹莹发亮。

池晏突然笑道："既然剧本写得不好，那陈小姐要不要亲自来改？"

陈松虞一愣："什么意思？"

池晏慢条斯理地抿了一口酒，喉结缓缓滚动，咽下酒精，极其性感。他说："来做我的导演，如何？"

陈松虞的眉心一跳，"我的导演"这四个字简直像一团火，让她整个人"腾"的一下熊熊地烧了起来。无论她多么喜欢这个故事，她也知道，这绝不可能。她断然拒绝："这不合适。"

"哪里不合适？"

"我在休假。"

池晏轻笑一声："陈小姐，你有两年没拍新电影了，这个假休得够长。"

陈松虞蹙眉。他这么了解她，他查过她。她罕见地没有反击，只是心烦意乱地继续推托道："我也没拍过这类电影，动作惊悚片，这个题材对我来说太陌生，我可以给你推荐更合适的人……"

"我想，没有人会比陈小姐更合适。"池晏直接打断了她，"毕竟你好像很了解特工片，是吗？"

特工片？陈松虞的脸色变了。她在S星逃脱的那一夜，就是靠一部特工片，他竟然真的知道。

婆娑的树影落在池晏的脸上，他犹如一尊暗夜里的神像，丰神俊朗，蛰伏在黑夜里，只是目光仍然幽深明亮。

陈松虞突然意识到，或许她根本没有办法拒绝他。

在这一瞬间，她的眼前鬼使神差地出现了另一幅画面。是《教父》——一部一九七二年的老电影——维托·柯里昂站在书房里。画面昏暗、神秘，微弱的光线透过沉重的窗帘，如同一幅伦勃朗的油画。柯里昂说出了那句流传影史的经典台词——"我会向他提出一个，他无法拒绝的提议。"

这正是池晏此刻所做的事。他像是从地狱爬出来的魔鬼，用低沉的嗓音，纠缠着她，将她也拖进深渊。他目不转睛地看着她，摁灭了烟头，缓缓地站起身来。

"陈小姐的酒杯空了，我帮你。"池晏说。他轻轻地拍了拍她。冰冷的掌心落在她的肩头，亲昵却不失礼貌的姿势。

皮肤相碰的那一瞬间，陈松虞再次感受到那种可怕的失控感。仿佛龙卷风过境，吹倒了泳池边的篝火，一把摧枯拉朽的野火，顷刻间将她烧成灰。

池晏俯身，在她的耳边轻声道："你知道，我只接受一种答案。"他的嗓音低沉，呼吸克制、滚烫、缓慢。一字一句，都显得他势在必得。

他原本锋利的唇微微上扬，弯成一个弧度。一触即散的吻，像池边的晨雾，消融在她耳畔。

"怎么会想到拍电影？"公爵大人问道，"还让小川来演男主角。他不懂事就罢了，你也跟着他一起胡闹？"

这个人极有威严。他的眼窝极深，暗黄的双眼，目光浑浊。与人直视时，却莫名地透出几分骇人的神情。那深邃冷隽的眼神，像一眼就能将人看穿。

池晏坐在他对面，不卑不亢地笑道："您也知道，他一直喜欢电影。这部电影，就当作我补给他的生日礼物。"

公爵杨钦南沉默了片刻，才缓缓道："也好，省得他天天抱怨在家太闷。这孩子跟你投缘，你替我多管教他。"

他站在百叶窗前，凝视着窗外，浮动的阴影落在他的脸上，他脸上的每一丝皱纹都道尽了风霜。

难以想象这就是杨倚川的父亲，尽管两人的外形的确有几分相似，但是……人站到了一定高度，五官本身就不再重要了。

公爵大人站在那里，穿着一套不起眼的黑色运动服，刚刚晨跑回来，脖子上挂着蓝牙耳机。即使他说话像聊家常一样轻松随和，也照样能让人感到威慑力。

池晏顿了顿，又压低了声音："其实，我也有自己的私心。"

杨钦南："哦？"

他垂眸一笑："我的过去您也知道，不够光彩。现在瞒住了，以后也迟早会被其他人拿出来做文章。不如先发制人。"

"原来你有这个打算。"公爵的目光中露出淡淡的欣赏，"你想拍一部自传电影，为明年的大选造势？"

"是。"

公爵又"哼"了一声道："你就不怕那小子给你演砸了？"

池晏笑道:"其他演员我才不放心,小川虽没什么表演经验,但贵在有一颗赤子之心。"

有些人天生就有种本事——将客套话也说得滴水不漏,如此真诚。杨钦南显然被取悦了,片刻之后,才继续问:"听说你请的导演,是个年轻女孩?"

池晏的手指不着痕迹地碰了碰膝盖:"她是业内很有名的女性导演,还帮小川拍过纪录片。小川也很喜欢她。"

"嗯,你自己有分寸就好,不要太感情用事。"

池晏听出他的言外之意,他不禁在心中冷笑。真可笑,堂堂公爵,听到他用女导演,第一反应是……怀疑他借拍电影的名义来和女人搞暧昧。

"要不要看看她给小川拍的纪录片?"他提议。

公爵一怔:"也好,好像听那孩子提过。"

投影出现。杨钦南起初只是漫不经心地瞥了两眼,但很快,他就挪不开目光了。即使是毫无鉴赏力的门外汉,也能从这段短片里,看出陈松虞的才华。她的运镜流畅大胆,场面调度又极其老练,根本不像是年轻导演的作品。

小小的剧场舞台在她的镜头里变得气势恢宏,杨倚川像歌唱的王者,有种海妖般的致命魅力。最重要的是,镜头里仿佛有着某种不可言说的魔力,令人产生了身临其境的错觉。这画面令人感到如此亲密,如此私人化,如此饱含情感。

"这小姑娘叫什么名字?"公爵看到一半,已经对她刮目相看。

"陈松虞。"

"拍得不错,很大气,很有……"

"煽动性。"池晏说。

时下的大多数导演,无论男女,拍的片子都像 AI 做出来的一样,冰冷有序,规则分明,教科书一般地讲求逻辑。

陈松虞拍的这部短片,却有情感的张力。她的镜头画面十分大气,让人心潮澎湃,亦有种撼动人心的美。她能够让每一个观众,都爱上自己镜头里的主角。这种煽动性,正是池晏需要的。

他的手指不自觉地在膝盖上点了点。或许在说服杨钦南的同时,他也在试图说服自己。无论如何,在看到视频的一瞬间,他知道,自己终于找到了留下她的理由。

"你的眼光不错。"杨钦南点了点头，声音里隐隐有一丝赞许，"历史都是由胜利者书写，重要的不是你从前做了什么，而是你让其他人看到了什么。这是个很好的机会，把握住它。"

公爵慢慢地走过来，一边用毛巾擦拭脸上的汗，一边放缓了语气："现在难得有你这样的年轻人，聪明、踏实，还肯努力。帝国从来不是唯出身论，我更不是。你的能力我都看在眼里，你从哪里来，并不重要。

"好好干，前途无量。"他伸出一只汗津津的手，拍了拍池晏的肩膀，意味深长。

"谢谢杨叔叔。"池晏伸手回握住杨钦南的手，指尖触碰到黏稠的汗，和皱巴巴的、橘皮一般的松弛皮肤，是老年人的皮肤。公爵大人保养得宜，脸上看不出年纪，手却无法说谎。他老来得子，才会把杨倚川宠得无法无天，这才是他真正的软肋。

两人又聊了一阵，公爵大人有事得先走。

池晏目送着杨钦南离开后，自己上了飞行器。

徐旸在驾驶座上，迫不及待地转过头来，咧嘴一笑："池哥，您跟老家伙聊得怎么样？顺利吗？"

"当然。"池晏低头，漫不经心地扯开领口，点了一根烟。

这几年 S 星一直在闹独立，和 K 星的关系越来越僵。尤其是现任总督梁严，还是坚定的独立派。池晏在这个时候参与竞选，不仅因为是公爵儿子的救命恩人，还忠心耿耿地拥护帝国的统治。所以公爵大人当然对这样的年轻人青眼有加。

徐旸道："杨钦南这老贼，肯定早就急死了。要是 S 星真的独立出去，他也算玩完了。"

池晏吐出一口烟圈："所以他才想扶个听话的人上去。我越没背景、有弱点，他就越觉得我好拿捏。"不过，公爵大人是急疯了，病急乱投医。否则他怎么会觉得，一个底层出身、靠自己杀出一条血路的年轻人，居然好拿捏？

徐旸也想到这一点，笑着骂了一句："老瞎子。"

他脸上的笑容又慢慢退去,他想到另一件事,迟疑地问道:"池哥,那个陈小姐……我们真的就放过她吗?"

池晏淡淡道:"我留着她有用。"

他的声音很轻,但徐旸清清楚楚地听出了其中的冷厉和不耐烦。徐旸头皮发紧,却还是大胆地继续道:"可我还是觉得她很可疑,况且她还跟杨公子走得那么近,万一她真的知道些什么……"

池晏打断他:"出发吧。"

"……是。"徐旸咬牙,闭上了嘴。他知道池晏一旦做了决定,从来不容旁人置喙。只是这件事,实在很不像他做的。他印象里的池晏,从来都是宁枉勿纵。

池晏就是靠这样的大胆、缜密和不择手段,才站到了今天的位置。那位陈小姐,却让他破了例。

徐旸想,自己是个粗人,不懂什么电影,他只知道一件事——就算电影拍得再好,这女人也是个隐患。导演而已,在哪里找不出个代替她的导演?

池晏向来是个心狠手辣的人,怎么偏偏对她心慈手软?

"陈老师,你说的是真的?你要拍新电影了?"

陈松虞看着视讯电话另一端的张喆,激动又错愕地望着自己,她笑了笑:"是真的。"

张喆是陈松虞从前的副导演,是被她一手带起来的,直到两年前他们同时被雪藏。她留在公司,而张喆耐不住坐冷板凳,很快就辞职出去单干。

"陈老师,我全听你的,你说什么时候开机,我就立刻把手边的项目都推掉。"张喆兴奋地说。

实际上他这两年自己拍片子,也赚了不少钱。但是他懂得饮水思源,自己这些本事,都是从前给陈松虞做副导演积累下来的。所以当她一通电话过来,他立刻就会心甘情愿地回去给她帮忙。

他喜不自禁地说:"太好了,终于等到今天了。说真的,当时你就应该跟我一起走,当时那么多家公司都在挖你,只有李丛那蠢货,有眼无珠……"

陈松虞不着痕迹地打断了他:"过去的事情,就不用再提了。"

张喆立刻打住话头。他最懂得察言观色，连忙低下头看陈松虞发给自己的资料："暗黑题材，主演是……杨倚川，呃，不认识。"

"是个新人，投资方要求的。"

"懂的都懂。"张喆心领神会，继续往下看，"预算……"

"我没看错吧？？？"他看着资料上的那个很夸张的数字，彻底傻眼了，"陈老师，你的零也没写错？！"

"是的，你没看错。"

张喆不禁咋舌："这……这也太有钱了……"

她冷笑道："可不就是人傻钱多嘛。"

张喆更目瞪口呆，对陈松虞竖起大拇指："陈老师，不愧是你。一拍新戏，立刻找到了冤大头！"

陈松虞露出了尴尬而不失礼貌的笑容。最初池晏要求她做导演，之后又点名让杨倚川来做主角的时候，她的确以为他只是在和自己玩另一个糟糕的游戏。但是随着自己深入了解这个项目，她不再这样想。

如果只是玩票的话，池晏的态度根本犯不上这么认真，还砸进一大笔钱。他倒像是真的想好好拍一部电影。事情到了这一步，她不禁感到几分荒诞。起初她在S星拍下那段视频，不过出于某种本能，她万万没有想到，这可能会彻底改变她的人生。

后悔吗？她从来不问自己这个问题。既然事情已经发生，逃也逃不掉，她就只能掌握主动权。她要做个玩家，要跟他周旋，要握住更多的筹码。更何况，她的确喜欢这个故事。她也的确……很久都没拍电影了。

没拍电影的这两年里，陈松虞无数次怀念起那个彻夜写剧本的自己。那时自己困了就出去吹冷风，立刻就能神采奕奕。她更怀念坐在监视器背后的自己，哪怕眼睛熬得发红，也一定要拍到心目中的那个镜头。那才是她，那才是她应该过的生活。

从前业内一度有传闻，说陈松虞是个"电影疯子"。她骨子里的确有一种对电影的狂热。即使最后死在片场，也好过一辈子寂寂无名，在尘埃里蹉跎。

于是她又低下头，清了清喉咙，认真地跟张喆探讨起前期筹备的其他问题："这是大致的拍摄周期计划表，时间很紧，我们需要做的事情很多……"

063

张喆暗暗地点头，埋头做笔记，但对方说到一半又停下了。他抬起头："陈老师，怎么了？"

陈松虞看着手机上新的来电请求，似笑非笑道："没什么，冤大头来电话了。"

"啊？"张喆一怔，又很乖觉地说，"陈老师，那我先挂了吧？大老板的电话比较重要。"

陈松虞勾了勾嘴角："不用管他。"她不动声色地按掉了来电请求。

张喆简直一脸惊吓的表情："这……这就不接了？"

陈松虞知道他之所以这么诧异，也是李丛的缘故。他们的前老板李丛，生平最恨别人对自己有丝毫怠慢。任何人胆敢不接他的电话，他一定会像发疯一样，至少用几十通电话或短信轮番轰炸对方——所以她后来养成了一工作就关机的习惯。

她又看了一眼手机屏幕，很安静。池晏并没有再打过来，甚至没发一条信息。她的嘴角又翘了翘："是啊，不然怎么说是冤大头呢？"

"绝啊！"张喆无比敬佩地给她比了个大拇指。

直到手头的工作——安排清楚，陈松虞才慢吞吞地给池晏拨回去。很快就被接通了，她问："找我有事？"

她听到听筒对面低沉的笑声："陈小姐，很少有人不接我的电话。"

"抱歉，刚才在谈工作。"她停顿了一下，故意道，"我工作的时候，不太爱接闲杂人等的电话。"

他含笑道："哦，原来我是闲杂人等。"

"我可没这么说。"

"呵。"他又意味深长地轻笑一声。

陈松虞重复："找我什么事？"

"没什么，关心一下剧本写得如何。"

"写得很好。"她不假思索地说。实际上，她从没有哪一次写剧本写得如此顺畅。尽管原始素材不多，只是一个语焉不详的烂剧本，但她将它重新编排、梳理和扩写，根本没有任何难度。

她在写剧本的时候，里面的人物、对话、场景……电影画面里的所有细节,都仿佛清清楚楚地出现在她的脑海里。一切都好像早就藏在她的大脑里,像沙漠里的泉眼、深海里的蚌珠,苦苦等待着一个被挖掘的契机。

"只是……"她迟疑了一下,又继续道,"如果按照现在的剧情容量,半小时的电影,并不能把人物完全展现到位。"

"那就增加时长。"池晏轻描淡写地说,"我不在乎这部电影要拍多长。"

陈松虞愣住:"你说什么?"

"你听到了。"

"你知道自己在说什么吗?"她的声音前所未有地郑重,"半小时才是如今商业片的黄金时长。我拍过长片,但失败了,你确定要和我冒这个险?"

电话另一端的池晏仍然是懒洋洋的,声音甚至很含糊,大概还叼着一根烟。

"我确定。"他说,"我唯一的要求,只是拍一部好电影。"

"我知道了。"陈松虞长舒一口气。她承认,自己对池晏说出那句话的时候,的确存了一点试探的私心。但她绝对想不到,他会答应得这么干脆。

池晏语调懒散地说:"陈小姐,你看,我是个很大方的……闲杂人等,是吗?"

陈松虞笑了笑:"我收回那句话,合作愉快。"

"合作愉快。"

之后陈松虞彻底进入了"工作狂"的模式,她把自己锁在家里,不跟任何人联系,每天都写剧本写到天亮。甚至在梦里,她都在写剧本。一周多以后,她终于将定稿剧本发给了池晏。

这时她整个人已经接近虚脱,精神却好极了。因为她无比确信,这是自己写过的最好的作品。

她睡不着,索性捧着咖啡,继续处理工作。

她命令 AI 助手打开留言信箱,一条意料之外的消息却传过来——来自前公司的 HR,发送时间是三天前。对方通知她本人要再回一趟公司,因为之前的合同出了一点问题。

陈松虞皱着眉回拨过去:"什么意思?我不是早就解约了吗?"

对方连声抱歉:"对不起陈导,之前给你办离职手续的是个实习生,有些流程她没搞清楚……"

陈松虞心想,李丛真是有能耐了,找个实习生给自己办离职?她向来不喜欢为难下面的人,也就没再说什么,答了一声"好"。就当出门晒晒太阳。

辞职不到一个月,故地重游时,陈松虞已经有种恍如隔世的感觉。她觉得自己的生活已经有了天翻地覆的改变,这里的一切却还停滞不前——仍然是半新不旧的影视大楼。

狭窄的格子间,污浊的空气,人来人往,挨挨挤挤。

一个女孩捧着马克杯从她身边经过,一抬头,发现居然是熟人。

"陈老师!您可算回来了!"季雯一看到陈松虞,就像见到亲人一样,抓着她不放,开始大倒苦水。

原来陈松虞离职后,公司就像没了主心骨,彻底乱了套。不仅拍片子都是胡来,少了她这块金招牌,就连接的新项目的质量也越来越差。季雯继续说道:"还有哦,我那个新主管真的好油腻,老爱动手动脚的……"

陈松虞对她的处境深表同情,不过,她越过季雯的肩头突然发现,办公室里的所有人都在对自己行注目礼。

"怎么了?为什么都在看我?"她问。

季雯的眼睛一转,将她推出门外,小声道:"陈老师,你离职之前,是不是把李总骂了一顿啊?"

陈松虞迟疑地说:"是啊。"

"那天晚上公司一半的人都在办公室里加班呢,你们的对话,当时在公司的所有人都听到了!"

"……真没想到。"

季雯眉飞色舞,越说越兴奋:"谁能想到呢?太打脸了!太爽了!我还以为李总戴帽子是爱好呢,没想到居然是因为地中海。他的年纪也不大吧,怎么这么早就秃了,哈哈哈哈……"

片刻之后,陈松虞去找 HR。途经的同事都在对她挤眉弄眼,做口型喊她"英雄",可见大家平时在公司对李丛积怨有多深。

陈松虞敲门进办公室,听到一个熟悉又阴沉的声音:"陈导终于来了,你真是贵人多事,我等了你三天。"

站在办公室里的人,正是李丛。

陈松虞先是一愣,接着立刻反应过来。此前她并不知道自己无意中竟然让他出了这么大的洋相——李丛向来是个很小气的人。

"合同并没有问题。"她说,"是你故意让 HR 撒谎,把我骗过来的吧。"

"是又怎样?"李丛脸色铁青地说,"我前几天才知道,杨倚川竟然是公爵的儿子。陈松虞,你长本事了嘛,我就说你好端端的,怎么突然变得那么硬气,非要解约——原来是抱上大腿了。你可以啊,拿我当跳板?你也配?"

陈松虞终于明白他的暴怒从何而来。虽然他的话难听至极,但在她眼里,他更像是一副跳梁小丑的嘴脸,只会无能地狂怒罢了。她丝毫没被激怒,反而不着痕迹地笑了笑:"看来你的消息也不太灵通,现在才说这个,是不是有点太晚了?"

李丛慢慢露出一个不怀好意的笑,只是他笑得比哭还难看,简直像只龇牙咧嘴的老鼠。

"晚?怎么会晚?合同算什么,这家公司都是我的,你到底走不走得了,还不都是我一句话。本来呢,我巴不得你有多远滚多远。不过……你想摆脱我去拍新电影,没那么容易。"他捧着茶杯,故意以一种黏糊糊的口吻说。

陈松虞挑眉:"你又不怕得罪杨倚川了?"

李丛嘲弄地说:"难道他还敢为了一个女人,和我爸爸撕破脸?"

陈松虞讥诮地说:"李丛,你也快三十了吧,张口闭口还把爸爸挂在嘴边,有意思吗,还是说,其实你这辈子最大的成就,就是投了个好胎?"打蛇打七寸,这个道理她也懂。

果然,李丛暴跳如雷,脸红脖子粗地喊道:"陈松虞!你说什么!"

他恶狠狠地瞪着她,目光简直像淬了毒。那双滴溜溜的眼睛,仿佛突然发现了什么。他盯着她的手腕看:"呵,我说呢,半个多月不见,陈导都戴上这么贵的表了啊——原来杨公子好这口?"

他的目光瞬间变得油腻而轻佻,又隐含着一丝贪婪。共事多年,他还从来不敢用这种猥琐下流的眼神看她。

陈松虞知道他误解了什么，但懒得跟他多费口舌，只是冷笑道："怎么了，一块手表而已，这就吓到你了？这么小家子气，也是令尊的家风吗？"

李丛被她的话噎住，眼里有一抹狠毒，转头故意用粗短的大拇指慢吞吞地摩挲着茶杯表面。真是极富暗示的、令人作呕的姿势。他说："不如这样，你陪我两天，我们这笔账就算完了，怎么样？你的年纪是大了点，但杨公子的女人，我不亏啊。"

陈松虞低着头，沉默了片刻，突然对他微微一笑："我亏了。你照照镜子看看你自己，哪里能跟杨倚川比？比谁的头发少吗？"

陈松虞在李丛愤怒的咆哮之中离开办公室，她甚至还体贴地替他关上了门。可惜这破写字楼的隔音效果很一般，同事们远远地听到他的咒骂与叫嚣，更加用看英雄的目光来仰望她。而她只是淡淡地微笑，仿佛毫不在意。

一直到走进电梯里，她那副气定神闲的表情，才慢慢退去。李丛这次真恶心到她了，她从前只觉得他傲慢自大、头脑简单，竟然不知道他还有这样令人作呕的一面。

陈松虞按了下行键，无意识地抬起头，看到电梯反光镜里的自己，吓了一跳。她竟然不知道自己看起来是这样憔悴，脸色苍白，眉宇间有一股沉郁之气。不知道是因为李丛让她动了肝火，还是因为这一周大多过着昼夜颠倒的生活。

手机响了起来，来电的人是池晏，并且他还一反常态拨的视频通话。此时电梯里没有旁人，她便选择了接听。

修长的身影出现在半空中，恰好与她在电梯内壁上的倒影重合，犹如镜面一般。对方目光沉沉地凝视着她："你今天……"低沉的声音在这幽闭的空间里响起，萦绕着她。

电梯仍然在下行，陈松虞却猛地感到一阵强烈的失重感。整个人像飘浮在半空中，骤然下降时，心脏就像被重物压迫着，头晕目眩，无法呼吸——

在失去意识前一秒，她心想：以后真不能再这么熬夜了。

再一次醒来时，陈松虞闻到刺鼻的消毒水的气味，又听到"嗒嗒嗒"的机器运作的声音，是护理机器人在身边移动。原来她在医院。

"醒了？"一个声音沉沉地问道。

她转头，看到一个高大的男人坐在她床边。他逆光的轮廓，宛若蛰伏在黑暗里的凶兽。

"低血糖，作息紊乱，饮食不规律……"他慢条斯理地念出她的"丰功伟绩"。

陈松虞忍着咳嗽道："咳咳，谢……谢谢你把我送来医院。"话一出口，她才发现自己的声音有多么沙哑。

池晏按了某个按钮，一个圆头圆脑的护理机器人端着水杯走过来，"咔，咔，咔"。不知道为何，它的动作笨手笨脚，机械臂在半空中缓慢而迟钝地移动了半天，就是凑不到陈松虞面前。她有点想笑。

下一秒，杯壁的边缘就凑到她的唇边。他那手指修长的手握着水杯，力度和距离都控制得分毫不差。

"张嘴。"他说。

这两个字一出来，陈松虞差点呛到了。Chase 给她喂水？她还不如喝硫酸。她迟疑了片刻，对方灼热的目光如手术灯光一般地聚焦在她脸上。她听到他轻笑一声，唤自己："陈小姐？"

不知为何，这反而更让她感到口干舌燥，喉咙里也是一阵火烧火燎。她被病人的本能驱使，默默低下头，就着对方的手喝下这杯水。

干燥的唇瓣被一点点沾湿，水流顺着喉咙往下滑。水温恰到好处，她小心而缓慢地吞咽着，像一朵几近枯萎的睡莲，终于在池水中舒展开来，慢慢变得饱满。

"好了，多谢你。"她说。

"不用客气。"池晏懒懒地说，"举手之劳。"

陈松虞礼节性地帮他扶了扶杯子，两人的手指微微相触。杯壁是温热的，但他的指尖仍然冷得像冰一样，冻得她一激灵。冰与火之间，仿佛有某种黑洞般的吸力，以被触碰的指尖为原点，飞快地向外扩散——

杯子一晃，水洒了。陈松虞的衣领被打湿了，胸口有一阵温热的湿意。她飞快地说："不是我。"她发誓，她的手刚才很稳。

池晏疑惑地弯了弯嘴角，但他什么都没有说，只是拿了一条毛巾，扔给陈松虞。

"多谢。"她又问,"剧本看了吧?"

池晏掀起眼皮看她:"看了。"

"怎么样?"

"挺好。"他不咸不淡地回答。

陈松虞心想,算了,反正这人看上去不喜欢看电影。

"那剧本就算定稿了。"她继续道,"你可以让你公司的人联系选角的工作室,开始做故事板和勘景……"

池晏侧过头,挑眉看她:"你确定要说这些?现在?"

"现在怎么了?"

"你还躺着呢。"

陈松虞眨了眨眼,理直气壮地回望他:"我只是低血糖,不是瘫痪。"可惜这话并不太有说服力,她瘦得脸都窄了一圈,眼下也有一圈淡青。

"哦,看来你很有经验。"池晏说着,漫不经心地在手机上查看她的病历。从理论上说,他不能看别人的病历,这是违反医院条例的。但,谁让他是池晏呢。

他又翻了一页,上面写有慢性胃炎、腰椎劳损、颈椎退行性变、曲度变直……他简直惊讶万分,不知道的还以为她在集邮。他意味不明地嗤笑了一声。

陈松虞觉得这笑声很莫名其妙:"干吗,要给我报销医药费吗?"

他的笑意更深,是慵懒的、低沉的笑。笑过后,他缓缓道:"其实我们很像,陈小姐。"

陈松虞一怔,谁跟他很像了?她下意识地要反驳他,却听到池晏继续说:"我们都对自己够狠。"

她鬼使神差地把刚到嘴边的话吞了回去,静静地听着他继续说:"我从小就知道,想要的东西,没有人会施舍给我,一定要自己去抢……要用尽一切手段,将它牢牢地攥在手心。无论这需要付出什么代价。"

突然间,他的声音变得格外冷酷。陈松虞仿佛看到一道闪电、一场暴雨,一把肆无忌惮的、雪亮的长刀,劈开长夜。她莫名地感到双眼干涩,情不自禁地眨了眨眼。

池晏充满兴味地盯着她的脸："我从你的眼睛里看到了，陈小姐，我们是同一类人，对吧？"

陈松虞一怔，然后淡淡地说："你错了。"

池晏："嗯？"

"渴望成功，并不意味着一定要变得冷酷、不择手段……甚至无耻。"她的嗓音尽管很低，却还是一贯地镇静、清晰。

她甚至没有看他，只是平静地仰躺着。雪白的床单，更显得她的皮肤苍白，青色的血管隐约可见。

池晏先是有些诧异，接着才慢慢地勾起嘴角。

"陈小姐不愧是大导演。"他说，"字字珠玑，令我受教颇多。"

"不敢当。"她冷淡地说。下一秒，一片阴影爬上了她的脸。

池晏朝她倾身过来，双手撑在床板上，俯身望她，温热的鼻息，都喷到了她的脸上。

"你要做什么？"陈松虞被禁锢在他的双臂之间，不得不仰头看他，声音里难得地有一丝不自然。

他低低地笑着，露出一丝愉悦的神情："礼尚往来。陈小姐给我上课，我当然要……为你服务。"

池晏将她手上的毛巾夺了过来，他的动作并不粗暴，甚至可以称得上温柔。然而当潮湿的、柔软的绒布缓缓地落在她的皮肤上时，她隔着毛巾也能感受到池晏的手指落在自己的脸上，沿着她的轮廓，一寸寸地滑过。黏腻的湿意久久不能散去，渗透皮层，直击神经。他目不转睛地看着她，眼中晦暗不明，一片混沌，像浓得散不开的海雾。

"够了。"陈松虞冷冷地抿唇道。

"我的服务不好吗？"池晏漫不经心地说。他随手扔开了毛巾，又很无所谓地一脚踩上去，洁白的毛巾立刻变得污浊不堪。

她冷笑："还不如 AI。"

"好吧。"池晏遗憾地说，"还是太生疏。"

陈松虞不想再跟他多纠缠，她微合双眼，对他下逐客令："我累了，你还有事吗？"

他轻轻笑道："最后一个问题——下午你回那家公司做什么？"

陈松虞的眼睛紧闭，睫毛微颤，人却立刻变得警觉。他为什么要问这个问题？该告诉他真相吗？她的大脑飞快地转了转。还是算了，她想。她并没有把李丛的威胁放在心上，李丛只是一个跳梁小丑罢了，她自己就能解决。反而Chase……比起李丛，他更不值得信任，犯不着白白送他一个软肋。

"没什么。"她说，"重新办一下离职手续。"

"是吗？"他缓缓道，"很顺利？"

"嗯。"

池晏的目光再一次落在陈松虞的脸上，是一种审视的、不愉快的目光，他好像一瞬间又变得很冷。

"那你好好休息吧，陈小姐。"他匆匆离去。但临走之前，那高大的身影在病房门口停顿了几秒。

陈松虞很快就知道他做了什么。一个笑容满面的年轻护士走进病房，他将AI换成了人工服务。就因为她说他还不如个AI？他竟然这样幼稚。

陈松虞被迫在医院里躺了一个周末。住院的日子很惬意，简直跟度假一样。这大概是什么高级疗养医院，窗外是一片青葱的绿意，是这城市里难得的自然景致。

她仍然闲不下来，借住院的时间，恶补了一大堆电影。尽管她天生就很抵触这类影片——所谓的"男人的荷尔蒙"——一听到这个词就想翻白眼。但是能怎么办呢？她早被逼上梁山，只能硬着头皮一部部地看了。

千盼万盼，终于到了出院的这一天。陈松虞没想到，来接自己的人，居然还是池晏。她微微诧异："你很闲吗？"

他替她打开了飞行器的门，淡淡地瞥她一眼："陈小姐的事情，怎么能不亲力亲为。"

她哂笑一声："看来你的确很闲。"

一坐上飞行器，刚吃的药就发挥了作用。她昏昏欲睡，上下眼皮不自觉地打起架，不知何时就睡着了。

不知过了多久,一个冷冽的声音对她说:"到了。"

陈松虞睡眼惺忪,隐约看到池晏坐在身旁,在黑暗里凝视着她,那是如野兽一般锋利而明亮的眼神。她身上披着一件宽大的外套,衣服上浓重的烟草味与淡淡的体温充斥着她的感官。这件衣服的主人是谁,不言而喻。没想到他还有这样体贴的一面。

陈松虞勉强坐起身,余光从玻璃窗看到外面一片漆黑。废弃大楼的顶层,森冷的银色钢筋杂乱无序地堆着,仿佛是一个困兽之笼,掐灭了黑夜里微弱的光。她心下一沉,这不是她家。

"这是哪里?"她警惕地抬头看他。

池晏笑而不答,陈松虞却听到身后传来一声闷响——沉重的肉身砸上了坚硬的地板,伴随着一种被压抑的、充满恐惧的喊叫,她顿时产生了不祥的预感。

她不久前看过的那些电影里最瘆人的桥段,黑暗中浮动的脸,扒在玻璃窗里的血手,都一一在她的脑海里闪现出来。她心中警钟大作,难怪他要特意来接她,他又要搞什么?

陈松虞迟疑地转头,看向身后,然后愣住了。一个熟悉的男人跪在地上。那人既矮又胖,头发稀疏,样子狼狈又可笑。尽管被揍得鼻青脸肿,也依然是一张即使化成灰她也能认出的脸——李丛。

"出院礼物。"她身后的男人说,声音里含着一丝笑意。

听到这句话的时候,陈松虞的第一个想法是:他知道了。她想起池晏来医院看望自己的那一天,曾经问她为什么要回公司——原来他是明知故问。她坐直了身体,眼神中充满防备:"你查我?"

池晏漫不经心道:"别紧张,例行公事罢了。"

"那我希望这种例行公事,以后不要再发生。"她仰着下巴,冷淡地说。

池晏抬起头,淡淡地扫了她一眼:"陈小姐,有些事,你看不到,当然就不会发生。"

陈松虞反唇相讥道:"我又不是瞎子,怎么可能看不到?"

他轻笑一声,故意道:"也许我该再送你一副墨镜。"

"不必了。"她扫了一眼窗外,声音带着嘲讽,"你自己留着用吧。"接着她就干脆利落地推开了门,翻身跳下飞行器。

陈松虞从来没想过一向最爱面子的李丛,会有这么不堪的一天——简直像只剥了皮的青蛙。

池晏也下了飞行器,笑着转头问她:"如何?"

不等她回答,他又将食指放在薄唇上,笑盈盈地对她做了个"嘘"的手势。

陈松虞眉心一皱,明白了他的暗示——李丛并不认识池晏他们,但是认识她,所以她不能说话。

一个人将李丛的眼睛蒙住,把堵住他嘴的胶带撕开了,他那肥腻的嘴唇里立刻吐出撕心裂肺的喊叫:"你们到底要什么!我说过,钱……钱不是问题,多少钱我都有……"

这声音像鱼汤上浮着的一层油,让人只觉得反胃。

池晏嗤笑一声,意味深长地看了陈松虞一眼,偏头问了句:"东西呢?"

手下恭敬地递给他一张芯片:"德丛影业全部的合同原件。"

李丛一愣,大声问道:"合同?你们究竟是谁?谁派你们来的?"

"闭嘴!"手下恶狠狠地道,同时控制着他不乱动。

李丛还在喊:"我爸爸绝不会放过你们的……"

旁边有个人笑了一声:"令尊现在自身难保,还有空来管你?"

池晏向手下摆了摆手,对方心领神会,立刻又用胶带封住了李丛的嘴,并把李丛抬走。

"终于安静了。"池晏说。

陈松虞闭了闭眼睛,她产生了一种糟糕的错觉——她又回到了S星的那一夜。

危险、无序、混乱,这一切本该属于另一个世界。但此刻,它们都发生在她眼前,变成了她——陈松虞的真实人生。她不得不做点什么,像即将沉入旋涡的溺水之人,要抓住最后一根颤抖的浮木,竭力地向自己证明——她的生活,还没有完全失控。

陈松虞咬紧牙关,慢慢地说:"我不喜欢……这种方式。"

不知何时,他们已经站得很近。

月光照亮池晏的身形,他人高马大,肩宽腿长,肌肉将衬衫绷得很紧,整个人显出十足的攻击性。然而那张英俊的脸上,笑容像黄昏时的潮水一般慢慢地退去。

"……这种方式。"他重复着她的话,"你不喜欢的是这种方式,还是我?"

"如果我说都有呢?"

池晏晃了晃手中的芯片:"那你要不要看看这张芯片里,除了合同之外,还有些什么?"

陈松虞从他的声音里莫名地察觉到一丝阴沉的恶意与嘲弄。

池晏没等她回答,就打开了芯片。

陈松虞很快听到了一些不堪入耳的声音。污秽的画面、窥探的视角、一部部成人小电影被投射在漆黑的夜幕里,主角都是同一个人。

这是……李丛偷拍的一些视频。

在其中一段视频里,陈松虞竟然看到了自己的脸,那正是前几天她去找李丛谈解约时的情形。

她心中更感到一阵恶寒,原来当时李丛对她提潜规则,并非临时起意,而是早就生了歹念,所以才提前装好了摄影机。

她也再次听到李丛的声音,如土皇帝一样趾高气扬地叫嚣:"不如这样,你陪我两天,我们这笔账就算完了,怎么样?"

尽管她知道后来发生了什么,大获全胜的明明是她自己,但是当她站在这里,站在池晏面前,被迫以第三人的窥探视角来重温这段视频时,她仍然感到莫名的难堪和羞愤,手臂上的汗毛都竖了起来。

与此同时,她听到池晏淡淡地问:"这种人渣并不值得同情,对吧,陈小姐?"

"同情?我巴不得他去死。"陈松虞冷笑一声,像一只把身体慢慢蜷缩的刺猬,"可是,无论他做过什么,我都不能……没有底线。"

她的声音这样冷硬,拒人于千里之外。

池晏竟然还在笑,只是他的眼里毫无笑意,只剩下危险的、嗜人的锋芒。

"你的底线值得敬佩。"他微笑着,慢慢地说,"但你好像误解了一件事,陈小姐,你本来就是我请来的观众。"

池晏的手工皮鞋在地上发出"嗒嗒嗒"的响声。

他将一支新的烟叼在唇齿间,却不急着点燃。另一只手则将那张芯片扬起来,他的余光扫向了陈松虞,他含着笑做了个口型:"礼物。"

打火机一闪,脆弱的芯片顿时被火舌舔舐,发出"噼里啪啦"的燃烧声。火势凶猛,池晏却将它放到面前,凑近,点燃唇上的烟。

他身后是天台的边缘,背靠着无尽深渊,郊区的夜晚黑沉沉的。

夜已太深,看不到城市璀璨的灯光。

陈松虞怔怔地望着他。

天台的风那么冷,像刀子一样狠狠刮着她的头皮。

她缓缓地开口问:"你打算怎么处理李丛?"

良久之后,池晏才转过身,对她露出一个微笑:"明天你就知道了。"

第四章
无可挽回的宿命

第二天,陈松虞被一条新消息吵醒。正午的阳光倾泻下来,照得她脸发烫。冷冰冰的 AI 男声替她朗读出那条新消息:"陈老师,你看新闻了吗?李总完蛋了!今天早上我的手机都被人打爆了!"

她清醒过来,打开家用投影,骇人听闻的标题映入眼帘——"李氏公子深夜遇袭,又爆性骚扰丑闻!"

点开视频,她最先看到的是李丛那张鼻青脸肿的脸。无人机毫不留情地拍下了他的脸部特写,甚至没有费心给他打马赛克。昔日不可一世的影业老板,此刻趴在医院门口,像条凄惨的蠕虫。

主持人绘声绘色地介绍道:"今晨发现,德丛影业老总李丛,被不明人士扔到医院门口,网上还匿名流传出大量他性骚扰员工的视频——目前警方已针对性骚扰事件,展开了相应的调查。"

接着画面切到一条庄严肃穆的街道。

这条街道上的建筑被密密的警戒网覆盖着,无数晃动的探照灯,发出刺目的白光,像巨人的眼睛。

往日里这条街道戒备森严,空空荡荡,此刻它却被挤得水泄不通。愤怒的民众聚集在议会厅门前,高举横幅请愿,要求对李丛的父亲进行处罚。

现场的记者随机采访了几个请愿的群众,一张张怒不可遏的脸都闯进了镜头里:"人渣!这就是个彻头彻尾的人渣!这一家人把女人当什么?"

"这种人也配拍电影?"

"能教出这种儿子的能是什么好人?他也配管理我们星球吗?"

看到这里,陈松虞愣住了。

她本该觉得快意,可是隔着屏幕,她仍然感到自己的头皮慢慢发紧,有种难以形容的压迫感。她终于看懂了 Chase 的连环计,原来他不只盯上了李丛,还要整垮他的父亲——一夜之间,他竟然将整个李家都连根拔除,永绝后患。这是他的另一场游戏。

怎么会有这样的男人?看似疯狂嚣张,行事毫无章法,实则心机深沉,心思缜密,步步为营。谁能是他的对手?

尽管阳光仍然照着陈松虞的脸,但她此刻根本无法汲取到任何温度,她只感到全身发冷。她又想,如果有万分之一的可能,他发现自己手里还握着那一夜剧场的罪证,会怎么对她?也把她带到那个空旷的顶楼,将她从楼顶扔下去吗?

对付她,一定比对付李丛容易得多。她感到恐惧,甚至……喘不过气来。

在此之后,池晏有一段时间没联系过她。或许陈松虞的拒绝终于令他感到不悦,但她很乐意这样。她得以全情投入影片的前期筹备之中,按部就班地处理一切事务,并且巴不得永远不必再与他有联系。但很不幸,池晏的电话还是来了。

"最近在做什么?"他语调懒散,像一头猎豹在懒洋洋地巡视领地。

"在选角。"陈松虞不耐烦地说,想了想又补充道,"就是找演员。"

池晏轻笑一声:"我知道'选角'是什么意思,陈小姐。"

"那你懂得挺多。"她更敷衍地说。她面前是一片照片墙的投影。有无数张大头照、演员履历和试镜视频,密密麻麻的信息像思维迷宫一般堆砌在半空中,整间客厅都变得眼花缭乱。

池晏接着说:"我听说你挑中了个年轻偶像。"

不知为何,她从这短促的语气里,听出几分深意:"嗯。你也追星?"

他漫不经心地笑道:"我只追导演。"

陈松虞冷笑:"还有事吗?"

"嗯。"电话那端沉默了片刻,才懒洋洋地继续问道,"还有呢?谁演莲姨？"

陈松虞微微一怔,这还真问到点子上了。

"没确定。"她说。"莲姨"是男主角的亲姐姐,因为这个故事里完全没有爱情戏,所以莲姨就成了"女主角"。

"哦?为什么?"池晏问。

"女演员很难找。"

"难?"

陈松虞没有想到,自李丛那件事以后,他们再次对话,竟然是心平气和地聊电影选角。简直荒谬。

但眼前的一大堆照片与试镜视频,的确已经让她苦恼了好几天。于是她抱着"随便拉个人吐苦水"的心情,鬼使神差地继续说:"这部电影是典型的男性视角,女性角色并不是重点,但杨倚川又是个新人。所以我想找一个既会演戏,又足够有名的女演员,否则撑不住场子。来试镜的人多半不太合适,而我看中的人,也看不中这个角色。"

"噢,我知道了。"

过了几天,选角问题仍然没有解决,陈松虞忙得焦头烂额,都忘了自己曾经跟池晏说过这件事。但她收到了他的新消息。

Chase:*晚上八点,我派人来接你。*

陈松虞一愣,下意识回复:*做什么?*

Chase:*见个人。*

隔着屏幕,她都能想象出对方此时照旧是那样漫不经心、高高在上。她一口回绝:*我很忙。*

一分钟后。

Chase:*晚上见。*

呵,陈松虞不禁冷笑。独断专行,还真是个暴君。

到了八点,徐旸准时来敲门。她皱眉问道:"去哪里?"

"您去了就知道。"他回答得闪烁其词。

她冷着脸坐上了飞行器,同时还不忘继续翻阅读器里的演员档案。

不久后，他们停在一个光线昏暗的密闭空间，四壁空荡，如同在一个废弃工厂。

徐旸引着她走进一条秘密的黑色甬道，路上戒备森严，不时有机器人举着激光武器站岗，头顶的红灯一闪一闪的，排查来宾的身份。陈松虞察觉到不对劲，但徐旸不说，她也就端着不问。

过了一会儿，他将她带到另一条走廊上，又做了个"请"的手势。沉重的金属门如保险柜门一般，在她面前缓缓地打开。影影绰绰，一个高大的男人坐在黑暗中。

"你来了，陈小姐。"池晏说。

陈松虞不肯再往前走："怎么不开灯？"

"因为……"他慢吞吞地说，"我喜欢黑暗。"

"你是僵尸？"

他轻笑一声。"噌"的一下，四周凭空冒出幽暗的蓝紫色火焰。她终于看清，这是一个独立包间，设计风格是仿十八世纪的工业风，尽管豪华，却有种湿漉漉的危险感，令人不适。

池晏坐在远处的沙发上，姿态优雅，还是一身手工定制西装，显得他身形挺拔。

"过来坐。"他说。尖头皮鞋轻轻敲着地面，一下一下的。

陈松虞慢吞吞地走过去，却故意坐得离他很远。可惜他们到底是坐在同一张沙发上，她的感官像沙漏里的沙粒控制不住地往下漏一般，不自觉地注意他的动静。她问："这是哪里？"

"拳馆，来过吗？"池晏话音刚落，面前硕大的电子屏，变成了一块双面玻璃。

他们坐在高处，聚光灯对准底下四四方方的高台。两个肌肉勃发、表情凶狠的拳击手像小山一般各自站在一角，向观众致意。观众们都站了起来，他们激动得面部扭曲，疯狂地挥拳嘶吼。

与之形成鲜明对比的是，陈松虞仍然正襟危坐，语气冷淡："当然没有，我是良好市民。"

"良好市民……"池晏故意拖长了尾音，重复这四个字。

她呼吸一滞，不知他是否在暗示什么。像为了自我防御一般，她嘲讽地笑了笑："这是什么意思？我要要多谢你带我来见见世面吗？"

"不用客气。"他没正面回答，只是懒懒地说。

她冷笑一声，又打开了手中的阅读器。

比赛真正开始后，陈松虞反而是看得最认真的那个人。因为她发现，这的确是有用的。

最近为拍摄做准备，她恶补了许多拳击片，从《愤怒的公牛》到《百万美元宝贝》。

然而在现场看拳赛，感觉似乎又截然不同。尤其是这样的地下拳赛，那种凶猛的、血气十足的沉浸感，是旧时的影像所不能提供的。她觉得这对自己有所启发。

显然比赛双方都签过生死契，打得极其凶残，拳拳都直抵要害，如疯狗般互相"撕咬"。

"咬"得越厉害，台下的观众就越兴奋。台上台下，人人都热血沸腾，面目狰狞，人兽不分。

"你觉得谁会赢？"池晏冷不丁问道。

今夜他的目光尤其危险——或许这场拳击赛也激发了他身上的某种凶性。然而陈松虞根本没看他。她专心地盯着屏幕，随口道："白色。"

由于她答得太快，池晏不禁侧目去看她。话音刚落，她所认可的那位白方就被打翻在地。红裤子的拳击手骑在他身上，对着对方的头和脸，一拳又一拳毫不留情地砸下去。

"咚！咚！"

导播兴奋地切到特写，原本硬朗的一张脸被打得伤痕累累，额头像面饼一样凹陷下去。

池晏揶揄道："看起来不太妙。"

"那你别问我。"

"不，我相信你的判断。"他含笑站起来，凑到她的耳畔，低声道，"刚才，最后一次押注机会，我押了白色。"

他温热的鼻息落到她的脖子上,令她又麻又痒。押注?她一怔,抬眸:"我没让你押注。"

池晏却不置可否,微微一笑:"赢了分你一半。"

同一时间,被打倒在地的那位白色选手咬紧牙关,趁对手不备,狠狠地一拳挥过去。他抓住了这次机会,轰然一击,狠狠地砸中了对手的太阳穴。战况立刻扭转。

池晏一怔,薄唇轻启,笑着看陈松虞,却发现她正目不转睛、心无旁骛地盯着屏幕,根本没关注自己。他笑了笑,没再说话。

白方尽管满头满脸都是血,眼神却极兴奋。他的动作简直拳拳到肉,看得人触目惊心。

不消多时,白方就彻底反败为胜,将对手狠狠地摁在地上。裁判拉开了"撕咬"的两人,在红方的头顶大声倒计时:"十,九,八!"

红方眼神涣散,毫无反应,像只蒸熟的虾,将自己蜷成一团。而白方在拳击台的边缘一圈圈地来回踱步,像躁郁不安的雄狮,巡视自己的领地。他激烈地喘息着,双眼放出嗜血一般的光。裁判终于举起他的手,宣告胜利——

一瞬间,全场都像要被尖叫和呐喊掀翻。

"我们赢了。"池晏说。

他的身体放松地后仰,愉悦地微微勾起嘴角。

陈松虞却微微皱眉:"谁跟你是'我们'?"

池晏微笑:"我和你,就是'我们'。"

陈松虞冷笑:"恭喜你赚钱了。"

"是我们……赚钱。"池晏像在逗她,挑眉笑道,"别忘了,说好的分你一半。"

陈松虞目不斜视道:"那麻烦你直接帮我把钱捐到星际反暴力人权协会。"

池晏哈哈大笑起来。

"为什么知道他会赢?"他又问。

"我看到了,"陈松虞笃定地说,"他眼睛里的光。"

台下的观众仍然在为受伤的英雄而疯狂,尽管他的额头肿得像个烂鸡蛋,眼眶里也爬满炸裂的血丝。但弱者重生,绝地还击,反败为胜,如此戏剧性的一幕，向来是众人最爱看的戏码。

池晏似乎一怔，接着才转头凝视陈松虞。电子屏幕的迷蒙光线如同雨雾中的霓虹灯，落进她的眼底。她的神情淡淡，遥望着脚下的喧嚣场面，既专注，又有一丝疏离。最终他只是咧嘴一笑："这可不是拍电影，陈小姐。"

陈松虞没有再说话，因为她听到一个陌生男人的声音："Chase，这就是你的不是了。陈导眼光独到，让你大赚一笔，怎么到你这里，反而成了人家的不是？"

两道人影慢慢地从黑暗里走出来——原来这间包间与旁边那间打通了。他们是一男一女，男的穿着西装，一丝不苟，面容斯文，而女人……

屏幕上的光线，慢慢地照亮那张脸。这一幕甚至有某种艺术性，因为这女人太过动人，即使在幽暗的地方，也仍旧顾盼生姿，摄人心魄。这正是不久前出现在基因宣传片里的那张面容。

直到见到真人，陈松虞才明白，之前跟这个女人合作的导演还真是不会拍，这样一个活色生香的大美人在镜头前，竟然都拍不出她十分之一的美。

面前的正是在巅峰时期就结婚退隐的女星尤应梦和她的丈夫荣吕。陈松虞立刻明白了Chase所说的——带自己见个人——究竟要见谁，她不禁扯了扯嘴角。

大概他的确不懂电影，更不认识几位女演员，所以直接将最红、最传奇的那一位，带到了她面前。怎么会这么巧？

陈松虞不着痕迹地看了池晏一眼，暗暗地感到心惊。在基因检测中心见到尤应梦的宣传片，仿佛还只是昨天的事。那时她遗憾只是因缘际会，与影后合作的机会也失之交臂。没想到转眼之间，Chase就找到了自己心心念念的尤应梦。

陈松虞见到女神的喜悦，瞬间又被一种难以形容的、极其微妙的危机感所冲淡。身后的这个男人，仿佛真能想她所想，他正在无孔不入地入侵自己的生活。

尤应梦的丈夫携妻子往前走了几步，落落大方地对陈松虞自我介绍道："陈导演，初次见面。我是荣吕，这是我的妻子尤应梦。"

他另一只手举着香槟杯，斜斜地伸到陈松虞面前，笑容矜贵："今晚我做东，你们可别跟我客气。"

"这么大方。"池晏说。

"反正都是自己人。"荣吕笑道。

自己人？陈松虞一怔。池晏不知何时站到了自己身后，偏头在她耳边低语："尤小姐会加盟我们的电影，荣吕也会注资。"

尽管他语调轻缓，但在耳后游离的呼吸仿佛化作有形的侵略，充斥着她的感官。

"哦，我知道了。"陈松虞微微蹙眉，不着痕迹地往前挪了挪。

她接着听到荣吕笑道："我这个人，没什么别的爱好，就是喜欢看拳赛。今晚如果不是因为陈导，我可就赔得血本无归了——以后你可要经常来玩，我就指望你了。"

她淡淡道："不敢当，只是运气好罢了。"

"运气好也是种实力。导演我见得多了，像陈导这样一猜就中的，我可从来没见过。"荣吕揽住了尤应梦的腰，笑意更深，侧头问妻子，"你说是吗，小梦？"

尤应梦直挺挺地站着，并没有任何反应："你们的事情我不懂。"

这对夫妻和宣传片里截然不同。荣吕在镜头里是一位深情而木讷的丈夫，镜头外却是个倨傲又左右逢源的人。而尤应梦在宣传片里一脸幸福，此刻却表现得冷淡又疏离。

直到看向陈松虞的时候，尤应梦的眼中才多了一丝温度："陈导演，等了三年，我们终于见到了。"

陈松虞诧异道："您还记得？"

三年前她们曾有机会合作，但还没立项，就因尤应梦的婚事而被喊停。尤应梦微微一笑，这笑容令她整个人都鲜活了起来。她像一幅静态的画，突然焕发生机。她说："不必叫我'您'，我一直非常喜欢你的电影。"

陈松虞忙道："这话应该我说才对。"

她们才说两句话，就被荣吕打断。他凑过来，低头嗅尤应梦的发香，半是宠溺地问："三年前怎么了？三年前不是我们的婚事吗？"

陈松虞分明看到他眼中闪过一丝阴鸷。

他怀中之人淡淡地收敛了笑容,变回双目无神的花瓶:"没什么,我和陈导一见如故。"

荣吕大笑道:"那是最好。"他的手滑腻腻地摩挲着尤应梦的肩头,不动声色地狎昵,像在把玩一只名贵的金丝雀。

陈松虞眉心一皱。

荣吕转过头来,语气热络地对陈松虞说:"陈导演,你不知道,结婚三年以来,我从来不许小梦熬夜的。但她通宵看完了你的剧本,还硬要来见你——在家闹了一周了,没办法,我只好同意。"

尤应梦的神情隐约有几分不自然。荣吕却跟没看见一样,笑着点了点她的鼻头:"说好的我养你,让你享清福,怎么硬要出来拍戏,受那份罪?"

尤应梦的两片嘴唇碰了碰,似乎想要说什么,但还是保持了沉默。她匆匆地看了陈松虞一眼,慢慢地垂下头,只露出半张清冷却姝丽的侧脸。

陈松虞分明从那双美丽的眼睛里,看到了某种近乎麻木的哀伤。

"小梦这是在家待久了,性子越来越别扭,让二位见笑。"荣吕一边说,一边动作温柔地替尤应梦拨开长发,缓缓地摩挲她的脸。她对此像早已习惯,一动不动。

"说起来,陈导的剧本我也拜读了,见面之前还一直在想,是哪路神仙,能写出这样老辣的剧本,没想到你本人竟然这么年轻,年轻又漂亮……呵,Chase 真是有福气。"

陈松虞听到这里已经忍无可忍,她面无表情地说:"有福气?我怎么听不懂?您是在暗示什么吗?"

荣吕一怔,没想到她突然翻脸。他有几分愠怒,目光不禁朝她刺过去。却见她神情严肃,眼中并无半分笑意,反倒有几分魄力。他神情一敛,若无其事地笑道:"当然是恭喜他开门大吉,找到了陈小姐这么优秀的导演,未来一定能票房大卖。"

"借您吉言。"陈松虞淡淡道。她的语气仍然冷硬,但荣吕的变脸功夫一流,很快就转过头,捏着酒杯,语气自然地与池晏聊起关于电影的其他事宜,仿佛丝毫没被她冒犯。

"你们准备得怎么样?"

"快开机了。"

"真要找个贫民窟进去拍?这么不怕死?"

"嗯。"

"那我把小梦交给你了,她要是少一根汗毛,我可唯你是问。"荣吕半真半假地开玩笑道,语气里隐含一丝压迫。

池晏懒洋洋道:"放心。"

陈松虞坐在旁边,压根不想说话。即使她有心找尤应梦攀谈,也觉得这不是合适的场合。

尤应梦更是早已习惯扮演一只完美的花瓶,从头到尾,一言不发。即使自己的名字出现在对话里,也无动于衷。

在陈松虞的记忆里,这位昔日影后向来都是那样光彩照人,顾盼生姿。但此刻的她,却像一只艳丽的玩偶,像幅栩栩如生的壁画,像个……了无生气的战利品。这场婚姻竟然将她磋磨至此。

不知过了多久,荣吕向他们告辞。他站起来,迫不及待地重新揽住了妻子的细腰。尤应梦尽管姿态柔顺,神情却还是那样冷。好一对"伉俪"。

陈松虞忍不住故意说:"之前我去做基因检测,看到了二位的宣传片。你们有90%的基因匹配度,真是恩爱。"

没想到荣吕微微一愣,躲开她的目光,神情竟有一瞬间不自然,接着才笑出来:"陈导客气了,那都是拍着玩的。"

他们离开后,陈松虞和池晏继续坐在包间里。

池晏突然挑眉看向陈松虞,语气微妙:"你也知道?"

陈松虞问:"知道什么?"

池晏的手指把玩着高脚杯,他仔细端详着她的脸,笑了出来:"哦,原来是歪打正着。"

"你到底在说什么?"

"他们基因匹配度的数据是假的。"他轻描淡写地抛出一条爆炸性的消息。

陈松虞一怔:"这还能造假?"

"为什么不能?荣吕有钱有势,基因检测中心也要吃饭。你不会真的觉得,基因匹配度为90%的夫妻,是这样相处的吧。"

陈松虞的心跳仿佛漏了一拍,"基因匹配度"这五个字,仿佛一股突如其来的狂风,没来由地搅动着她的心脏。

"他们正是因为基因匹配度太低,成为夫妻名不正,言不顺,他才会这样对待她。"池晏继续说,"逼她息影,斩断她所有的事业,令她众叛亲离。所以她才能……只被他拥有。"

灯影深深浅浅地落在他的脸上,他所说的疯狂和占有欲令她心惊,仿佛有一个无底的旋涡,要将她也完全吞没。她打了个寒战。

"你好像很欣赏他的做法。"她低声道。

"欣赏?"池晏笑道,"怎么会这样想?我从来不强迫女人。"

陈松虞心想,这真是天大的笑话,他从不强迫女人?那她为什么会坐在这里呢?

她不禁讥诮地说:"是吗?"

"当然。"池晏懒洋洋地看着她,眼神里却有几分桀骜,"越是处心积虑地控制一个女人,越显得自己软弱无能,只有废物才总要驯服别人。"

"那你呢?"

"我当然喜欢……势均力敌的对手。"他浅浅地弯起嘴角,意味深长。

陈松虞的心口仿佛被狠狠地一撞,她匆匆转移了话题:"你说得对。荣昌既然不相信匹配度,就应该不信到底。而不是耿耿于怀,编出这种自欺欺人的谎言。"

"的确。"他摁灭烟头,淡淡地说,"况且他本来就不该不相信科学。"

"科学?"陈松虞诧异地看着他,不由自主地抬高了声音,"你觉得基因匹配……是科学吗?"

池晏含笑道:"难道不是?"

陈松虞不禁冷笑:"所以你宁可去跟个陌生人结婚?"

"那并不是陌生人。"他说,"而是和我基因契合的女人。"

开机前一周,陈松虞提前搬进了影片拍摄地——位于K星郊区的一个贫民窟,他们将在这里拍摄整整四十五天。

坐在飞行器里时,她还在争分夺秒地埋头工作。反倒是身边的副导演张喆,表现得相当乐观:"陈老师你放心,一切都安排好了。说起来,你这次找的这位制片人,工作能力也很强啊。在这么短的时间内就搞定了主创团队、拍摄场地、制片预算……"

陈松虞皮笑肉不笑地说:"还请来了尤应梦。"

张喆惊了:"尤老师也是他请到的?偶像啊!"

"偶像?你说尤应梦?"

"不,制片人。"

陈松虞:"……"

她露出了尴尬而不失礼貌的笑容:"希望你见到他的时候还能这样说。"

张喆不解:"啊?为什么不?他这人脉逆天了啊。"

陈松虞在心里回答:因为他就是你说过的那位冤大头。

她之所以没有当面讲这句话,纯粹是因为……他们旁边还有一个人。那人年纪轻轻,有一张不折不扣的冰块脸,尽管穿着黑色西装,身材看上去也孔武有力,肌肉勃发。他是 Chase 的人。

飞行器抵达目的地,张喆习惯性地伸手要帮陈松虞把行李搬下来,却被这位人高马大的年轻人截了和。

张喆不禁问:"陈老师,这位是?"

"制片人给我安排的助理。"

也是……保镖和监视器,她在心里补充道。

尽管 Chase 美其名曰"贫民窟太危险,派个人来保护你",但她只觉得自己身边多了一双虎视眈眈的眼睛。更何况她工作多年从来都是亲力亲为,根本没有请助理的习惯。

张喆不明就里,羡慕地说:"制片人做事可真周到。陈老师,你每天从早忙到晚,早该有个助理来帮你了。"

呵呵,能帮忙就怪了。陈松虞轻嗤一声。

两人继续往酒店走。张喆沿途都在左顾右盼,忍不住咋舌道:"我虽然来过好几次了,但还是觉得这个地方瘆得慌。"

这里有一排密密麻麻的棚屋,墙壁上满是破裂的弹孔,狭窄的小道上堆满了垃圾、秽物和霉菌。经过的行人大多面黄肌瘦，皮肤黝黑，像是经历了大饥荒的受害者。

他们面前却是一座极尽奢华的五星级大酒店。

贫民区和富人区只有一墙之隔。而贫民窟的尽头，翻过山的另一边，就是大海——找遍整个K星都没有第二个比这里更特殊的地方。

"贫民窟的拍摄许可证，是不是挺难拿到的？"张喆好奇地问。

"那你得去问制片人了。"

"制片人厉害。"张喆默默地竖了个大拇指，又迟疑地问，"我们真得在这种地方……住一个多月啊？"

陈松虞漫不经心道："想什么呢？住酒店已经很不错了。"

"也是。"张喆缩了缩脖子，顿时又想到以前。陈松虞尽管长得美，但向来很接地气，为了拍电影，什么苦都能吃，再恶劣的环境，也不会让她皱一下眉。他想，以陈老师的性格，别说住在贫民窟外面了，为了拍电影，就算真要住在贫民窟里面，她肯定也会甘之如饴。

他忍不住面露钦佩："陈老师，这么多年，在我认识的导演里，也只有你还坚持实景拍摄了。"

陈松虞笑了笑："因为我始终相信，真的就是真的。实拍所呈现的真实质感，始终是后期特效技术无法完美复制的。"

张喆感慨道："你说得对，真的就是真的。观众一定也会明白这种区别。"

他陪陈松虞来到顶楼的总统套房，旁边还有一间套房，暂时空着。他随口问道："隔壁住的是杨倚川吗？"

没想到陈松虞迟疑了一秒，才答道："不，是制片人。"

在酒店办好入住后，陈松虞并没有休息，反而下午就带着分镜头剧本，前往贫民窟。这是她的另一个职业习惯——在正式开拍前，尽可能多地观察拍摄地。她的剧本从来不会定稿，如果她有新想法，就随时修改。

这一天天色阴沉，乌云密布，这种天气下的贫民窟也格外有压迫感。过了没多久，雨水倾盆而落，空气里飘着一股潮湿的泥土和死鱼的怪味。陈松虞仰头，看到头顶晾晒的一排白色床单被狂风吹得左右摇摆，在破旧漏水的墙壁之间,有种难以形容的凄凉之美。

她深深地被这景色所吸引,情不自禁地拿出了微型摄影机,将这画面拍了下来。

然而下一秒,有一只手从背后狠狠地推了她一下——

"啪。"她猝不及防地重重砸到地上,水花飞溅。她觉得天旋地转,污水落到她的睫毛上。她感到轻微的刺痛,花了几秒钟,才费力地睁开眼。只见雨幕之中,一个面目凶狠的男人站在面前,死死地盯着她,一双眯眯眼兴奋地放出浑浊的光。

怎么会这么倒霉?陈松虞不禁露出苦笑,此前他们来勘景过那么多次,从来没出过什么事,偏偏今天就出事了。她只想出来转一圈而已,就没叫上那位助理。

她勉强撑起了身体。光裸的手肘接触到潮湿的地面,她感到了一阵钻心的灼烧感,肯定是擦破皮了。

"你在干什么?把身上的钱交出来!"那男人说。他粗哑的声音,像野兽的嘶吼。

然而陈松虞从对方赤红的眼神里看出,他喝得烂醉,根本不受控制,所求的绝不是钱财。

"你不要冲动,钱都给你。"她尽量放缓语气,往后爬了几步,佯装示弱,却猛地伸手,将头顶的白床单狠狠地扯下来,朝他抛掷过去。

陈松虞抓住机会,从地上爬起来,不顾浑身的疼痛,转头狂奔出去。

她不敢回头,只听到布料被撕裂的声音,"刺啦——"。

沉重的脚步踏进水洼里,溅起更激烈的水花,追逐也更加急促。她知道那个男人在后面追,一定张牙舞爪的,身上还披着被撕烂的白床单,像一束鬼火,像一个永不停息的白色幽灵。

这后巷空无一人,长得仿佛没有尽头,幸好往日有健身的习惯,体能还算不错。尽管被淋得透湿,手和腿都火辣辣地疼,肺都快要炸开,她依然拼命地往前跑。

雨越来越大。雨水凝成线,变成半透明的雨雾,她的视线一片模糊,几乎看不清前路。

"站住！别跑！"陈松虞听到身后男人的叫骂和低喘，像野兽一般，越来越逼近。前方就是转角，胜利在望，她用尽最后的力气狂奔过去——

转弯，止步，身体前倾，她猝不及防地跌进一个怀抱。对方是干燥的、温暖的、坚定而有力的，对方宽阔的臂膀环绕住她，严丝合缝，就像……一个嵌进她身体的锁。

"我来了。"一个低哑的声音在她耳边道。

Chase。当然是他，只能是他。从前这个声音对陈松虞来说，意味着危险、不可控，是恶魔的低语蛊惑，是海上的危险红灯，但这一刻她感受到了微妙的……安全感。

她知道自己得救了，紧绷的身体放松了下来。她的胸口起伏，呼吸急促，她根本说不出话，却试探地伸手，想环住他的肩。就在此时，她听到一声爆响，手便僵在半空中，安全感也消失殆尽。

池晏将她揽进怀里，一只手轻抚她的后背，另一只手在她身后抬起来——他手中拿着新型的激光武器 Metal Storm，对准那个在巷口犹豫的男人。

准确无误。硝烟的气味溶解在雨雾中，男人无声地踉跄了一下，然后沉重的身躯轰然倒地。陈松虞立刻明白发生了什么，和记忆中一模一样的姿势，一模一样的声音。

她的记忆仿佛立刻将她拉回在 S 星的那个夜晚，那个……最不愿被唤起的噩梦。

她震惊地抬起头，想要从这双手臂里挣脱出去，却被他按在怀里，以一种不容分说的力道。她只能被禁锢在他的怀抱里，她仰起头，仰望他锋利的下颌。

"他死了吗？"陈松虞问。

他淡淡道："谁知道。"

"不是，你怎么能……"她的话没有说完，就被他打断了。

池晏低下头，凝视着她，目光如炬。

"嘘。"他轻声道，仿佛很是缱绻，又仿佛冷酷至极，"这里是贫民窟。"

这时陈松虞才意识到，自己已经被淋得透湿。湿漉漉的头发像纠缠的、枯萎的水草，缠绕着她的脸和脖子。由于过于黏腻，让她有种难言的溺水与窒息感。

池晏却没有这样的困扰。他是短短的寸头，古铜色的皮肤，在雨里更熠熠生辉，他像是被镀上了一层细碎钻石的英俊至极的阿波罗神像。阿波罗，是骁勇善战的神明。

"你受伤了。"他说着，骨节分明的手指托着她的下巴，将她脸上的污痕擦去，像在对待一尊玉白的瓷器。这动作本该是温柔的，然而他的手背上青筋尽显，他阴沉的脸色、紧抿的薄唇和过于紧绷的姿势，都显示出他们敌对之人的危险性。

"我没事，只是擦伤而已。"

池晏轻笑一声，尽管他的眼里没有丝毫笑意。

"我不喜欢你受伤。"他的声音太有压迫感。沉默之中，他们身后响起了更慌乱的脚步声，是徐旸撑着伞匆匆赶来了。

那只紧紧禁锢着陈松虞后背的、强有力的手微微松动。她立刻抓住机会，后退几步。

"我也不喜欢你这样做。"她说。

池晏懒洋洋地说："又是因为你的正义感？"

她抿唇不说话，直视着他。他轻轻一笑："放心，他死不了。"

几个手下赶了过来，将倒在地上的醉汉拖走。这些人善后的技术很娴熟，和之前处理李丛时一模一样。她的余光瞥到地上那人的腿动了动，伴随着他一声微微的呻吟。她松了一口气，还好，这人还算有分寸。

"……那就好。"她继续后退，脚踝却碰到了什么坚硬的东西。

一把硕大的黑伞落在她的脚边，看起来价格不菲，大概是池晏带来的伞。但刚才他宁愿和她一起站在雨幕里，浑身湿透。于是她的后背微微战栗，仿佛他的手掌仍然停留在那里，隔着湿透的衣服在她的皮肤上留下灼热的温度。

"只有这样做，这里的人才知道，以后到底该听谁的话。"池晏的声音里，仍然有某种压抑的阴鸷与冷酷。

他慢慢地弯下腰，将那把黑伞捡起来，撑在陈松虞的头顶，又俯身在她耳边道："陈小姐，你看，其实我也是良好市民。"

陈松虞想冷笑，但他另一个手下走了过来，对他恭敬道："池先生。"

那是个陌生面孔，她从未见过。池晏淡淡地吩咐了什么，对方才退下，带着几分怯意。他转过头，发现陈松虞正呆呆地凝视着自己，以一种前所未有的复杂眼神，像从来都不认识他一样。

"怎么了？"他问。

一种微不可察的恐惧，在陈松虞漆黑的瞳孔中一闪而过。但她还是抱着最后的希望，低声问道："他叫你什么？"

"池晏，我的名字。"他说，"你不知道吗？"

池晏。这两个字说出来的一瞬间，陈松虞的大脑如遭雷击。她后退几步，离开了他的伞，又站在雨里。

她从未觉得这么冷过，冷得嘴唇发抖，单薄的身体根本无法承受这倾盆大雨的攻势。黑沉沉的天空像一块巨大的铅，快要压下来，让她整个人都被浸没在洪水里，一直沉到地底。

这一刻，所有疑问都得到了解答。她和他之间……那些奇怪的默契和若有似无的心意相通，像磁铁一样，有着无法逃离的、致命的向心力。

一直以来，究竟是什么将他们绑在一起？是阴谋？是权势？是 S 星的那一夜？是这部即将开拍的电影？不，都不是。是基因，是无可挽回的宿命。原来命运的列车从很久以前就……呼啸而过，将她彻底碾压。多年前那张早已被销毁的基因报告，再一次如幽灵般浮现在她的眼前。

陈松虞——匹配对象——池晏

匹配度：100%

当然，这世界上有无数个池晏。

可是此刻站在她面前的，只可能是那一个池晏。

陈松虞站在倾盆大雨里，脸色难看得可怕，整个人像要融化在雨里。这件事彻底超出了她的认知，她第一次产生了逃避的心理——离开这里，离开这个男人，这样就不用再思考这些事。

这个念头刚出现，对面的男人就撑着黑伞向前走了几步。伞面的巨大阴影，再次笼罩了她的脸。

"怎么了？"池晏皱眉道。他近距离看着她，她的脸苍白发青，眼睛直愣愣地凝视着他,唇无血色,冷得微微颤抖,她就像一个冻得失去灵魂的木偶。

他不知道她在想什么,误以为她还在计较刚才的事。真是毫无意义的正义感,但也挺可爱的。他扯了扯嘴角,不自觉地放低了声音:"都说了他没死,放心,电影还没拍,我不会让片场见血。"

"片场"二字,终于唤醒了陈松虞的意识。她慢慢地抬起头来,眼神里出现几分坚定。是的,片场。她不能走,无论池晏是谁,无论他跟她是什么关系,这部电影都要拍下去。她冻僵的身体慢慢恢复了力气。

"我没事。"她低声道,声音很哑,"就是在雨里淋了太久,有点着凉。"

"我让人叫医生。"池晏说。

"不,我回酒店睡一觉就好了。"她坚持道。

"随你。"池晏撑着伞,两人慢慢往飞行器的方向走去。

他看她的脚步跟跟跄跄,几次都直接踩进了水洼里,便想扶她一把。他刚伸出手,就被她立刻躲开了。他不禁露出个嘲讽的笑,在她身后道:"这么怕我吗?"

陈松虞的身体一僵,背影单薄得像被狂风吹乱的残枝。但她没有说话,也没有回头,只是深一脚浅一脚地继续往前走。

池晏的神情更加冷淡。走到飞行器旁边的时候,他派给陈松虞的那位助理突然出现了。年轻人面无表情,只字未发,却"砰"的一声跪在地上,像轮胎极速碾过马路一般掀起了满地的水花。

陈松虞一怔:"你叫他来做什么?"

池晏却根本不看这个跪下的人,反而神情自若地对她说:"先上去。"

他帮她打开飞行器的门。陈松虞却置若罔闻,仍然站在原地,平静地对助理说:"你先起来,傅奇。"

池晏在一旁冷笑道:"陈小姐对他倒是肯好好说话了。"说着他就猛地伸手,将她横抱起来,径直抱上了飞行器。

她吃了一惊,在他的臂弯里奋力挣扎:"干什么!池晏!"

然而她像条湿漉漉的金鱼,被池晏的大手轻轻地一按,就完全被压制了。他微微一笑:"你叫我名字的声音很好听,再多叫两声。"

陈松虞立刻紧紧地抿住唇,不肯再发出声音。他却对她的态度根本不以为意,看似无意地用手轻轻抚摸她单薄的脊背,如同滑过美人鱼闪闪发亮的鳞片。

她觉得被他碰过的皮肤简直都像病变了一般腾腾地燃烧了起来,她头皮发麻,不敢再有任何挣扎。她又想到了——基因。她厌恶这样的身体反应,却无法与之对抗。

池晏低低地笑出声来,手指在她湿漉漉的皮肤上又流连了片刻,才大发慈悲地将她放下来。

飞行器的座椅上出现深深的水痕。陈松虞抱着手臂,一动不动,慢慢地平复自己的呼吸。她想,这所谓的基因引发的身体反应是相互的。此刻这个男人在想什么,他在笑什么,她无从得知。

池晏仍然一脸愉悦地垂眼看着她,片刻之后,他才转身对跪着的助理傅奇说:"你知道该怎么做。"

陈松虞的心猛地一跳,她莫名地产生了一种不祥的预感。她坐在飞行器里,眼睁睁地看着傅奇维持着艰难的跪姿,一步步地挪动膝盖,朝自己挪过来。

"陈小姐,对不起!"他高声道。声音太大了,防弹玻璃都似乎为之一震。

"这不是你的错,你不用跪着,先起来。"陈松虞试图打开玻璃窗,但它纹丝不动。

傅奇仍然面无表情地跪在暴雨里。

她立刻明白,傅奇并不会听自己的话,从头到尾,他所听从的发号指令之人另有其人。这是池晏故意在拿旁人敲打她。她心一冷,气性又上来,偏偏不肯去找池晏,反而凑到窗边,双手四处摸索,寻找别的应急开关。

"啪,啪,啪。"她的动作很粗暴,手指不时撞到玻璃上,冻得快要失去知觉。凄风冷雨从缝隙里渗透进来,要入侵她的世界。直到身后的一双大手不动声色地握住了她的肩膀,简直猝不及防。

池晏的手掌令陈松虞一惊,她几乎要跳起来。但她瘦削的肩在他掌中像盈盈一握的蝶翼,根本无处可逃。

"放开我。"她冷冷地说。

池晏漫不经心地笑道："怎么不叫我的名字了？"

陈松虞抿着唇不说话。他的声音更低，低得像诱哄："说话，我就放开你。"

于是她冷笑一声："你的化名太多，我不知该从哪一个叫起——可以了吗？"

"不可以。"他轻笑一声，原本停下的手又开始用力，继续将她往后拉。

她的挣扎对他而言根本毫无用处，她只能眼睁睁地放任自己被迫倒进他怀里。他故意凑到她耳边："窗边冷，别再着凉。"

温热的气息喷在陈松虞的后颈，她的身体几乎要碰到对方宽阔的胸膛。她觉得自己像一张快要化成水的纸，湿漉漉地滴着水，却被迫靠近了一团熊熊燃烧的火。她极力让自己的声线保持镇定："那你让傅奇站起来，我们现在就回去。"

"不急。"他淡淡道，"他没保护好你，应该受罚。"

"我说了，不关他的事。"

池晏嗤笑一声："你好像在暗示什么。"

他硬生生地将她的身体转过来。陈松虞险些撞到他，又强行被他扣住了下颌，硬生生地抬起脸。四目相对，他们之间的距离很近。他继续说："不关他的事？那关谁的事，我吗？"

昏暗的光线里，这张英俊的脸依然很清晰。她清楚地看到他突出的喉结，锋利的下颌，和桀骜的眉眼。最终，她将视线定格在他危险的目光上。她不禁呼吸一滞，她想说，这当然也和他无关。她想：我当时明明都快跑出去了，哪里需要你来逞这个英雄？

池晏淡淡地瞥她一眼："想清楚再说话，陈小姐。"

他的语气太凉薄，仿佛已经洞察她内心的挣扎与反抗。

陈松虞把到嘴边的话莫名地吞了下去，她再一次意识到面前这个男人有多么可怕——他冷酷又不择手段。

某种微妙的无力感袭上她的心头，她失去了与池晏继续僵持的力气。

陈松虞侧头躲开池晏的视线，轻声道："抱歉，是我自己太莽撞，忘了这里是贫民窟。

"……以后我会记得带着他。"她终于默许了他对自己的监视。

池晏目不转睛地盯着她雪白的后颈，微微一笑。他对传奇摆了个手势，对方慢慢地站起来。

陈松虞终于听到机器发动的声音，飞行器缓缓地升了起来。传奇慢慢变成一个小小的黑点，但他仍然站在原地，缓慢地对着他们的方向鞠了一躬。

陈松虞隐隐地松了一口气，又听到池晏低声说："不必道歉。"

"那你要怎么样？还想怎么样？"她有些心烦意乱，话都说得语无伦次起来。

"说声'谢谢'如何？"池晏在她头顶含笑道。

陈松虞一怔，接着慢慢地抬起头。

"是，谢谢你。"她一字一句地说，"抱歉，我该早一点说。"

池晏微微一笑："我说了你不必道歉。"

"不好意思，这是我的习惯。"

"又在道歉。"他轻哂道。

"……"陈松虞转头没再看他。当然她就是故意的，她的每一句道歉，都显出浓浓的嘲讽。她不过想告诉他——她和他，根本不是一个世界的人。

池晏对此不以为意，他漫不经心地看着手机。过了一会儿，他才用十分轻松的语气对她说："我知道你不喜欢我做事的风格，来日方长，不如从现在开始习惯。你总要习惯的。"

他故意凑过去，与她离得更近些，低沉的声音几乎是贴着她的耳郭发出。

总要习惯，凭什么呢？他为什么觉得他可以彻底掌控她？

可是飞行器太窄，陈松虞已经被逼到角落，退无可退。于是她只能这样僵硬地坐在原地，像只被扯烂的布偶，豁了个巨大的口子，冷风呼呼地灌进去，雪白的棉絮直往外飘。她的视线一片模糊，眼前像下了一场鹅毛大雪。

直到回到酒店，跌跌撞撞地扑进了浴缸，陈松虞才觉得自己又活了过来。一身寒气、污浊和恐惧仿佛在一瞬间就被热水洗去了。重获新生的她，无意识地凝视着窗外的景色。她想让大脑放空，想不去回忆那些烦心事。但怎么可能？

她和池晏的基因匹配度，还有他对她的掌控欲，这一切都像是场无法逃离的噩梦。

天色渐暗，贫民窟的夜永远是一片黑暗。星星点点的灯火，被掩盖在破旧的屋檐和狭窄的窗户之间。多少人蜗居在这里，终日与垃圾和咒骂为邻。没有人会喜欢这种地方。但她别无选择，只能生活在此，看着世界的另一面。

池晏那张英俊的脸和他临别时的那句话，又涌上了心头。

陈松虞慢慢地把玩起他送给自己的那块名贵的古董手表。沾满湿气的手指，一寸寸滑过璀璨的星空表盘。

她心想，今天自己明明是一个人在贫民窟里乱逛，道路又错综复杂，连传奇都没反应过来……池晏为什么能这么快找到她？

只有一种可能——他还有别的方式来监视她。

陈松虞找遍了全身，最可疑的物件只能是这块手表。这样一来，她上一次回公司去找李丛之后，为什么池晏能在第一时间给她打电话，也就水落石出了。她不禁冷笑一声。

算无遗策，池晏还真是这样一个人。连一块小小的手表，都要利用到极致——他曾用这块手表借杨倚川的话轻松达到自己的目的，也曾在李丛面前宣示对她的主权。

但陈松虞没想到，这甚至还是他装在自己身上的"眼睛"。她感到愤恨，手指一松。

"扑通"一声，手表落进浴缸里，在蒸腾的水汽之中，涟漪一圈圈晕开。星空和钻石，都被彻底浸透，沉下去。

过了一会儿，她把手慢慢地伸向水底，像打捞水中月一般将那块手表捡回来。

"呵。"指针还在正常地运转，根本没有用。

当然，这块高科技手表不会轻易被热水烫坏，就像她不可能随随便便逃出池晏的掌心。

她真希望他们之间的基因匹配度也是假的，是基因检测中心的误判，或者是捏造的谎言。就像尤应梦和荣吕那样。

可是，什么是假的，什么是真的，什么是身体的反应、基因的羁绊……一目了然,所以她绝对不能让池晏知道这一切。宁愿死,她也要保守这个关于基因的秘密。

——那么他会知道吗?这个尖锐的问题骤然划过她的心头。

陈松虞心想,不会的,绝无可能,报告删了就是删了,绝对不可能修复。这是她最后的底牌。

那一夜,陈松虞没有睡好,她辗转反侧,做了无数个噩梦。

她时而看到池晏在摇曳的篝火里凝视自己,时而又看到他站在空无一人的拳击台上,目光危险,一步步朝自己逼近。最后是在狭窄的飞行器里,他在她头顶俯身看她。四目相对,呼吸交缠。尽管她不愿意承认,但梦境是诚实的——

那一刻他们都在彼此眼中看到了什么,好像看到了同样的困惑……他们被对方吸引,像迷路的磁铁,像未划着的火柴,隔着迷蒙的夜色,凝结在对望的瞳孔里。

他低沉的声音不断在她耳边响起——"你总要习惯的"。她最不想被卷进这个危险的世界……卷进他的漩涡里。可是,她已经身在其中,无处可逃。

终于,陈松虞满头大汗地从层层叠叠的噩梦中惊醒过来,望着天花板上浮动的阴影。她心想,不能再这样下去,哪怕只是为了这部电影,她也要打起精神来。

既然都是为了同一部电影,他们就还会再见面。她不能再这样怕他,更不能继续往后退,她一定要做点什么……

她想起自己十八岁的那一年。

陈松虞在成年生日的半年前,参加毕业会考,拿到了全 A 的成绩单。

那一天阳光很好,金色的银杏叶如风铃挂满树梢,在光线下被照得剔透。母亲将她揽在怀里,眼含泪光:"妈妈永远以你为骄傲。"

父亲则很疏离地站在一旁,与老师商量女儿的未来:"我想让这孩子学金融。"

老师道:"那是当然,以陈同学的成绩,能读 K 星最好的商学院。或者你们考虑让她学人工智能吗？也是很不错的就业方向。"

"人工智能？也不错……"

陈松虞仍然在母亲的怀里，身体却微微一僵，她想起自己偷偷填在预申请表格上的"星际电影学院"。她想说出自己的意向，但这似乎并不是一个合适的、与他们摊牌的场合，她按捺住自己说话的欲望。

那时她并未察觉，母亲在她头顶微微叹了一口气。

那天夜里，陈松虞辗转反侧。最后她还是决定向父母坦白，告诉他们拍电影才是自己唯一想做的事。她从被窝里爬起来，静悄悄地走到父母的卧室门口时，恰好听到母亲说："你今天为什么要那么说？你不知道松松想学拍电影吗？"

父亲高声吼道："我就是说给她听的！"

母亲的声音微微颤抖："什么意思？"

"拍电影？那都是有钱人学的东西！她就该老老实实地找个稳定的工作，都是你把她教坏了，整天想这些不该想的事情！"

陈松虞眉心一皱，正打算敲门，却猛地听到了一声沉闷的响声——有什么东西被狠狠地砸了出去。接着是某个更尖锐、更骇人的声音，仿佛擦着她的头皮，从耳后划过，像恐怖片音效。

她悚然一惊，僵立在门口——父亲竟然在砸东西。她从不知道他还有这样的一面。

父亲如狂风骤雨一般地发泄了一通之后，开始语重心长地劝母亲："我这么做是为她好。你也知道，以我们家的条件，供松松读电影学院会很辛苦。更何况她读完了又怎么样？还不是迟早要嫁人。"

母亲沉默半晌，才轻声道："她也是独立的个体，她有权利去做自己想做的事。"

"你想说什么呢？"不知为何，这话再次激怒了父亲，他骤然冷笑一声，"我剥夺你的权利了？"

"我没有这么说……"

"怎么了，嫁给我很委屈？难道你还想继续在基因匹配中心上班，跟你那个师兄眉来眼去？"

"够了！有完没完？我们结婚快二十年了，为什么你还觉得我跟他有什么？"

"因为我知道，你一直惦记着他！你故意把女儿养成这样，就是为了硌硬我吧？你们都是文化人，只有我是一个大老粗，根本不配跟你们母女站在一起！"

陈松虞彻底怔住，今夜听到的一切都超出她的认知。

从前在她心里，父母几乎不怎么争吵，算是一对和睦的夫妻。母亲曾是成功的基因科学家，婚后却牺牲了事业，做全职太太；父亲虽然经商头脑不够，屡次投资失败，但至少也是个尽责的丈夫和父亲。

她从来没有想过，原来自己的家庭，只是一张漏洞百出的画皮。看似顺遂，一撕开却是千疮百孔。

"原来你一直是这么想的。"母亲疲惫地说。

"是的，真对不起了，有80%基因匹配度的是我和你。"

母亲竟然也冷笑一声："80%又如何？你知道基因匹配到底意味着什么吗？"

"怎么，高贵的科学家又要给我上课了？"父亲"哼"了一声道。

母亲冷淡地说："这意味着我们的结合，有最大的概率能生下基因优良的孩子。这根本和爱情无关。你说得对，我是喜欢师兄，我也从来没有……爱过你。"

"啪！"陈松虞听到一声清脆的巴掌声。她立刻去推门，但卧室的门被反锁了。她终于意识到，母亲一定不希望自己的女儿知道这一切。所以她只能装作无事发生。

她孤零零地站在门口，脸上火辣辣地疼，仿佛父亲那一巴掌也狠狠地扇在了自己脸上。

第二天在饭桌上，陈松虞平静地宣布，自己已经递交了星际电影学院导演系的申请书。

父亲和她大吵了一架，甚至威胁她要断绝她的经济来源，但她心意已决。之后她身无分文地进了电影学院，又因缘际会地认识了比自己大三届的校友李丛，并在对方的投资下拍了自己的导演处女作。再往后她成了崭露头角的电影导演新人，父亲自然也不能再奈她何。

遗憾的是，母亲并没有看过她拍的任何一部电影。陈松虞去学校之后不久，母亲就在一次意外事故中去世。她甚至没来得及见母亲最后一面。

葬礼上，陈松虞见到了父亲一直耿耿于怀的那位基因检测中心的"师兄"，她听到其他人都恭敬地叫他"胡主任"。那一瞬间，陈松虞的眼泪掉了下来。

她不禁心想，以妈妈的天赋，如果当初没有因为结婚而辞职，是否也能成为一位意气风发的"主任"呢？

很可惜，没有如果。

陈松虞在十八岁生日的前一天，独自来到基因检测中心，再一次见到了胡主任。对方见到她时，显然心情复杂。

"你和你妈妈长得真像。"他低声说，"跟她一起工作的时候好像还是昨天……"

陈松虞从他的眼中看到了怀念、无奈和悲痛，却唯独没有任何对旧情人的爱意。她似乎明白了什么，但也无心去细想。因为她还有更重要的事情要做。

她强行收拾好自己的心情，眼眶微红，露出一抹凄然的笑："是的，胡叔叔，我想来看看妈妈以前工作过的地方……"

这句话更令胡主任动容。不过用了三言两语，陈松虞就成功地让对方带她去参观了核心基因实验室。接下来的事情更加顺利。恰好有一点突发状况，胡主任被叫走了。陈松虞趁这几分钟找到了核心数据库，输入了自己的基因信息。

陈松虞——匹配对象——池晏

匹配度：100%

在那台硕大的机器前面，陈松虞露出了冷笑。什么基因匹配？什么命定爱人？明明一切为了繁衍，为了传承，为了基因重组，为了给帝国留下更优秀、更具有竞争力的后代，这一切都与爱情无关。

她删除了这份报告。

请确认：报告一经删除，数据无法恢复，匹配对象将永久从数据库中移除。

她毫不犹豫地按了"确认"。

从此以后，她每一年的基因匹配检测数据都不及格。父亲为此不惜拉下脸去求胡主任，但并没有用。她漠然地看着父亲从迷茫、愤怒，变得绝望，甚至小心翼翼。

从来没有人想过这背后的真相——她，一个十八岁的女孩，亲手斩断了自己命定的姻缘。

第五章
底牌

之后的一周里,陈松虞都不怎么再去想池晏的事情,而是彻底沉浸在工作里。他偶尔告诉她自己想见她,或让傅奇传递消息,她也是只回一句冷冰冰的"我在忙"。

她也的确在忙,像个连轴转的陀螺,不是继续修改分镜头剧本,就是拉着其他人聊角色、聊创作、围读剧本。她希望用拍这部电影的相关工作来填满自己的时间,这样她就不会有任何杂念。

很快到了开机这一天。

张喆竟然表现得比陈松虞还紧张,一直在她旁边小声地念剧情梗概:"沈妄十一岁时,从一个街头的小乞丐,变成了贫民窟商会大佬的养子。

"十八岁时,养父及其心腹都死在了同一场阴谋里,只剩沈妄一个人活下来。

"群狼环伺,他压下了所有不服的老将,悍然上位。

"他成为有史以来最年轻的掌权者。之后又力排众议,转型家族企业,与政商两界交好。

"二十四岁时,他已经是年轻有为、大权在握的社会新贵。"

二十四岁……

陈松虞不禁分神地想,二十四岁的自己,在做什么呢?

哦,她同样做了一件冒天下之大不韪的事情,她拍了一部长片电影。可惜沈妄成功了,她却失败了。

念到这里，张喆不禁犹豫地抬起头，小声问陈松虞："陈老师，你觉得杨倚川……真的能演好吗？"

陈松虞淡淡道："要相信他。如果你怀疑他，他就会怀疑自己的表演，演员在片场都很敏感。"

"好的，我明白了。"

陈松虞继续道："其实他并不是完全没有表演经验，我看过他演的学生话剧，杨倚川是适合这个角色的。"

"啊？他们演的什么？"

她一笑："《新世界》。"

"什么！"张喆露出大受惊吓的表情，远远地看了杨倚川一眼，"那杨公子应该是……有点东西啊。"

实际上，当杨倚川第一次出现在片场的时候，他已经吓了所有人一跳。

那个娇生惯养的小少爷不见了。他似乎更高了，更瘦了，还被晒得黝黑，偶尔露出的肌肉线条也很漂亮。显然在这段时间里，他经历了强度极大的健身训练。半湿的碎发搭在前额，半遮住眼睛，下颌线的弧度也变得锋利。他像闷声在一夜之间长大成人。

今天他们要拍的，正是男主角沈妄在十八岁上位的那场戏。

张喆之所以会担忧，是因为这场戏并不涉及其他主要演员，完全由杨倚川来挑大梁。

沈妄站在一个漆黑的仓库里。

"咚，咚，咚。"他慢条斯理地往前走三步，皮鞋敲着地面，发出清脆而有压迫感的响声。

突然"哐"的一声，他身后的一排照明射灯齐刷刷地亮了。刺眼而惨白的光线直逼镜头，明暗之间，勾勒出了一个高而瘦的身影。

沈妄慢慢地从黑暗里走出来。他穿着一身笔挺的黑西装，皮鞋锃亮，蜂腰长腿，身形挺拔。

然而只消一眼，就能明白，这个人并非绅士，而是暴徒。他像蛰伏在黑暗中的妖兽，更像一把出鞘的快刀，刀锋上还沾着血。那张脸上有逼人的寒意,也足够震慑人心。

在他身后,有一大群手下"哗啦啦"地排开。其中一个人小心翼翼地走上前,低下头对沈妄耳语了一句什么。

他似笑非笑地点了点头,继续往前走,漫不经心地伸手一推——

光照了进来。"吱呀"一声,仓库的铁门缓缓打开。镜头小心翼翼地往里摇,仓库深处,有什么看不清的东西被高高地吊了起来,在黑暗中摇晃着,若隐若现,像电灯的绳索。

此时沈妄已经走出去,站在码头边。

天色将明,码头对岸是遮天蔽日的高楼和五光十色的霓虹灯牌。他凝视着铅灰色的、平静的海面,缓缓地点了一根烟。

——属于他的时代,才刚刚到来。

陈松虞:"卡。"

杨倚川的手上还拿着烟,刚吸了一口。他立刻转过头来,惴惴不安地看着陈松虞:"陈老师,刚才有哪里不对吗?"

剧组所有人都盯着他们。众目睽睽之下,杨倚川的手好像连烟都拿不稳了。

陈松虞察觉到他的紧张,温和地说:"不,你表现得很好。休息一下,待会儿我们再保一条。"

"噢,那就好。"杨倚川立刻松了一口气,把烟扔了。

趁着空隙,陈松虞将杨倚川拉到角落里,轻声问他:"你知道这场戏难在哪里吗?"

杨倚川犹豫地说:"没有台词?"

"对。"她声音平和,"正因为没有台词,所以你需要全凭肢体和眼神来表现出沈妄的转变——他为什么要站在码头边,抽那根烟?"

杨倚川似懂非懂地说:"因为他触目所及,从此岸到彼岸,一切……都是自己未来的版图。"

"没错。正是在这一刻,他站在了食物链的顶端,他成为丛林之王。"陈松虞说,"你从前不抽烟吧?"

杨倚川微微瞪大眼睛:"陈老师,你怎么知道?"

"刚刚我一喊卡,你就把烟扔了。"

他点了点头,很不好意思地说:"不抽的,以前要保护嗓子,最近才新学。"

陈松虞笑了笑:"所以你刚才的姿态还不够娴熟,更不够狠。你要将这根烟当作被自己驯服的猎物,也当作自己的情人……"

这话尽管说得抽象,杨倚川却有种豁然开朗的感觉,他的眼睛里好像有一点光亮了起来。

就在此时,陈松虞分明感到有一道灼人的目光肆无忌惮地盯着自己的后背。她本能地回头,发现目光的来源是池晏。不知何时,他竟然也来到了片场。此刻他的目光饶有兴致地落在她身上,像个追光灯。但可恨的是,剧组的人乌压压的,她竟然一眼就看到他了。

池晏立刻注意到她的视线。他的手中捏着一个扁扁的香烟纸盒,他目光炯炯,嘴角微微勾起,对她一笑。

陈松虞却微微蹙眉,她抿着唇,故意把张喆叫过来:"去跟制片人说,不要在我们的片场抽烟。"

张喆忙不迭地跑过去,片刻之后又回来了,一脸为难地对她说:"陈老师,他要你……亲自过去对他说。"

池晏仍然望着她笑,甚至像故意气她一样,他又抽出一支细长的香烟,优雅地夹在指尖,还漫不经心地把玩着打火机。打火匣一开一合,颤抖的火光,照亮那张英俊而锋利的脸。

陈松虞更不高兴了,她知道池晏是故意的,他在报复她前几天像鸵鸟一样躲着他。但是她不得不承认,这画面非常好看,站在贫民窟之中的男人西装笔挺,锋芒毕露,气势逼人。这就是她想拍下来的画面。

突然之间,她将杨倚川又喊了回来:"你现在先去观察一下 Chase 是如何抽烟的。"

"啊?"杨倚川立刻恍然大悟地说,"对哦!他抽烟是挺帅的。"

不久,杨倚川回来了,并且以一种相当微妙的眼神看着她。

陈松虞问:"又怎么了?"

"呃，Chase说剧本这里得改，沈妄怎么能自己给自己点火呢？太没有气势。"

"所以呢？"

"所以，他说，要他示范的话……"杨倚川支支吾吾。

陈松虞明白了，她沉着脸，一字一句地补完了这句话："就让我过去给他点火。"

杨倚川默默地点了点头，小心地观察着陈松虞的脸色。他即使神经大条，也能察觉到她和池晏之间的气氛似乎有点不对。但出乎他意料的是，陈松虞并没有半分推托，只是冷笑一声，然后甩手朝着池晏走了过去。

与此同时，她在心里压着火气，一次次默念"一切都是为了电影"。

池晏斜倚着墙，他扯了扯领口，微微偏头，笑盈盈地垂眸看她。

"打火机给我。"陈松虞冷淡地说。

他语调懒散地笑道："我记得……好像送过一个给你。"

"那是什么陈年旧事？"陈松虞嗤笑道，"早就扔了。"

池晏也不恼，只是又笑："真狠心。"

他抬手一扔，打火机在半空中划了个轻盈的弧线，落进她怀里。这次是火焰菱纹的纯金都彭。

陈松虞用拇指挑开火匣，极不情愿地用另一只手护着这摇曳的火苗，朝池晏凑过去，同时还不忘回头叮嘱杨倚川："仔细看。"

池晏懒洋洋地笑道："放心，他又不是小孩子。"

这是他的提醒，亦是不动声色的催促。

火苗一点点靠近。他的薄唇轻咬着细长的香烟，烟头也在不羁地晃动着，他竟还在垂眸看她。

他的目光像热烈的白炽灯，照得她无所遁形。

恍然之间，陈松虞觉得自己像被献祭的羔羊，一步步将自己奉上祭坛。她鬼使神差地想到自己方才说的"你要将这根烟当作被自己驯服的猎物，也当作自己的情人"。

火星终于擦上了烟头，一触即燃。

池晏微微低头，咬着烟蒂，深吸一口。他目光幽沉，火光映上他狭长的眼眸。那是兽的眼睛，太放肆，太凛冽，太凶狠。他始终耐心地隐藏在黑暗中，等待着一击必杀的时机。

陈松虞仿佛从这双眼里看到了自己的倒影。她眼波流转，一张脸烧得绯红，仿佛被痴缠的火舌一寸寸点燃，慢慢融化在他的眼底。

她的心狠狠地一颤。"啪"的一声，她用力地合上了火匣。

"够了吗？"她耐心耗尽，几乎是恶狠狠地问道。

池晏满脸餍足，一口烟圈喷在了杨倚川脸上。在杨公子悲惨的咳嗽声里，池晏放肆地大笑了起来。

陈松虞觉得自己的牺牲不能白费。好在杨倚川并没有辜负她的期望，甚至可以说是一点就通。他只看了池晏抽完一根烟，就完美地领悟到这场戏的精髓，下一次果然拍得极其顺利。

陈松虞再抬头时，发现池晏已经不在片场。隐约之间，她察觉到有哪里不对劲。可拍摄仍在继续，这一点微妙的不和谐很快就被她抛到脑后。她并不知道，将池晏叫走的是徐旸。

之前，在见过尤应梦与荣吕后，池晏毫无缘由地吩咐徐旸去了一趟基因检测中心。现在对方终于将报告带来了，两人回到了飞行器上。

"这是陈小姐今年的基因检测报告。"徐旸报告道。

池晏匆匆地瞥了一眼。在一溜名单里，竟没有一个人和她的基因匹配度是及格的，最高的那个数据也只有 58.6%。

"这么低？"

"是。"

"前几年呢？"

"也没有。陈小姐从成年以来，从未有过基因匹配度合格的对象。"

"哦，这倒是很巧。"池晏浅浅勾唇，露出意味不明的笑容。

徐旸神情凝重，低声道："池哥，对不起。"

"嗯？"

徐旸的声音更慎重："其实我……自作主张，不仅查了陈小姐的检测报告，还查了别的东西。"

池晏没说话,只是漫不经心地敲着车窗。徐旸沉默片刻,突然按下了某个按钮。飞行器的玻璃变暗,进入秘密模式。

池晏仍在用指节轻叩玻璃,发出规律而清脆的响声。投影出现,画面上的人是陈松虞,她所在的地方却是一家酒店。

徐旸小心翼翼地解释道:"我又让希尔回去查了陈小姐在S星入住的那家酒店。果然不仅有人在员工区装监视器,酒店房间里也……"

"查到了什么?"池晏平静地问。

不知何时,池晏手指的律动停了下来,声音也很轻。

然而徐旸知道,对方已经在动怒的边缘,他谨慎地开口道:"陈小姐……拍到了不该拍的东西。"

这个偷拍视频,终于令他们看到那一夜的全貌。

陈松虞曾经在酒店里播放了芯片里的视频,而那块芯片完完整整地记录了袭击事件。她也立刻准确地判断出了凶手是谁——这才是她大费周章出逃的真正原因。

她的确是个聪明的女人,太聪明,也太大胆。池晏怒极反笑,他的眼神极其阴沉。

从前他总想蒙混过关。他总觉得,那女人之所以会这么怕他,只是因为他们并不是一路人。她是文明人,是艺术家;而他不懂电影,是从尸山血海里爬出来的。

但这一刻,当真相摆在面前,他终于不能再自欺欺人。她的戒备,她的警惕,她的恐惧,全都是因为……她知道了自己不该知道的事情。所以,她早就看透了他是个怎样的人,她一直在骗他。

徐旸清楚地看到池晏眼中的暴戾与凶狠。尽管他跟随池晏多年,但是陡然看到池晏这样可怖的一面时,还是感到头皮发麻,冷汗霎时间冒了出来。他觉得自己像在面对一头嗜血的凶兽,对方的杀意扑面而来。

即使如此,一向忠心的徐旸,还是顶着天大的压力,问出了最后一句话:"池哥,这件事要怎么处理?"

同一时间,坐在片场看着监视器的陈松虞突然心跳得极快。她身体摇晃,头晕目眩,差点就从导演椅上摔下来。

张喆手疾眼快地扶住她:"陈老师,没事吧?"

陈松虞摆摆手:"没什么,这场戏你先帮我盯一下,我出去透透气。"

张喆不明就里地应道:"好的。"

陈松虞还在强装镇定,脊背挺直,步伐平稳。但一离开片场的范围,她就开始狂奔。她漫无目的地跑,疯狂地逃。她心跳如擂鼓,大脑痛得快要炸开。

心灵感应,基因通感……陈松虞不知道那玄而又玄的东西究竟是什么。她只知道一件事——池晏发现她了。

陈松虞爬到一个废弃房屋的二楼,躲在墙根旁,勉强占据了制高点,远远地望着剧组的方向。

她很快就看到好几个陌生面孔混进了片场,他们身材魁梧,神色冷凝,显然不是剧组的工作人员。这画面如同一部活生生的特工片。

陈松虞想,他们是池晏的人吗?动作这么快?

她的心怦怦乱跳,手脚都冻得冰冷,但大脑像个生锈的机器,还在勉强运转着。

她弓着腰下楼,从后门出去。墙上满是陈年旧痕,一推门,灰尘迎面扑来。她赶紧使劲捂住了口鼻,才没有咳嗽出声。她非常娴熟地拐进一个狭窄的路口,七弯八绕,恰好躲过来找她的人。

她这周不辞辛苦地勘景竟然派上了这种用场——对其他人来说,贫民窟的地形极其错综复杂,但对陈松虞来说,她的大脑里早已有一张清楚的地图。

她走进红灯区,毫不犹豫地进了一家地下赌场,毕竟她现在需要钱。低头时,她看到泥泞的水潭里灯红酒绿的霓虹倒影,宛若一个扭曲的、妩媚的笑容。

赌场像一个巨大的鸟笼,昏天暗地,不知昼夜。一旦踏进去,就进入了一个鱼龙混杂的世界。

衣着朴素的老年夫妻,看似貌不惊人,转头却从破麻布袋里掏出小山一样的筹码;穷途末路的年轻人,看似衣冠楚楚,然而一抬头,瘦得跟个骷髅一样,眼里仿佛有两团鬼火。

陈松虞随手在老虎机上玩了几把,就赚了好几个筹码——她知道新手的运气总是很好。

一个满身狼藉的醉汉从她身旁经过,拎着空荡荡的酒瓶,眼红地看着她,打了个酒嗝:"再……再来两把!"

她笑了笑:"再来就要输了。"

她说完,就干脆利落地转身离开。没想到那男人还在她身后,"哗啦"一声,他用力砸碎了一个酒瓶,醉醺醺地叫嚣着:"胆小鬼!"

一个滥赌的疯子,又凭什么指责她呢?

陈松虞根本懒得理他。她头也不回,穿过好几张围满人的赌桌,在疯狂的喧嚣声和叫骂声之中,走到了角落的吧台,随便吃了点东西。拍了半天的戏,她的胃早就饿瘪了。

陈松虞匆匆忙忙地吃了几口,胃里那股空荡荡的灼烧感被镇压下去,她正不动声色地观察墙上贴的安全出口,突然听到身后一声爆响。她循声回头,却被眼前的画面惊呆了。

作乱的竟然正是刚才那个朝她大喊的醉汉。此刻他看起来更癫狂,他满脸涨红,额头上冷汗涔涔,他猛地掀翻了一张赌桌,握着一块极其锋利的碎片,将一个女荷官抵在胸前:"谁说老子没筹码?我拿她的命来赌!谁再废话,我先剁她一条手臂!"

赌场立刻陷入混乱。

在一片尖叫声和疯狂的推搡中,陈松虞仍然能清楚地看到男人如何揪着女荷官的头发,锋利的酒瓶碎片抵住了女荷官柔软的脖子,毫不留情地一点点深入,女荷官的皮肤被划破,慢慢地沁出血来。

这画面在陈松虞眼里慢慢与 S 星的那晚重合。她的手指一颤,不经意间摸到了口袋里冷冰冰的筹码。

她突然想,假如自己刚才真被这男人的三言两语给激怒了,那此时被当作人质的,恐怕就是自己了。

身边的人都在惊慌失措地往后退。陈松虞被人狠狠地一撞,逆着方向往前跟跄几步,扶着桌子才站直了身体。但是她并没有回到人群里,反而逆着人流,继续往前走。

在危险面前,逃跑是人之常情。她曾经也逃过,但是此刻她突然产生了一种强烈的欲望:她想为那个女人做点什么。

陈松虞小心翼翼地躲在旁边的一张赌桌下——这个角度,正好能让她将前方对峙的情形看得很清楚。

几个人高马大的保安已经围过去,只是他们的出现显然并不能安抚醉汉,反而令他更失控,他疯狂地大吼大叫:"你们都给我滚开!再过来我就割了这女人的脖子!"

当务之急是要先让他冷静下来。陈松虞不动声色地在赌桌上摸索,将残余的筹码都收集起来。她还记得那个醉汉刚才看到它们时眼热的模样——也许这会是个很好的突破口。

她慢慢地站起来,深吸一口气,在心里反复地打腹稿。

冷静,陈松虞,放轻松。你可以做到的,让他相信你,先转移他的注意力……

她腰都没来得及直起来,就听到那熟悉的微弱的声音——

"砰!"金属发射器准确地命中了醉汉的左脸。血肉飞溅出来,像朵绽开的食人花。但他还没死,剧痛之中,手中的碎片也发狠地扎下去——

"啊啊啊——"被钳制的女荷官立刻被他扎穿了喉咙,歪着脖子,断了呼吸。两人一起倒了下去。

"杀人了!!!"

有一瞬间,陈松虞僵在原地,维持着那半佝偻的、艰难的姿势,彻底失语。她迟了一步,只能眼睁睁地看着女荷官死在自己面前。她意识到这背后的残酷,女荷官原本并不需要死,但是根本没有人在乎一个女人的命。所以女荷官只能作为弃子,悲惨地死在这里,而自己什么都没能做。她,陈松虞,根本帮不了别人,甚至也帮不了自己。

巨大的无力感犹如浪潮一般将陈松虞裹挟,她从这横陈的尸体里,也看到了自己的命运。在场面彻底失控以前,她低着头,从最近的安全出口离开了赌场。

她隐约听到身边的一个男人低声道:"喂,哥,我在赌场这边……怎么了?要找一个女人?"

最后一句蹦出来的瞬间,陈松虞的心脏立刻加速一跳。她不动声色地拉低帽檐，调整步速，继续和说话者保持不远不近的距离。

"好的哥，我知道了，找一个女人对吧？二十多岁，身高一米七，黑风衣，很漂亮，看着很有文化……放心，我一定把事情办妥……"

陈松虞知道，这说的就是她。在那人说话的工夫，前巷的路已经被堵住了。几个男人推推搡搡，动作极其粗暴，一看到年轻女人，就一把揪起头发，骂骂咧咧地审视对方的脸。尖叫和咒骂声四起，甚至有人动起手来。场面更乱了，人挤人，无数双眼睛互相盯着，暗流涌动。

陈松虞勾着腰，转身拐进一条巷子，凭着记忆，找到了一家廉价的女士百货商店。

"欢迎光临。"门口破损的 AI 发出了乌鸦啼叫般的粗哑叫声。

不到夜里，这家店通常没什么生意。店主看到有人进来，象征性地抬一抬头，见对方直奔美妆区，立刻明白这只是一个蹭试用装的穷鬼，于是一撇嘴，百无聊赖地低下头。

柜台上有一排东倒西歪的口红，每一管的膏体都被人用得残缺不齐，斑驳的色泽上，依稀能看到油腻的指印。

陈松虞却毫不在意地弓起腰，对着一面破裂的镜子，将斑斓的色彩都涂抹在脸上。破裂的镜面上，她的脸也被分割得四分五裂。浓妆一笔笔涂上去，令她越发显得陌生。

陈松虞一边将自己的唇涂成极深的浆果色，一边再次回忆刚才听到的话。之前形势太危急，她来不及听到对方的答案就离开了。但这个残酷的问题又像烧红的烙铁一样仍然停留在她的心口——池晏要怎么对付她？

溺水般窒息的感受慢慢涌上心头，陈松虞的手指微微痉挛，她正涂着口红，膏体突然歪了出去。一抹深红在唇边晕开，极其妩媚。她一愣，这时真觉得镜中的人不像自己了——没想到阴错阳差，反而落下这点睛一笔。

其实陈松虞未必需要逃。她和池晏的基因匹配度那么高，这才是她真正的底牌，是她的免死金牌。且不说池晏对她是否已经有了几分感情，就算单谈利益，他们的基因匹配度，对他而言也会是完美的宣传——比尤应梦更完美，这足够为他赚足选票。

可是，她不甘心。这些年来，陈松虞曾无数次问自己，假如互换一下角色,她是她的母亲,会怎样做?

她想,或许她宁愿从顶楼跳下去,也不会辞掉在基因检测中心的工作。所以这一刻,她宁可死在池晏手里,也不要用基因匹配度来换取他的……怜惜。

在红灯区里,沿路时不时有形迹可疑的人在盘查,他们一旦碰到生面孔的女人,就将其拦下严加拷问。但陈松虞伪装得很完美,几乎没人怀疑她。直到她即将走出红灯区的时候,身后突然有人叫住了她:"喂!站住!"

那是个男人的声音。陈松虞的心跳骤停,但强装镇定地转过头。对方是一个年轻的小混混,他一脸轻佻,伸过手来要摘掉她的墨镜。

陈松虞后退一步,轻飘飘地打了一下他的手,微微抬起下巴:"干什么?"

"姐姐,大白天的,戴什么墨镜?"他笑嘻嘻地说。

"你说呢?还能是为什么?"陈松虞说,象征性地抬了抬镜片,露出眉毛下的瘀青——尽管是眼影盘画出来的。

对方心领神会,露出一丝暧昧又同情的笑:"你是哪家的?我怎么没见过你?"

"呵。"她短促而世故地笑了一声,极其娴熟地报出一个脱衣舞俱乐部的名字。

对方定定地打量了她一阵。这短短的一分钟,漫长得像一个世纪,她终于听到那小混混恋恋不舍地说:"好嘛,姐姐,回去涂点药。"

陈松虞微微勾唇,毫不留情地转身。骑士靴敲击地面,发出"嗒嗒嗒"的响声,清脆又妩媚。白日的霓虹灯凄凄艳艳,照在她身上,却很是迷人。她即将走出红灯区,胜利在望。

然而就在这时,一声尖叫在她耳边炸开:"她撒谎!我根本不认识她!"

一道劲风从陈松虞面前划过。她不知道那女人从哪里跑出来的,就见一个瘦弱的身影直接从侧面朝自己撞过来,还狠狠地扯下了自己的墨镜。

由于对方用力过猛,劣质墨镜的塑料边在陈松虞的脸上划开一道血痕。四目相对,两人皆是一怔。

陈松虞立刻明白发生了什么——她恰好被一个俱乐部里真正的舞女撞上了,真倒霉。她推开对方,跌跌撞撞地奋力往前跑。但那个舞女已经看到了陈松虞的眼睛。

这双眼睛太美，太澄澈，绝不可能属于一个红灯区的女人。一时之间，妒恨与狂喜涌上心头，对方更加高声地尖叫道："就是她！你们要抓的就是她！"

她伸出鸡爪一般的手，狠狠地擒住陈松虞的外套，尖利的指甲都掐了进去，一边抓挠一边疯狂叫骂。她的嘴如血盆大口一般一张一合，她脸上厚厚的粉底都簌簌地往下掉。浓妆遮不住她满脸的憔悴倦容，反而像个劣质的面具。

陈松虞回头，毫不留情地将她推开。纠缠不休的拉扯之间，她并没有看到对方的脸上突然出现一抹厉色。对方从背后伸出一只瘦骨嶙峋的手，手里握着一根脏兮兮的电子针头，狠狠地扎进了陈松虞的手背——

"嗯……"霎时间，陈松虞觉得身体仿佛不再受自己控制。那是种极其可怕的感觉，既痛苦又快乐，眩晕却又无比甜美。她的身体绵软，半跪在地上，用仅存的意志哑声问道："你……做了什么……"

"给你打了点好东西。"对方阴恻恻地说，又狠狠地踢了她一脚，"让你再跑！贱人！"

陈松虞眼前开始天旋地转，仿佛变成了一个巨大的陀螺，变成了五彩斑斓的万花筒。舞女俯视着她逆光的脸，都成了无数个重叠的怪影。

陈松虞混沌的大脑中，还剩下一个字——逃。她要逃，逃出贫民窟，逃离这场噩梦，逃脱这个不属于她的世界。她终于站起来，泥点飞溅。她奔跑的、单薄的身影，倒映在湿漉漉的泥潭里，像个异世界的游魂。她竭尽全力地向前狂奔。

舞女被大力推倒在地上，她用极为惊骇的眼神望着陈松虞的背影："这……这还能跑得起来？一整管药呢！"

不久，她听到身后传来整齐划一的、极其沉重的脚步声。一群彪形大汉出现在她面前，为首的是个穿着西装的男人。

"人呢？"徐旸低下头问她。

舞女没好气地指着前方说："那边！你们放心，她跑不远的，我给她打了整整一管'莉莉丝'，谁都受不了。"

对方毫无反应，只是跨过她继续往前走。

她不甘心，又大喊一声："喂！"

徐旸转过身来，只见风韵犹存的舞女，侧卧在地上，搔首弄姿，故意露出了白生生的大腿："你们答应好的赏钱，什么时候给呀？"

徐旸面无表情地说："现在就给你。"

他举起了藏在衣袖里的武器。

如那舞女所言，陈松虞的确没有跑远，他们在一条窄巷的尽头找到了她。她身上、脸上都有血，半倚在墙边，由于被注射了过量的药物，已经神志不清。但尽管目光涣散，她的眼睛仍然那么美，像漆黑的琉璃。

恍惚之间，徐旸竟然觉得——这双眼睛和池晏很像。他微微一怔，不自觉地问："陈小姐，你把芯片放在哪里了？"

他说出这句话才意识到，自己得不到答案。

一个年轻手下走上前："她被注射药物了，我来教她怎么说人话。"

然而徐旸摆了摆手，拦住他："直接动手吧。"

手下一愣："不先审一遍？"

"算了。"徐旸知道陈松虞是个聪明人，一定不会把芯片放在身上，也许她还留了后手。但是芯片总能找出来，而真正危险的，是陈小姐这个人。她一直在影响池哥的判断，再这样下去，总有一天会万劫不复。

这一次陈松虞站在死路里，无处可逃。她被恶狠狠地扭住了手腕，双手背在身后。她被迫转身，冷冰冰的激光武器锁定她漆黑的后脑勺。

徐旸微微合眼，在心里默默道："对不起，陈小姐。"

他知道她其实很无辜，但池晏的大业未成，眼下不能留下任何隐患。只是他还没来得及睁眼，耳边就响起了另一个声音。一个冷酷的、山崩地裂的声音："徐旸，你好大的胆子。"

徐旸骇然睁眼。

骤然听到那个熟悉的声音时，徐旸多少还心存侥幸。一个女人罢了，也许池哥不会将自己怎样。但看着对方慢慢地朝自己走来时，徐旸的心里只剩一个想法——他全完了。

池晏仍然面无表情，眼神却冷得像刀子。他的影子落在墙面上，很是高大。犹如一头震怒的凶兽，遮天蔽日，要将自己生吞活剥。

徐旸挡在他面前:"池哥,不能再心软了……"

"让开。"

"我不能让。"

池晏微微勾唇,却仍然看不出喜怒。

"好啊。"他一把掐着徐旸的脖子,把对方抵到墙上,在他的大力控制下,徐旸一个一米八几的男人就像案板上的鱼,被钉得死死的,悬在半空,根本没有招架之力。

不知过了多久,池晏才漫不经心地松开了手,徐旸顿时跌坐在地。其他人尽管一脸惊惧,却也不自觉地站得更远,无人敢上前。

池晏低头,轻声问徐旸:"你知道自己哪里做错了吗?"

徐旸刚才差点窒息,过了一会儿,才勉强说出了一句话:"我不该自作主张,越俎代庖……"

池晏微微一笑:"说错了。"

徐旸脸色惨白,从牙缝里挤出一句话:"我不该向您隐瞒消息,私下带着兄弟们过来……"

"又错了。"池晏仍微笑着。

徐旸大汗淋漓的脸上终于露出了一丝哀求:"池哥,我错了,您……您罚我吧……"

池晏深深地看了徐旸一眼:"徐旸,你跟了我这么多年,我从来不知道你竟然这么天真。罚你?怎么够?"

池晏的阴影笼罩了徐旸的脸,如同死神执起镰刀,徐旸缓慢地闭上眼,万念俱灰——

"砰——"

徐旸发现自己还活着。武器对准的位置与他只有分毫之差,是墙面被打穿了。他的脸上骤然露出喜色:"池哥……"

然而池晏转过身,留给对方一个冷淡的背影,只是平静地说:"你该叫我'池先生'。"

徐旸的脸色又变得灰白。他先前得意忘形了,其实他并不是池晏身边最得力的那个人,只是池晏将其他人都留在S星,反而将他带在身边,给了他错误的信号——他误以为自己很快能一步登天。所以他才会急功近利,走到今天这一步。

他忘了,池晏要的,从来都是绝对服从。可是……要他喊"池先生"这三个字,他怎么也喊不出口。他跟了池晏这么多年,喊了"池哥"这么多年。难道这么多年的兄弟情,真的要断送在今天?

池晏没再管他,而是脚步轻缓地朝陈松虞的方向走。他慢条斯理地脱下西装外套,挽在手臂上,目光沉沉地看着不远处的女人。她身上那件廉价的大外套早就被扯烂了,半遮半掩,身体曲线一览无余,银色缎面的料子,在日光下闪闪发光,更衬出皮肤的素白,白得像玉白瓷器。

他低笑一声,突然说:"徐旸,你知道我为什么会偏偏带你过来吗?"

徐旸一怔,他不知道池晏为什么这样轻易地读出了自己心里的想法。他嘴唇轻颤,一时也不知道该说些什么。

池晏似乎根本不指望对方会回答,只是自言自语一般地继续说:"因为你一向最沉不住气。"

原来这就是答案。因为池哥最不放心的人是他,所以才将他带在身边。

徐旸如遭雷击,无力地委顿在原地,慢慢地露出一个苦笑。现在他再也没有任何借口。

"是,池先生。"他喃喃道。

池晏已经站在陈松虞面前。他弯腰将西装外套罩在她身上,动作很轻缓。他莫名地想到了和她在S星的初见。那一夜她也曾不知不觉地在镜头前褪下外衣,露出骨肉均匀的后背。她的皮肤依旧是这样肌理细腻,毫无瑕疵,白得晃眼。

就在这时,陈松虞转头看向池晏。此刻她的意识本该一片混沌,对眼前发生的一切没有知觉。但她在看到池晏的一瞬间,人偶般漆黑的琉璃珠子,毫无焦距地锁定了他的脸,突然绽放光彩。

她伸出双手,圈住他的脖子,声音是他从未听过的、超乎常人的兴奋:"拍戏吗帅哥?只要你肯,我就捧你演男一号!演星际太子爷!"

池晏知道陈松虞根本没有认出自己。但现在她的眼里只有他,她完全被他吸引。于是他只是似笑非笑地将她搂进怀里："不需要演,我就是。"

陈松虞没听懂,她茫然地重复道："你是什么?"

红菱般的唇微微开合,她吐气如兰,整个人散发出过于甜蜜的气息,像浓烈的罂粟,在他怀中盛放。只消一瞬间,池晏就知道她被注射的是什么——"莉莉丝",一种新型高纯度致幻剂,在地下城非常流行。它廉价,泛滥,成分复杂,危险系数高,成瘾性……极强。

他将她抱回飞行器,就在他即将踏进去的时候,陈松虞突然用力地抓住池晏的衣领,迫使他整个人往下压,她的声音迫切又凶蛮:"你到底演不演?"

池晏一怔。怀中之人像银尾美人鱼,活泼地摆动着,以初生于世界的目光,懵懂而鲜活地看着自己。他扯了扯嘴角,露出个玩味的笑容:"如果我说不呢?"

陈松虞用力摇头,非常认真地说:"不行,你一定要演,我只要你。"

他的视线一寸寸地往下,落在她细细的肩带,平直的锁骨和……雪白的胸口,风情若隐若现。她说话的口吻,像个讨要糖果的孩子,但这是一具成熟女性的身体。

他突然微微一笑:"只要我?"

她立刻兴奋起来,简直手舞足蹈:"没错!我可以让你赚大钱!拿最佳影帝!"

他更耐心地说:"但这些都不够。"

陈松虞不满地蹙眉:"那还要怎样?"

池晏将她放在飞行器上,倾身反握住她的手。她的手指细长,月牙般的指甲轻轻扣住他,于是他在她的手背落下蜻蜓点水似的一吻。

这是一双艺术家的手,此刻却终于为他所拥有。突然之间,某种更危险的想法涌上池晏的心头——假如他想要留住她,现在是最好的时机。他从此可以顺理成章地将她绑在自己身边,无论……以什么方式,什么理由。他本就是个不择手段的人,但他仍然像个耐心至极的捕猎者,蛰伏在黑暗里,等待猎物一点点将自己送入他的利爪之下。

池晏慢慢地倾身往下,以一种诱哄的嗓音,继续问她:"你说呢?"

陈松虞痴迷地望着他。白玉般的手捧起面前这张英俊的脸,像在对待一件艺术品。她的眼神毫无杂质，如此明亮，像光线透过彩色玻璃，变成一道圣光。

"你真好看。"她的声音甚至是虔诚的，"我们能拍一部最好的电影，你来做我的缪斯……"

飞行器在启动。

仪器的射光与日暮时的天空，光影交错，虚幻到迷离。陈松虞整个人沐浴在黄昏里，她仰着头，完全是任君采撷的姿态，像被拆开的礼品，从精致的包装纸里露出。

池晏却蓦然感到索然无味。陈小姐应该是倔强的、冷静的，她的眼里本该有一团跳跃的火光，比夕阳更耀眼。现在他面前只是一具躯壳，被药物驱使。这胜利走了一条肮脏的捷径，他胜之不武。

陈松虞的手还流连在他的脸上，暧昧地勾勒出他的轮廓。池晏抓住了那作乱的手指，莹白的手落入了他的掌心。他不禁微微用力，握紧她的手，他们是如此契合。但他最终松开了她。

"睡吧。"他说，"我们去医院。"

陈松虞醒来时，人还很虚弱，恢复意识的同时，没来由地犯了一阵恶心，立刻趴在床边吐了出来——三个护理机器人同时冲进来。这次护理机器人很聪明，训练有素地给她递毛巾，擦身，喂水，清理现场。

她的记忆仍然像被打乱的拼图，毫无头绪。她只记得自己想要逃出贫民窟，却被一个小混混拦住了。之后发生了什么，脑海里尽是一片模糊。尽管如此，她的身体还残存高度警戒的本能。她一把拔掉了插在手臂上的管子，从病床上挣扎着爬了起来。她赤着脚，近乎无声地踱到门边。

这是一间高级病房，门是特制加密的电子门。但站在门边，能隐隐听到门外的声音。她侧耳趴在门上，断断续续的声音传了过来。

"她身体的抗药性非常强……应该是生理反应……正常人被注入这个剂量，早该……"

这只言片语已经足够让陈松虞如临大敌。她观察四周，试图找到自己的诊疗记录。身后却传来一个机械的女声："嘀——嘀——身份确认——"

门开了,一个高大的男人出现在门口。那是再熟悉不过的身影,令她的心一沉。

"陈小姐要去哪里?"池晏问。

陈松虞慢慢地扶住墙,面不改色地撒谎:"洗手间。"

"哦?需要我帮忙吗?"他笑道。

陈松虞冷笑一声,径直问出自己最关心的问题:"我怎么了?"

"嗯?你不记得了吗?"池晏挑眉,直勾勾地看着她。

陈松虞想说什么,但是膝盖一软,险些摔倒在地上——这身体可耻地绵软无力。

池晏一怔,三步并作两步地过来扶住她,动作很轻。

陈松虞低声道:"让机器人来就行。"

他轻笑一声:"那可不行。"

他竟然将她横抱了起来——从病房门口到病床的这几步路,变得仿佛比一个世纪还要长。她被迫倒在他的臂弯里:"我到底怎么了?"

"没什么。"他轻描淡写地说。

陈松虞感受到他的手臂如此有力,她听到他的心跳,是稳定的律动,而她像一株黑暗中的草,对周围的一切都是未知。突然之间,她迫切地想要说些什么来撕破这虚假的平静。

"你知道了?"陈松虞说。

"知道什么?"

"那一夜在S星,我的确拍到了你们……"

"嘘。"池晏低头,打断了她。

"不要乱说话。"他低声笑道,"这里是医院。"

"你知道我在说什么。"

池晏意味深长地说:"陈小姐,我一向是良好市民。"

他终于将她放了下来,让她平躺在病床上。他却还站在床边,俯视着她,他慢慢靠近,阴影渐渐笼罩陈松虞的脸。

"喝水吗?"他又问。

"不用了。"

池晏像是没听到，他自顾自地转身，亲自为她倒水，调高了床板，让她的上半身坐立起来。他低头，薄唇轻启，沿着杯壁将倒好的水吹凉，才将她的肩膀扶起来。这一系列动作，温柔体贴，却让人感到头皮发麻。

这不合理，她想。他明明已经知道她的芯片里有什么内容，这样致命的秘密，他却避而不谈。这按兵不动的态度，更令人……怀疑。她不禁冷笑道："你到底要做什么？"

池晏将玻璃杯凑到她的唇边。"啪"，陈松虞直接伸手打掉了那个杯子。杯子摔到地上，变成一大摊碎片。

"别绕弯子了。"她硬邦邦地说。

池晏仍是那副轻描淡写的态度，突然说了一句奇怪的话："我的手指也沾到水了。"

陈松虞皱眉："你在说什……"

她突然察觉到了危险，因为池晏在盯着自己看。她的嘴唇干燥而紧绷，她咬紧牙关，不再说一个字。但是已经迟了，蛰伏的野兽伺机而出，仿佛要狠狠地叼住她的后颈——池晏朝她俯身，他修长的拇指和食指，沿着她柔软的唇瓣，反复摩挲着她的唇峰。酥酥麻麻的感觉，令她不由自主地战栗。

他冷冰冰的手指，带着水汽，不断地游移，勾勒出一个暧昧的、潮湿的形状。陈松虞从他晦暗的眼神里，看到了……渴望，像有野火烧过枯草的平原。不，那并不是渴望，只是基因而已。于是陈松虞对准他的指尖，狠狠地咬下去。

"嗯！"这一刻她用尽了全身的力气，恨不得要从他的手指上咬下一块肉。悬而未决的秘密，失控无力的身体。她将所有的恨、隐忍、躁郁不安和……不可名状的恐惧，全都发泄出来，驱使她的纯粹是本能。直到淡淡的铁锈味萦绕在舌尖，她才陡然清醒过来。

就在此时，她乱糟糟的大脑里，突然出现了蒙太奇一般的画面——针头，眩晕，叠影。他的血液仿佛触发了某种记忆的开关——她想起来了。自己之所以会失去意识，是因为那舞女将一根脏兮兮的针管扎进了自己的手背。她霎地收回牙齿。

池晏没有被触怒，甚至含笑问她："咬够了吗？"

方才他清楚地看见那一排碎玉般的贝齿，如何紧紧地咬住了自己的手指。他的皮肤能感觉到她嘴唇的颤抖，这颤动一直传递到他的心脏。就像一张素净的画绢，因为被涂上了他的血而拥有了色彩。

陈松虞并没有说话，她的脸色白得像纸。

沉默片刻后，她才艰涩地问："我被注射的是什么？违禁药品吗？"

"你想起来了？"池晏的声音变了。

她露出一个苦笑，喃喃道："是啊。"

陈松虞想起自己方才偷听的那段对话，隐约猜到了自己的命运。她直视着池晏，语调平静地问："那是什么药？我染上药瘾了吗？"

池晏斜倚在床边，面无表情地盯着她，突然说："如果我说是，你会怎么样？"

"是"这个字被说出来的一瞬间，陈松虞的大脑简直一片空白，呼吸猛地一滞。即使做足了心理建设，她也还存着一丝侥幸。

而此刻，池晏这冷淡的、事不关己的表情，彻底打破了她最后一道精神防线。像阴云密布的天空，终于被撕裂开一道口子，雷声滚滚，暴雨倾盆。她站在冷冰冰的海水里，被吞天的浪潮拍打下去。她感到痛苦，甚至绝望，但是压倒一切的是愤怒。

"那我还不如去死。"她冷冷地道，"难怪你还留着我的命。既然我是个瘾君子，当然知道了什么事都无所谓，只能任你摆布了。"

陈松虞虽然语气冷硬，声音却不大，只是她脸上的表情迅速变得绝望。

池晏望着她，心中慢慢被某种奇怪的情绪填满。他想告诉她，这只是个糟糕的玩笑，却见她突然抬起头，以一种奇怪的漠然看向自己。

她的声音更低，说的话却字字诛心："这一切都是你安排好的吧？是你派人给我扎那一针？是，你是良好市民，你根本不用杀人，因为你最懂如何不费一兵一卒，彻底毁掉一个人……你好得很，真是好得很。"

话音落下，病房里陷入了长久的沉默。气压低得吓人，缺氧一般，令人窒息。

陈松虞看着池晏的脸色慢慢变得漠然，像铅灰色的云层，一层压过一层，预示着暴风雨即将来临。

不知过了多久，他才低低地笑道："你说得没错，我就是这种人。"

"砰！"陈松虞的耳边传来一声爆破的激烈声响。

池晏大概砸了什么东西，或者直接踩烂了一个护理机器人。这声音唤醒了陈松虞记忆深处的某个画面，这让她变得更加漠然，无动于衷地微合着眼。

基因，去他的基因。基因匹配度是100%又如何？他们对对方都恨不得生啖其肉，是彼此的死敌。

陈松虞听到池晏离开的声音，他故意拖着脚步，每一步都沉重至极，像是要踏穿地板。

"嗒，嗒，嗒。"大概是另外两个护理机器人跑过去收拾残局。

走了也好，走了最好。她想先睡一觉，暂时抛开这些事。可惜她始终不能平静下来，她满头大汗，燥热难耐，像有一把火从骨头里烧出来，要把她整个人都烧干。

机器人不在身边，陈松虞醒来后，还没有喝一口水。她伸手在床边摸索，虚弱无力的手指碰到了玻璃杯，却失控地往外一滑。湿答答的温水浇在她的手背上，玻璃杯也歪倒了出去——等了半天，却没听到玻璃碎开的声音。

一只手牵住了她，那只手又拿起柔软的毛巾，仔仔细细地擦拭她的手指。陈松虞一愣，立刻明白这是谁。她一时之间都不知道究竟该说些什么，最后只能说："我以为你走了。"

池晏仍低着头，捏着她细长的手指，动作很轻，仿佛在对待一件艺术品。

"放心，你没有染上药瘾。"他说，"医生说你的身体抗药性很强，你很幸运。"

或许还有别的原因，例如她超强的意志力，以及她的命定之人从始至终都陪在她身边。

"那女人不是我安排的，徐旸也不是我派过去的。

"我承认，在他自作主张之后，我犹豫过。让他全权处理，我不出面，也许就不会心软，可是我还是错了。"

池晏直起上身，陈松虞感觉到他的一只手抚上了自己的脸。他的掌心有粗糙的茧，反复摩挲着她细腻的皮肤。皮肤相碰之处，都带给她真实的、令人战栗的温度，她感到一阵阵心悸。

他捏住了她的下巴，强迫她抬起头，她正好落进他的眼底。一时之间，陈松虞从他眼里看到了许多情绪，那依然是她熟悉的上位者的双眼。这双眼本该写满冷酷、凉薄、阴沉，可是在这一刻，陈松虞在这双黑沉沉的眼眸之中，竟看到了隐忍、困惑和不甘。

"为什么我就是没有办法对你动手？"池晏问她。他的声音如此冷酷，他捏住她下巴的手指还在收紧。

陈松虞不由自主地抬起头，看见他那双眼如枭鹰般深沉，正目不转睛地审视着自己，她感觉到一丝危险。设身处地地想，她其实明白池晏的心情。将这个秘密扼杀在摇篮里，的确是最好的选择。但他做不到，因为基因。突然之间，陈松虞从他身上看到了与自己同样的挣扎，她的嘴角不禁浮现一丝淡淡的笑意。自嘲的、悲哀的笑。

原来她想尽办法地去逃，最终都没有用。救了她一命的，竟然还是她最憎恨的东西。兜兜转转，他们还是回到了原点。

池晏一怔："你在笑什么？"

他的手指越发收紧，而她微微蹙眉，因为疼痛。

"说话。"他说。

"我想抽根烟。"她眨了眨眼，突然说。

"哈。"池晏嗤笑一声，放开了她，"刚才是谁以为自己染上药瘾，要死要活？"

陈松虞喃喃道："就因为捡回了一条命，才想来一根。"

"很不幸，病房不能抽烟。"

"这么听话？不愧是良好市民。"

池晏看了她一眼，没理睬她话里的讥诮，反而故意拿出打火机在手中把玩。

"咔嚓。"一点火星，时灭时起。他不自觉地回头看她，她面容平静，但苍白的皮肤上还有一圈红痕。刚才他捏住她的手指太用力，一时失控。

她又说："那就出去抽。"

她侧头望向窗外。一点金光，从百叶窗里渗出。打火机的声音停下了，池晏似乎又低低地笑了声。

不久,陈松虞听到滑轮在地上骨碌碌地滚动的声音,一个护理机器人将轮椅送进病房。池晏将她抱了上去,肢体接触时,她像柔软的藤蔓一般攀着他的手臂。她用尽最后一点力气,抬起头直视他:"刚才真的没有骗我?"

池晏看着她的眼睛。这双眼如此澄澈,像黑曜石一般,清清明明,或许还隐含一丝脆弱,被小心翼翼地包裹在尖锐的骄傲里。

"放心。"他扯了扯嘴角,"我也讨厌那种药物,不会对你撒这种谎。"

陈松虞微微勾唇:"好。"

她终于放下心。轮椅骨碌碌地被推了出去。这看起来是一家崭新的医院,柔和的白炽灯,光线恰到好处,并没有让她感到半分不适。

池晏推着她进电梯,身体微微前倾,但身姿仍然是那样挺拔。他按下了顶层按钮。

"又是天台。"她突然笑了笑。

池晏明白她说的是什么,处理李丛的那一次,同样是在天台。他不禁也莞尔一笑:"放心,这一次没人要揍。"

随即他的嘴角又弯起一个古怪的弧度。他想,好像也不一定。

他们来得正好。下沉的红日还没有被林立的高楼遮蔽,温柔的光线将轮椅上单薄的身影包裹了起来。陈松虞挺直脊背,眺望远处。她看到了酒店、贫民窟和视线尽头的海。

呼吸到了新鲜空气,她便像一只重回天空的鸟,对这个世界产生了依恋。就在这时,一件西装外套兜头落在她身上。

"天台风大。"池晏淡淡道。

"噢,谢谢你。"

一回生二回熟,她极其自然地披上他的外套。夕阳为远处的高楼与山峦都勾上一层迷离的金线,她突然说:"我梦到过这个场景。"

"嗯?"

"我梦到有一天你知道我拍到了什么,将我从天台上扔了下去。"

池晏笑了笑,弯下腰来,撑在椅背上,凑到她耳边道:"你在暗示我吗?"

这动作令轮椅往前滑了几步。耳边有风声在呼啸,轮椅突然向前冲去,天台的边缘离她越来越近。这本该是令人肾上腺素狂飙、心跳加速的场面,但陈松虞一点都不害怕,仍然那么镇定。或许经历了这些事情,她已经不知道何为恐惧。

"我知道你不会的。"她说。

池晏淡淡一笑,拉住了轮椅。

"的确,我不会。"他俯视着天台下的万丈深渊,仿佛在说服自己一般,"毕竟你是个聪明人,知道什么该说,什么不该说。

"所以……"池晏将手肘撑在她身后,懒洋洋地把玩着她散落在耳后的凌乱发丝,"做个交易,如何?芯片给我,就当什么都没有发生过。"

陈松虞一怔,即使她知道池晏不会杀她,也没想到他竟然就这么轻易地放过自己:"你不怕我留拷贝?"

"我说了,你是个聪明人。"

"聪明人才会给自己留后手。"

"不,聪明人不会给自己惹麻烦。"

她不禁露出个自嘲的笑容:"这样说来,当时拍了那个视频,足够证明我是个蠢人。"

"不。如果你没有拍那个视频,我也不会见到你,不是吗?"

陈松虞的呼吸一滞。

池晏的目光沉甸甸地落在她身上,他话语里的某些意味,令她不由自主地感到心惊,后颈的汗毛都仿佛一根根地竖了起来。

"我的烟呢?"她不自觉地侧开视线,岔开话题,"天快要黑了。"

池晏轻笑一声,显然察觉到她试图逃避的意图,却没有再说什么,只是抽了一根烟出来。但他并没有将烟递给她,反而径自把它咬在唇边点燃。夕阳为他英俊的轮廓镀上一层薄薄的金红。他淡淡地吐出一口烟圈,然后向她伸出手,他的指尖夹着烟蒂,示意她接过。

他修长的手指亦被勾了一层浅浅的金线,真是令人执迷的光影。或许是画面太好看,又或许是鬼迷心窍了,陈松虞竟然毫不扭捏,反而就着他伸手的姿势,红菱般的唇微启,咬住滤嘴,深吸一口。苦涩的尼古丁吸进肺里,她心神一荡。

"咳——咳——"不过抽了两口,她就立刻低低地咳嗽了起来,甚至咳得眼眶微红。显然现在这对她来说,还是太刺激。

池晏定定地看着她,眼神晦暗不明。过了片刻,才从她手中将那半支烟夺回来,扔在地上,一脚踩灭,火星四溅。接着他哈哈大笑起来,笑得胸腔发震:"陈小姐,我们果然是同样的人,对吧?"

陈松虞顾不上回答他的话,她强忍着咳嗽,从轮椅边抽出随身带的水瓶,自顾自地喝水。

"我改变主意了。"池晏看着她,突然道。

陈松虞:"?"

她抬起头,不知面前的男人又要玩什么花招。只见他的神情很放松,甚至愉悦。

"藏好那块芯片。"池晏说,"永远不要被我看到。"

天色渐暗,夕阳最后的余晖都落进他眼底,像新生的火种在跳跃。

陈松虞愣住:"什么意思?"

"只要它不出现在我面前,我就当它不存在。"

这一次她的目光里是明显的惊愕。

"你还要拍那部电影?"她说。

"当然。"他懒洋洋地笑,"我只有一个导演。"那就是你。

陈松虞想,他一定是疯了,否则绝不会开出这么宽厚的条件,甚至……好像要将这场游戏的主动权,转交到自己手上一样。

然而至少在这一刻,他们终于达成一个微妙的平衡。于是陈松虞根本不问为什么,干脆地答道:"好。"

"一言为定。"池晏轻笑。他第一次感到庆幸,庆幸自己当初在S星突然心软,庆幸自己没有将她除掉。他又想,或许这一切都是水到渠成。其实他从一开始,就不曾对她动过杀心,所以她注定要留在他身边。因为是上天将她送到他面前。

于是他鬼使神差地问道:"你还没有回答我的问题。"

什么问题?陈松虞投去困惑的目光,却发现池晏含笑看着自己。电光石火之间,她的脑海里再次出现那句话——"为什么我就是没有办法对你动手?"

她倒吸一口冷气，察觉到危险。然而池晏先她一步，将她的轮椅转了半圈，面对自己。

他再次倾身向她靠近。

两人越来越近，鼻尖都要相触，陈松虞能在他的眼中找到自己的倒影。她想推开他，但他根本不在乎这微不足道的反抗，反而将手指灵巧地钻进西装下。

她的手指刚刚捧过水杯，还很温暖。池晏的指尖却冷得像冰，贪婪地汲取她的温度。薄薄的衣料覆盖着他们的手，勾勒出十指相扣的形状，像雕刻的艺术品。

陈松虞被冻得一激灵："你……"她张了张嘴，却又停住。

池晏的态度变了。刚才他还在心平气和地跟她说话，态度甚至是温和的。可是就在这一刻，他重新展现出了明明白白的进攻性。

"我什么？"池晏微笑。

"你先站起来说话。"陈松虞的声音仍然很冷静，但她并不知道，此刻她表现得越冷静自持，就越令池晏想要打破她的冷静。

"但你还没有告诉我答案。"

他的视线让陈松虞觉得像有湿漉漉的鳞片，一寸寸地从她光滑的皮肤上长出来，令人毛骨悚然。可是那鳞片又很美，闪闪发亮，令她在新生的月光下熠熠生辉。这一刻，她意识到——答案就是，他想吻她。

陈松虞望着池晏的脸在眼前逐渐放大，一种难以形容的急迫和焦灼如同燎原之火，令她整个人都沸腾了起来。她感到胃部有一阵失控的痉挛与灼烧感。下一秒，"哇"的一声，她吐了，正好都吐在了池晏的胸口。他平整的衬衫上出现了一片污渍。

池晏倒是没什么洁癖，但也不禁失笑道："你不会是故意的吧？"

陈松虞不理他，她推开他，趴在轮椅边，吐得翻江倒海。她漆黑的长发如流瀑般倾泻，遮住了大半张脸，只露出单薄的下颌。由于她没吃过什么东西，吐出来的只是清水和胆汁。

池晏将她推回病房，又叫护理机器人过来收拾，自己也换了一件衣服。他远远地站在门边，看 AI 帮她做体检。

陈松虞躺在纯白的病床上，被几个圆头圆脑的机器人簇拥着，她觉得自己仿佛漂浮在一座孤岛上。

不知为何，池晏莫名地感到心情烦闷，出去躲在走廊上抽了一根烟。抽完烟后，陈松虞的体检结果恰好传到了他的手机里。结果显示她现在的身体没什么大事，只是免疫系统暂时紊乱。但体检结果下面有一行小字建议"患者应该适当进食，补充所需营养"。

他扯了扯嘴角，突然掐灭烟头，转身走进病房："带你出去吃点东西。"

陈松虞诧异道："现在？"

"嗯。"

第六章
同谋者

陈松虞没想到他们又回到了贫民窟。

入夜后气温骤降。即使身上盖着柔软的毛毯,她也依然能够清楚地感受到冷意无孔不入地钻进来,渗透自己的身体,就像一张薄纸被慢慢地浸在冷水里。

池晏推着她的轮椅,不紧不慢地穿梭于黑暗中,他就像唯一的火源。

日落后的贫民窟像是一座死城。

"哐啷啷——"轮椅的滑轮从井盖上滑过去,骤然发出响声,仿佛惊扰了无数在暗中蛰伏的巨兽。幢幢的黑影子,仿佛也在面无表情地注视着她。

"去哪里?"她问。

"马上就到了。"

陈松虞裹紧了毛毯,不禁环顾四周:"我还从来没有在天黑后来过这里。"

"你做得很对。"池晏说。毕竟他们都很清楚,入夜后的贫民窟,就是犯罪的温床。

"那你还带我来?"

池晏轻嗤一声:"有我在,你怕什么?"这句话说得淡定又傲慢。

陈松虞笑了笑:"的确,你就是最可怕的人。"

池晏也微笑:"就当你是夸我了,陈小姐。"

不久,陈松虞听到了什么声音,不知从何处传来一阵吵闹声。接着是一股油烟的味道，似乎是木炭、烤肉、香料……充满人间烟火的气息。黑暗中的一点星火渐渐在她眼中放大，她重新感受到了温度。她不禁古怪地看了池晏一眼："你带一个病人来烧烤摊？"

他耸耸肩："病人不是也抽过烟了吗？"

陈松虞嘴角微勾："也是，反正死不了。"

这是个半露天的小饭馆，一个戴着围裙的中年人站在烧烤架前，里面还有个小厨房。廉价的塑料棚里，顶上用电线缠绕着一串破破烂烂的小灯泡，随风摇晃，发出"嘎吱嘎吱"的闷响。地上堆满了乱糟糟的铁扦子和其他垃圾。一群人坐在里面，都是皮肤黝黑的本地人，对他们的到来毫不在意，继续大快朵颐。

池晏推着陈松虞走进去，找了张空的折叠桌。

池晏西装革履，一身贵气，与这里的环境实在格格不入。他却毫不在意地长腿一伸，坐在廉价的塑料凳子上，转头对摊主说："来一碗粥。"

在烧烤摊点粥，听起来很不合常理，旁边有人侧目，摊主却很自然地答"好嘞"，然后转头进厨房去吩咐。

陈松虞根本没注意池晏说了什么，她看着眼前这一幕。她从未见过这种老旧的烧烤摊，像是上世纪的画面，脏乱，却充满人间烟火气。这就是她想要的感觉，她转头问池晏："这家店每天都开吗？"

"问这个做什么？"他挑眉。

"给制片主任打电话，让他明天过来勘景。"

池晏先是一怔，接着才意识到她在说什么——她还想着电影。

"又是因为拍电影？"他忍不住笑了出来，"我可不是来带你找灵感的。"

"那来干什么？"

"来喝粥。"他说。话音刚落，一碗热腾腾的砂锅粥被送上来。

香气四溢，陈松虞只尝了一口，就觉得自己受伤的胃得到了很好的抚慰。她不禁露出惊喜的神情。

池晏笑道："喜欢？"

陈松虞毫不迟疑地点头。

"我也觉得你会喜欢。"他说。

从前陈松虞也听说有些深巷子里的小饭馆,厨艺原始反而藏龙卧虎。但她对食物向来不太在意,更不会费心去找。她不禁感到诧异:"没想到你对吃的还有研究。"

"我没有,只是以前恰好来过。"池晏环顾四周,目光里露出怀念,"当时这里还只是粥铺,没想到现在已经变成这样。"

陈松虞耸肩:"没关门已经不错了。"

"也是。"

陈松虞慢腾腾地喝粥。

池晏又问她:"还记得那部很无聊的特工片吗?"

陈松虞抬头:"怎么了?"

"从这里向东走出贫民窟,曾经有一家老电影院,我就是在那里看了那部电影。"

那是几年前在 K 星的一个下午。

那天天气很好,池晏从这家粥铺离开贫民窟,无意中看到一张巨幅海报。日光照出他的轮廓,影子投到海报上,他鬼使神差地决定给自己放个假,转身走进影院。

空荡荡的影厅里除他之外,只在前排有一个女观众。她像犯困的猫一样,将自己蜷缩起来。

硕大的 VR 眼镜挡住了她的大半张脸,他却很想看清那副漆黑的眼镜下到底藏着怎样一双眼。

电影到了散场,他们各自离开。一个走前门,另一个走后门。

奇怪,人有时候会被一些微不足道的小事触动,这段往事令池晏露出一丝久违的微笑。他的视线落回眼前,却发现陈松虞一脸惊愕地看着自己。

"怎么了?"他问。

"那是不是一家很旧的电影院,一半的座椅都坏了,门外还挂着一张巨幅海报?"

他一怔,记忆里那猫一样窈窕的身影和眼前这张赏心悦目的脸慢慢重叠。

陈松虞说:"那部电影的排片实在太少,我找了好久,才在一个很偏远的电影院里买到下午场。电影院里除我之外,还有另一个人。"

池晏的嘴角噙着一丝笑意:"那个人是我。"

她不禁喃喃道:"当时我还很奇怪,究竟是谁也会来看这部电影。"

原来他们不仅看同一部电影……还是在一起看的。但那时他们的生活还只是两条平行线,根本不会知道,未来这两条线还会有交汇的一天。

池晏不禁又弯了弯嘴角:"陈小姐,看来我们真的很有缘,不是吗?"

但陈松虞只是以一种……微妙的眼神,看了他一眼。她什么话都没有说,就低下头,继续埋头喝粥。大半碗粥喝下去,她才发现池晏什么都没有吃,只是坐在旁边看着自己。他的神情几乎可以说是温和,令她不禁感到一丝难言的违和。

这样一个冷酷的男人,怎么可能这么心平气和地看着自己,又怎么可能跟"温和"这个词扯上关系?

她慢慢放下勺子:"你总不能真是带我来喝粥的?"

"为什么不能?"池晏笑着问。

陈松虞环顾四周,慢慢地推开了那只碗。

"你还有别的打算。"她说,"约了人?"

池晏懒洋洋地说:"嗯?我可没有。"

"我不信。"

过了一会儿,陈松虞听到一阵杂乱无章的脚步声。

突然来了很多人,都是典型的贫民窟的平民打扮,花花绿绿的短衬衫,手臂上有大块乱糟糟的文身。

被簇拥着的、为首的中年男人,同样穿着花衬衫、人字拖,嘴里叼着牙签,仿佛刚从哪个热带星系度假回来。

小灯泡明晃晃地照亮了那张皮包骨的脸,他的眼神凶恶、阴鸷,看着绝非善类。

"哎哟,这么巧?"这瘦削的男人阴阳怪气地说。他似乎并不认识池晏,也对他毫不在意,只盯着陈松虞的脸看。

陈松虞直视着对方,慢慢地从牙缝里挤出一句话:"看,你等的人来了。"

声音很轻，只让池晏听见。

池晏饶有兴致地看了她一眼，气定神闲道："我发誓，这是巧合。"

陈松虞自顾自地冷笑，根本不理他。池晏慢慢倾身，一只手扶住她的轮椅，弯腰在她耳边道："认识一下，曾门。"

"身份？"

池晏微笑："无名小卒。"

"你的声音最好再大一点。"

"我和你说话，何必让不相干的人听到？"

池晏说话时，陈松虞已经感到对面男人的目光肆无忌惮地落在自己身上，像贪婪的野兽流下了湿答答的口涎。她冷哼了一声："所以呢？我需要跟他做个自我介绍吗？"

"他该向你见礼。"

"那我等着。"

他们说话的工夫，曾门大刺刺地坐在了他们的桌上。身后的小弟也立刻围了过来，乌压压一圈，气势汹汹。

陈松虞大概能猜到这人是什么来头，想必是什么贫民窟的地头蛇。被这样来历不明的人盯上，她本该感到害怕。但显然这男人的气势比起池晏，实在是差得太远了。于是即使面对这一大群人，她也神情镇定，毫无惧色。

曾门不禁高看她一眼："这位就是……陈导演？"

"我是。"

他哈哈大笑，连声道："真巧，真巧！陈导在我的地盘上拍戏，却总说有事要忙，不肯赏光出来吃顿便饭。既然今天见上了，不如再叫几个女演员出来，大家一起喝几杯？"

"哈哈哈，哈哈哈！就是就是！"他身后站着的人也跟着笑了起来，暧昧、粗蛮又放肆地大笑。

陈松虞从未听过曾门这个名字，更不可能知道对方还想跟自己吃饭——显然是与之接洽的制片主任帮她挡了下来。

实际上，剧组每到一个特殊的地方拍摄，的确都要像拜码头一样，拜访当地的地头蛇。

这次他们想进贫民窟，同样不容易——不仅要拿到政府的拍摄许可证，也要打通另一层关系。只是她几乎不过问这些。

她弯了弯嘴角："很遗憾，我们组只有一位女演员。你要约她出来吃饭，大概要先问她丈夫的意见。"

"哦？"曾门轻佻地笑，"那位美女的老公是谁啊？"

"荣吕。"她说，"你认识吗？"

话音刚落，一道锐利的眼神朝她扫来，曾门的眼神突然变得凌厉。陈松虞仍旧若无其事地坐着："看来你们的确认识。"

曾门避而不谈，却换上一副吊儿郎当的笑脸："陈导演，既然今晚这么有缘，不如我来送你一份大礼。"

陈松虞转头，古怪地看了池晏一眼。怎么你们都喜欢送礼？

池晏很无辜地看了她一眼，做了个口型表示"我什么都不知道"。

她正想冷笑，却听到一声令人不悦的惨叫："啊——"

那是一个女人的声音，太过刺耳，陈松虞一惊。

曾门故意道："吵什么呢？别吓着陈导演了！"

似乎有个男人应了声"是"，人群慢慢分开。

远处有人狠狠地揪住那女人的头发，往她的嘴巴里塞了什么东西，又像拖着烂玩具一样，将她拖到前面。

一张脸被高高地抬起来。变形的五官，斑驳的妆容，像一只花花绿绿的、鼓张的气球。

"前天的事情，我也听说了，陈导演好端端地拍着戏，竟然受了惊。"曾门说，"这是我的不是了，我立刻派人把这个女人抓了回来。她的命也够大，没死，差点让她跑了。陈导演还认识她吧？"

"嗯。"

她当然认识，化成灰都不会忘，这就是那日出卖自己的舞女。拜这个人所赐，自己现在才是这副模样。但她没想到几日不见，对方甚至比自己当时还惨。或许这就是底层女人的命运，出卖了别人，很快也会被人出卖。

曾门说："说起来也很奇怪，我的地盘上，竟然还有别的人敢动手。我到现在都没查出来那个人到底是谁。问了她半天，她也说不清楚。或许陈导演能告诉我当时到底是怎么一回事。"

陈松虞笑了笑,她立刻明白过来。当日来找自己的是池晏的人,算是另一方势力;而池晏的这一番动作,引起了地头蛇的注意力。曾门嘴上说要帮她出气,其实是来找她打探消息。

她竟然又微妙地卷进了一场权力之争。她面不改色地说:"我就是一个拍电影的,能知道什么呢?我只知道这是场无妄之灾。不知道那个女人当时发了什么疯,突然朝我冲过来。我醒过来时,已经躺在医院了。"

曾门定定地看着她。那双小眼睛,在顶灯的照射下映出蟒蛇一般危险的光,像在拷问她。

陈松虞放在膝盖上的手指动了动,但她的表情始终很坦然。

最终曾门哈哈大笑起来:"当然了,我相信陈导,是这女人该死。"

他拍了拍手,另一个手下将一只破旧的大蛇皮袋子抖开,发出"哗啦啦"的声音。

"这些都是我的珍藏,比'莉莉丝'猛十倍不止。陈导演,有需求尽管用,千万别跟我客气。"

陈松虞仍然端坐在那里,下巴微抬:"什么意思?"

"我想了半天怎么帮您收拾这女的。"曾门笑道,"有句话是怎么说的——'以其人之道,还治其人之身'是吧?"

舞女跪在旁边,早被打没了半条命,神志不清,甚至不知道自己已经死到临头。陈松虞静静地望着她,只觉得这一幕既恶心又讽刺。一大群男人围着她们,像看戏一样,等着看两个女人如何互相报复,互相倾轧,上演一出血淋淋的好戏。

曾门还在得意扬扬地看着她:"陈导演,你觉得我的安排怎么样?"

陈松虞平静地说:"不怎么样。"

曾门没想到她会是这样的反应。这句话很短,却像一巴掌扇到了曾门的脸上,他脸上的笑意彻底僵住了。绿色的廉价顶棚,令这张脸泛起一阵油腻腻的暗色。

他死死地盯着陈松虞,目露威胁:"陈导演这是什么意思?不给我面子?"

陈松虞平静地看着他,突然又听到"咔嚓"一声,是打火机的声音。

不知何时，池晏已坐在自己身边，低头点了一根烟，那张英俊的脸在烟雾里模糊不清。她不禁觉得可笑，明明她才是局外人，事情的主谋就坐在身边，现在身边这人反倒成了个看戏的。于是她淡淡地笑了笑："不给你面子的可不是我。"

　　"那是谁？"曾门的目光变得更危险。

　　"你在找人？"陈松虞慢条斯理地说，"我想，那个人就坐在我身边。"

　　话音刚落，她听到池晏笑了一声。

　　池晏漫不经心地挥了挥手。站在曾门身后的一个人，突然举起了蛇皮袋子里的电子针头，对准曾门的动脉，扎了下去。

　　陈松虞想起那天在贫民窟，那个舞女朝自己冲来的时候，手一直在抖。但这个男人做同样的动作时，却极快且精准，一击即中。曾门说得没有错，这药效的确比"莉莉丝"还厉害十倍不止。他立刻栽倒在地，直挺挺地砸到折叠桌上，发出一道沉闷的响声。

　　陈松虞眼睁睁地看着他瞳孔涣散，像具干尸一般，他深深地吐出了最后一口气："哈——"

　　片刻后，他突然开始发起癫痫来，身体在猛烈地抽搐，像将死之人的回光返照。没喝完的粥顿时被打翻了，湿答答地泼到他的脸上，温热的米粒有些停留在他干瘪的脸皮上。他大张着嘴，露出一口烂牙，手指以诡异的方式痉挛着，他很快就昏厥过去。

　　这令人震惊的场面像电影里的定格镜头，一切发生得太快，根本没人反应过来。但是又太慢，漫长得像一个世纪。陈松虞被这骇人的场面镇住了。

　　"吓到你了吗？"池晏扶着轮椅，凑到她耳边低声问。

　　陈松虞分不清这过于镇定的声音里，是否含着几分戏谑。她没有说话。

　　池晏笑了笑，走上前，微微倾身，亲自将针头拔了出来，动作干净利落。

　　他的神情晦暗不明，侧脸本该像出自上帝之手的一具雕塑。但随着这动作，鲜血喷出，如梅花点点溅落在他的下颌和脖子上。于是完美的雕塑多了一点残缺感，却也生出某种非人的锋利与冷酷，在这破败、凄惨的场景里，反而有一种强烈的美感。

　　他慢慢地抬起头，淡漠而阴郁的眼神，扫过在场的每一个人："你们知道该怎么做吧？"

根本无人敢与之对视。这一群凶神恶煞般的人，齐刷刷地后退了一步，无声地低下了头。

甚至有人躲到了一旁，"哇"的一声呕吐了出来。

这恶心的声音反而令陈松虞莫名地舒了一口气——这才是正常人的反应。而她自己呢？或许她也不太正常。她不想吐，她太快地接受了这一切。短暂的惊骇之后，这一切宛如电影画面的场景，已不再令她有所动容。

脏了的针头在地上骨碌碌地滚了几圈，落在陈松虞的脚边。她低头，定定地看着它。有一瞬间，她甚至觉得自己灵魂出窍，在看一部惊悚片。那么，在这个惊悚片的世界里，像曾门这样的人，的确应该有这番下场，也只有池晏才能送他下地狱。

陈松虞从轮椅的侧面抽出一张纸巾，递到池晏手边："脸脏了。"

池晏凝视着她，微微一笑。他的瞳孔仍是漆黑的，显露出像兽一样原始的凶恶。他顺势捏住她的手腕："帮我。"

她嗤笑一声："凭什么？"

这么得寸进尺。

"凭你刚才说了那些话。"

"不然呢？让你坐着看戏？"

"那么，帮我。"池晏重复道。

鬼使神差地，陈松虞真的抬起了手帮他擦脸。当然，她的动作相当不客气，仿佛自己只是在擦一张桌子，或是别的什么物件——总之，绝对不可能是在伺候一个大活人。

但这力度对池晏而言，约等于无，因此他仍然觉得陈小姐是温柔的。她的手指拂过他冷冰冰的脖颈，他的脉搏在她的指腹下强有力地跳动着。

随着她指尖的游移，他凸起的喉结，亦在微微滚动。或许他感到很兴奋，因为胜利，因为这群人的臣服。

而她呢？她不知道自己究竟在想什么，她只觉得自己的想法太复杂、太危险，既然无法厘清，索性就逃避。

残存的血迹在她的指尖慢慢地晕开，像一丛长在地狱里的曼珠沙华，在白绢布上盛放。鲜血与阴谋，是这段关系的原罪，也是他们之间最蓬勃的生命力。

角落里，一个年轻人死死地盯着眼前的情形，神情变幻，反复挣扎，终于悄无声息地抬起了武器，对准池晏。他的手指微微痉挛，他很清楚这意味着什么。一旦得手，贫民窟就要改名换姓。但他的指腹还未扣紧，肩膀就被人拍了一下。他错愕地抬起头，视线所及却是昔日的兄弟对他露出冷笑。

陈松虞收回替池晏擦拭脸颊的手，将纸巾揉成一团扔开。她恰好看到一个年轻人，被按着手臂压到地上。不知何时，这烧烤摊里竟然早就没有其他人，只剩下这群人。满地是被掀翻的桌子和凳子，一片狼藉。

有人将曾门的身体连同肮脏的桌布，毫不留情地一把拖曳到地上。昔日不可一世的掌权者，就这样倒在满地的铁扦子里。

陈松虞不动声色地看了池晏一眼，这果然是池晏的一贯作风。不到万无一失的时候，根本不会出手。他的人在贫民窟蛰伏了多久？也许几个月，甚至几年。但他很有耐心，一直隐而不发，一点点抛出诱饵，直到今天，直到胜券在握，才骤然发难。

霎时间，陈松虞的心情很复杂。她敬佩池晏的胆大心细，可是她也害怕他的冷酷和算计。他总是能将这一出连环计，安排得天衣无缝。而他从来都是幕后之人，什么都不用做，只是挥一挥手——胜负就已注定。这太可怕了。

那么她是在何时，也变成了棋盘中的一子呢？

陈松虞自顾自地将轮椅往后滑，试图与他们保持距离。

池晏察觉到她的动作，说："已经结束了。"

"与我无关。"

"又怎么了？"

"没什么。"

"既然没什么，为什么要往后退？"

"离危险分子远一点。"

"危险分子。"他咀嚼着这个词，最后笑了笑，他明白了此刻她在想什么，"别误解，我是对他有安排，但不是今夜。这次是他自己非要过来找死。"

他漫不经心地单手倚着桌面，看看面前的人开始善后，突然淡淡地笑道：

"我要所有人都知道今晚发生了什么。"

一群人恭敬而齐刷刷地回答："是。"

他们内心对池晏的忌惮又多了三分。池晏施施然地转身，扶着陈松虞的轮椅，倾身对她微笑。他对她的语气倒是很客气："相信我，陈小姐。我没有拿你当饵，更没有故意把你推出去看好戏。"

"你只是好心地带我出来吃夜宵，就中了这样的头彩？"

池晏低低地笑出声来。

"相信我，陈小姐——我并不想让你看到这些。别忘了，我是良好市民。"

"良好市民……但我已经看见了，怎么办？"

池晏以她无法挣脱的力度牵起她的手，他英俊的脸上，露出一个意味不明的笑容："那就睁大眼睛，好好看，继续做我的……同谋者。"

这绝不是陈松虞预想中的回答。她吃了一惊，想后退，却被他一把拉住。她苍白的手犹如一朵白玫瑰，他在上面轻轻地落下一吻。

深夜，小饭馆外，漆黑的空地上，凭空起了一场大火。一夜之间，池晏的人扫荡了贫民窟，也清缴了所有违禁药品。不断有人将新缴的药品运过来，连着麻皮袋子一起丢进大火里，把它们付之一炬。

陈松虞心想，一定要烧吗？

"放心，这不过是上世纪遗留下来的东西。"池晏淡淡道，"这样最快，也最有效。"

他站在篝火边，微微抬手，将一杯酒浇进火海里，仿佛在向某人隔空致意。火光照亮他劲瘦有力的手臂，也为他面无表情的脸镀上一层金边。

陈松虞离他不远，她想起他刚才说的话。同谋者——这是个多么可怕的词。

她望着面前的大火。熊熊火舌，犹如一条长龙在半空中腾云驾雾，发出了"噼里啪啦"的嘶吼。这么多药物，仿佛烧不尽，连成一片令人胆战心惊的火海。贫民窟果然是藏污纳垢的地方，这样看来，池晏好歹还算做了件好事。

夜已太深，尽管篝火烧得很旺，也不免令人感到寒冷。陈松虞转头看向池晏:"让你的人送我回去,好吗?"

池晏失笑:"我送你。"

他朝陈松虞走去。这时又有一个手下揪着那个舞女的头发过来了,舞女依旧是那副凄惨的模样,委顿在地,疯疯癫癫。

"先生,这女人该怎么处理?"手下请示池晏。

池晏顿住脚步,微笑着看向陈松虞:"你说呢?"

"放了吧。"她说。

"真这么大方?"

"她已经付出了代价。"

"是吗?但我觉得还不够。"

"我以为你是在问我的意见,这就是我的意见。"

池晏站到她身后,将宽大的外套缓缓地罩到她的肩头,他在她的头顶淡淡道:"你今日对她的仁慈,她并不会感激,只会觉得你软弱可欺。"

"那又如何?"陈松虞垂眸望着地上的舞女,"我不需要你来教育我。"

"那就说服我。"

"我不在乎她怎么想。"

"嗯?"

"我只是不想变成和她一样的人。"

"她是怎样的人?"池晏用两根手指慢慢地抬起她的下颔,这张眉目如画的脸,亦被火光照得一片明亮。

"可怜又可恨的人,只敢将刀子伸向自己同类的人。"

池晏低声笑道:"欺软怕硬,是这个世界的规则。"

"那这个世界错了,总要有人反抗这些……不公正的秩序,总要有人执刀刺向比自己更强的人。"

"是吗?哪有这种傻子?"

陈松虞沉默片刻,才说:"当然有了,沈妄不就是吗?"

池晏一怔。他的另一只手还夹着烟,此刻指尖的烟都微微一颤,烟灰簌簌地往下抖落,像燃烧的雪花。起先他以为陈松虞在向自己暗示些什么。沈妄这个名字里,根本就藏着"池晏"二字。

他端详陈松虞的脸，她神色如常。他立刻明白，她什么都没发现，的确只是在聊电影而已。于是他轻笑一声，故意道："一个电影角色？"

陈松虞说："很遗憾，生活里没有的，就只能去电影里找了。"

"我以为你最讨厌这种人。"池晏也开始一本正经地跟她讨论起电影，"贫民窟的穷小子，为了往上爬，不择手段。"

"我是不喜欢他，但至少他会选择反抗，他并没有屈服于自己的命运。"

池晏微微一笑："人们通常会说他这是在痴心妄想，妄想得到根本不属于自己的东西。"

"什么是不属于自己的东西？"陈松虞不假思索地反问他，"因为出生低贱，就不配站在高处吗？从前我父亲也说，我应该认命，不要学什么导演系。但现在我还是在拍电影。"

"看来你和他很像。"池晏看着陈松虞，薄唇微勾，"你想做什么？改变世界？"

陈松虞慢慢地拢住了衣襟："我不知道，或许吧。"

"让她滚。"池晏头也不回地吩咐手下。对方神情犹豫，但还是答了"是"，将舞女拖走。

池晏过来推陈松虞的轮椅，他缓缓弯下腰，在她耳边道："走吧，送你回去。"

"嗯。"

所以，他们的确是同样的人，他心想。他们有同样的出身，同样的野心。即使她并不承认，甚至也不曾发觉，但没关系，他向来是个很有耐心的人。他们还有足够的时间。

池晏注视着她，尽管陈小姐还坐在轮椅上，但她那瘦削的背影渐渐融成一团光芒四射的剪影，此时在他眼中，是如此耀眼。

他莫名地回忆起一段往事，那是在他年少的时候。

他的童年充满了冷眼和霸凌。有一天他又挨了打，被人打得鼻青脸肿，遍体鳞伤，独自躲在角落里，像个在舔舐自己伤口的小动物。很久之后，他姐姐才走过来，往他手里塞了一座木雕女神像。女神历经风霜，身体残缺不全，笑容却还是那么温柔。

"这是贫民窟的守护神。"姐姐对他说,"你看,她会理解你,也会包容你的所有痛苦、挣扎和不甘……"

年幼的他,怔怔地握紧了这座木雕像。神像被他手上的血染红了,一如现在面前的女人被火光照得红通通的侧脸。而他想要渎神……

回到医院时已经很晚。

好在病房里还开着暖气,又有一盏小夜灯,还有几个护理机器人簇拥过来。陈松虞反而觉得这里有种回到家的温馨。

她坐在轮椅上,轻轻伸手,碰了碰其中一个机器人的圆脑袋。本应该冷冰冰的玻璃钢材质,却因为检测到人体接触,而立刻开始自动调温。掌心的暖意提示她,这才是她的世界。

她在机器人的帮助之下洗了澡,但没想到出来的时候,池晏竟然还没有离开。他坐在窗边,窗帘被拉开一个小角,恰好能看到窗外的一排排高楼,冷酷的人造灯光交织在那张英俊的脸上。

陈松虞问:"你还不走?"

池晏笑道:"这么着急赶我走?"

"不然呢?"陈松虞躺在病床上,半合上眼。她按动窗边的按钮,窗帘自动拉上了,室内陷入一片黑暗。但她知道池晏还站在那里,半倚着墙,双腿交叠,目光灼灼地望着她。她觉得那双眼就像是黑夜里兽的眼睛一般发亮。

于是她又问:"剧组怎么样?"

他嗤笑一声:"给他们放假了。"

陈松虞扯了扯嘴角:"开机第一天就停工,不想个由头的话,其他人一定会有意见。"

"放心,我让人去解释过了。"

当然,他不太懂拍电影,也没时间去管那些细节。他主要还是让名下电影公司的制片团队去处理了这些琐事。

"噢。"陈松虞没问他的人究竟如何处理,而是说,"那你可以给他们一个新理由了。"

"嗯?"

"我要修改剧本。"这通常意味着,她要开始闭关。

池晏沉默片刻,才问:"之前的不好吗?"

"嗯……关于贫民窟的细节还是不够好,不太真实。"

他笑了笑:"我记得你开机之前就天天往贫民窟跑,还不够吗?"

陈松虞也弯了弯嘴角:"那不一样,那时我至多是个游客,看到的也只是皮毛。"

过去这几天的经历,才让她真正感受到了贫民窟的人生百态,让她好似到了另一个世界。她想,难怪从前的创作者为了写作,总是千方百计地去体验生活。因为只有真实经历,才能共情。所以她并不后悔吃过这些苦,甚至感到庆幸。

池晏仿佛听到了她的心声:"真够疯的。"

陈松虞想,的确有人叫自己"电影疯子",但她只是淡淡一笑:"比起池先生,还差得远了。"

"呵。"池晏轻轻地勾唇,走向她,不紧不慢,然后停在她的身侧。接着他倾身,慢慢捧起她的脸。他幽深的双眸,被微弱的月光一寸寸照亮。

陈松虞觉得头皮发麻,却莫名地想起之前在天台上那个未开始的吻。

"我应该提醒你,陈小姐。"他淡淡道,"这种事情,我只允许发生一次。"

他修长的手指,在她光滑的下巴上游走。看似如情人一般轻柔的触碰,力度却被他控制得刚刚好,根本不允许她挣扎。

陈松虞眨了眨眼:"放心,你肯定不会再亏更多钱了。"

池晏的手指一顿,脸上露出个饶有兴致的笑:"亏钱?"

陈松虞弯了弯嘴角,佯装无辜地说:"剧组停工嘛,停一天就要亏一大笔钱。"

"你知道我说的是什么。"池晏轻轻一笑,但手指一松,还是放过了她。大概因为她的脸色还太苍白,或者他终于在她目光流转的漆黑双眼里,找到了自己的倒影。这已经让他很满意。

池晏撑着身体,慢慢站起来,在她头顶悠然道:"这点小钱,根本不算什么。早点休息,陈小姐,之后我会让傅奇来接你出院。"

陈松虞歪着头,同样露出一个满意的微笑——终于不是他亲自来了。上次他来接自己出院,之后发生了什么,她还历历在目。

隔天,医生蹙眉看着体检报告,在陈松虞的催促下,勉强松了口,放她提前出院。来接她的人的确是傅奇,他手上竟然还打着石膏,脸上也出现了新的瘀青。

陈松虞发现他对自己的态度比之前更加恭敬了,甚至他站在自己身边时,称得上是谨小慎微,如履薄冰。

但她并不知道发生在池晏和徐旸之间的事情,所以以为傅奇这样的态度,纯粹只是因为自己大病初愈,碰不得更摔不得。

住院的这两天,陈松虞并没有闲着,一直通过副导演张喆了解剧组的情况。她从他口中得知,池晏手下的制片团队还算靠谱。他们的处理方式很得体,不仅给全组放了带薪假,还额外封了相当丰厚的红包。钱既然到位了,当然没什么人会有怨言。

张喆也完全没有起疑心,因为陈老师要写剧本,所以临时放假,这实在太正常了!

他知道陈松虞一向是个很强势的导演,别说是为了写剧本而停工,就算是为了某一个时刻的光线,都能让剧组一大帮人原地等一整天。因为她一向只为创作负责,在她的世界里,可从来不考虑"成本"二字。

为此陈松虞从前常常跟制片人吵架,而张喆作为她的副导演,其重要工作之一,就是在中间调解双方的矛盾。于是张喆忧心忡忡地问:"陈老师,你这么随便给全组人放假……真的没事?人工费、场地费、机器租赁费,这可得要一大笔钱啊。"

陈松虞说:"给他们放假的人,可不是我。"

张喆傻眼:"啊?"

"你别操心了。"她刻意模仿池晏当时的口吻,"制片人说了,这么点小钱,他根本不在乎。"

"呃……好吧。"张喆完全被对方的大口气镇住了。

过了一会儿他才眼巴巴道:"陈老师,如果你身边还有这种大方的老板朋友,可以引荐一下吗?"

陈松虞心想：这种大方老板，你未必有福消受。

但她只是翘了翘嘴角："好。"接着又对张喆叮嘱道，"记得帮我多盯一下演员，杨倚川虽然演得不错，但到底是新人。你有空多带一带他，也让他和其他演员多交流，这对表演有帮助。"

张喆连声应了下来："噢噢，好的！"

他心中一暖，知道陈松虞既是在布置工作，也是在暗暗提点自己。因为他早已得知了杨倚川的真实身份，这位公爵之子虽身份显赫，但很好相处，只不过有点艺术家的怪脾气。而他以副导演的身份与之相交，当然是有百利而无一害。

但他们都没有想到，最后出了问题的演员，并不是杨倚川，而是另一个人。

几天后，张喆站在酒店的电梯间里，看着手机里一大段令人头痛的对话，感受到对方油盐不进的态度，踌躇着自己是否该上顶楼去找陈松虞。如无意外，他并不想打扰陈老师，但这件事情太麻烦，他可拿捏不好。

"唉。"他不禁幽幽地叹了一口气。

就在这时，一只修长有力的手从他身前轻轻地按动了电梯按钮。西装袖口露出短短的一截白衬衫，暗红的宝石袖扣贵气十足。

张喆一激灵，出于职业习惯，他对长得好看的人总是很敏感。于是他从愁绪里抽离出来，下意识地回头去看对方的脸。然后他整个人都僵住了。

他身边站着一个高大的男人。此人明明衣冠楚楚，穿着西装很是挺拔，却掩不住一身桀骜不驯的凶性。他从未见过第二个人能将西装穿出这样矛盾的气质。既像绅士，又像暴徒。而这个人就是他们的制片人 Chase。

"叮。"电梯门开了。

张喆十分客气地说："老师好，老师您先进。"同时他在内心祈祷，制片人快进去，让自己等下一趟电梯吧！

然而池晏只是似笑非笑地看了他一眼："进来吧。"

"好的。"

在狭窄的电梯里，更显得池晏人高马大，像个巨人。张喆又在内心祈

148

祷,再来一个人吧,让他不要和制片人如此尴尬地独处。

然而他的希望又破灭了,电梯门无情地缓缓合上。

池晏问:"几楼?"他慢条斯理地按了顶层的按钮。

张喆这时才想起来,陈老师好像说过,制片人和她都住在顶楼的套房。这下好了,自己骑虎难下,制片人帮他做了决定。

"我也去顶楼。"他说。

"哦?"

"找陈老师。"

"有事?"

"呃,是有一点事。"他像挤牙膏一样,支支吾吾地说。

在两人说话的空隙,电梯上的数字"噌噌"地往上涨。张喆僵硬地抻着脖子,死死地盯着它,只恨这部电梯不能瞬间移动到顶楼。奈何酒店的楼层实在太高,他只好故意将语速放得极慢,一个字一个字地往外蹦,以此来减少自己和制片人说话的次数。

张喆一向自诩长袖善舞,这几年走南闯北,也见过不少人,其中不乏声名显赫的大人物,却从来没有谁,能带给自己如此强的压迫感。

——真不知道这位制片人究竟是什么来头。他早已忘了自己还曾视对方为"偶像",他下意识地挺了挺腰板。然而池晏的下一句话说出来,张喆瞬间破功,简直连腿都软了。

"她在写剧本。"池晏说,"去我房间谈吧。"

"!!!"张喆立刻面露惊恐,只觉得自己要进的并不是一间总统套房,而是龙潭虎穴。恰好此时电梯门开了。

他十分僵硬地一步跨出去,看见陈松虞的房间门口有一个面无表情的年轻男人笔挺地守着,那是她的助理傅奇。这虎视眈眈的架势,哪里是助理,简直就是门神。

张喆感到绝望,意识到自己今天无论如何都见不到陈松虞了,只好垂头丧气地跟在池晏后面。进了房间之后,他同样大气不敢出,老老实实地坐在沙发上,双腿并拢,一副像小学生一样的端正坐姿。

池晏的声音从墙壁的另一侧远远地传来:"喝点什么?"

"不……不用了。"

趁着主人不在眼前，张喆忍不住眼珠乱转，打量着眼前的套房。果真是富丽堂皇，简直令人咋舌。他住在楼下的高级单间，本以为已经是很好的待遇。然而跟这里一比，顿时觉得一个天上一个地下。但他也意识到，这里并没有半分人气。

像他们这样常年跟组拍戏的人，四海为家，往往在酒店一住就是好几个月，酒店就相当于自己半个家。久而久之，一住进酒店，就习惯性地将这里装满私人物品，怎么舒适怎么来。

然而这里是干净的、空旷的、冷冰冰的，看不到任何生活的气息。

池晏端着半杯威士忌回来，他慢条斯理地坐下来，解开一颗西装纽扣，姿态优雅而放松。

"我记得我给你们放了一周的假。"他懒洋洋地说。

张喆仍然正襟危坐，小心翼翼地斟酌字句："呃，是这样的，老师，确实大家有假放都很开心，但毕竟我们剧组刚开机，酒店的位置又比较偏僻，大家整天待在贫民窟附近，陈老师又不太出现，难免有人开始担心……"

张喆就是这样，一紧张就开始习惯性地车轱辘话来回说。

池晏打断他："有话直说。"

"是江左，他想离组！"张喆骤然大声喊出来，仿佛正经历军训的青涩大学生——完全被这命令式的淡漠语气给震慑住了。

"江左？"

张喆磕磕巴巴地解释起来，仿佛在背诵江左的履历表："就是我们剧组的男二号。他是选秀出身，本来是个唱跳歌手，这两年演了几部电视剧，反响都不错，势头也很猛，现在开始慢慢转型演电影……"

"哦，就是那个小偶像。"池晏漫不经心道。

张喆心想，岂止是小偶像，人家可是如日中天的当红年轻偶像，之所以会来演男二号，也是看中了陈导演的实力，想冲一冲电影节的新人奖。但是在池晏面前，他只能汗颜地连声道："是……是的。"

"他想干什么？"

"他说家里临时有点事，想出去一趟，尽量在复工前赶回来。"

当然，家里有事，这明显只是个毫不走心的借口，谁知道他离组到底要干什么。

池晏问："所以？"

张喆硬着头皮道："陈老师最讨厌有人轧戏，所以在那几个主要演员的合约里都特别注明了一条——拍摄期间不准离开剧组。"

"那他是明知故犯了。"池晏微笑道。

真奇怪，明明眼前之人嘴角含笑，语气也称得上彬彬有礼，张喆却不由自主地开始眼皮乱跳。

"我……我明白了。"他局促不安地在沙发上扭了扭，"我马上跟……跟他的经纪人说，不准离开。"

"嗯。"池晏百无聊赖地看了看手表。张喆说的这些无聊琐事，实在令他感到厌倦。

现在到了晚上十一点，也就是他的……深夜电台时间。

池晏在送给陈小姐的那只古董表里装了一个窃听器，本来只是防患于未然，但他近来突然产生了一个新爱好，就是每天准时打开监听设备，听一墙之隔的人在做什么。

大多数时候她都非常安静。但她难免还是会发出一点声音，有在房间里四处走动的脚步声，倒水的声音，敲击键盘的声音……甚至浅浅的、均匀的呼吸声。

在深夜里，这轻柔的、缓慢的声音，来自陈小姐的声音，会在耳机里被无限放大。于是一种近乎毛骨悚然的感觉，也会沿着脖颈和后背缓慢向下。他迷恋这种感觉，只有这样，他才可以睡着。

池晏瞥了张喆一眼："还有事吗？"

"没……没事了！"张喆立刻道。

当然还有事。像江左这种摇钱树一般的年轻偶像，背后的经纪公司最难缠，绝不是一句"不准假"就能打发走的。张喆已经跟江左那边的人费了一整天的口舌，实在没办法才来找陈老师的。但Chase赶客的态度已经很明显，他哪里敢多嘴。

"那就好，辛苦你了。"池晏慢吞吞地补充道，"告诉其他人，都安分一点。"

张喆浑身一激灵,原地跳了起来:"是的!好的!"

一时之间,他只恨自己没有带录音笔来。否则他简直想把这句话录下来,整日在剧组循环播放——"告诉其他人,都安分一点。"这充满威慑力的、淡漠又冷酷的声音,听了就令人通体生寒。

"老师,那我先走了?"

"嗯。"池晏已经拿出蓝牙耳机。

池晏想,陈小姐一定也不会喜欢这种行为,但他从来就是这样,他想要的,就一定要掌控在手中。他戴上了耳机。下一秒,他又淡淡道:"站住。"

张喆原本快走到门口,又僵硬地转过身来:"老师,您还有事吗?"

池晏看着他:"你刚才说,那个请假的男演员是谁?"

张喆回道:"……江左?"

此刻,在池晏的耳机里,陈松虞正冷淡地说:"江左,你先离我远一点。"

事情发生时,陈松虞正在写剧本,降噪耳机里循环播放着一首名为 *Solari* 的纯音乐。她的世界似乎是真空的,只有宇宙尽头的肃穆和如星球相撞一般炸裂开来的灵感——

直到有什么东西真的撞了过来。原来是一个五光十色的喷漆发光体狠狠地撞上了玻璃窗,陈松虞一怔,她从未见过这么浮夸的无人机。

"咚,咚,咚。"无人机还在锲而不舍地撞着。她彻底放弃了无视它的可能,走到窗边。

外置摄像头大概拍到了她的脸,于是它立刻灵巧地翻了个跟头,露出另一面机身。它的外壳上用非常花哨的字体写着两个字——"江左"。

竟然是他,陈松虞不禁失笑。她过去开了窗,无人机立刻冲进来。因为冲劲太猛,它直接冲到了地上,连着打了好几个滚。

与此同时,江左的投影出现在半空中。足以看出这是架昂贵的定制无人机,性能很好。

尽管机器还在地上翻滚,投影却非常稳,也很逼真,仿佛江左本人就站在了陈松虞面前。但实际上他正坐在酒店的大床上,半裹着白色浴袍,大大咧咧地露出半个胸膛。暖黄色的床头灯照出一张剑眉星目的脸,这香艳的一幕,足以让万千少女发出尖叫。

江左一愣:"嗯?这就通了?"

陈松虞道:"你还挺有创意的。"

她正在闭关写剧本,电话打不通,房间也进不来——所以江左就派了架无人机飞上酒店六十层。

江左仿佛将这当成了夸奖,他得意扬扬地说:"终于找到你了!张喆那家伙,还一直说联系不上你,果然还是要我亲自出马!拜托,现在都什么年代了,找个人能有多难……"

陈松虞直接打断他:"你要请假吗?"

江左一怔:"张喆跟你说了?他不是说见不到你吗,原来是在骗我?"

"他没骗你。"陈松虞说,"我在写剧本,不喜欢被打扰。"

可惜江左年轻气盛,根本听不懂这隐晦的逐客令,反而继续追问道:"那你怎么知道我的事?!"

"请假的理由是?"陈松虞不回答,只是淡淡地问他。

"家里有点事。"

"什么事?"

"就是有事啊!"他"哼"了一声道,"干吗啊,拍个戏而已,我还不能有点隐私吗?!"

陈松虞笑了笑:"可以,但我们也签过合同。你这样做,好像很没有契约精神。"

江左皱着眉,将镜头扔远了一点,两条长腿搭在床头,很不高兴地说:"可你也没开工啊,陈大导演。大家都坐在这里干等着,凭什么不让我请假?!我的时间不值钱吗?"

陈松虞接着道:"你请假是要去拍广告吧?"

江左嚣张的气焰仿佛被一盆冷水兜头浇灭了,他一时语塞。

陈松虞似笑非笑地看着他:"电影拍摄期间接拍其他商业广告是严重的违约行为,你想付违约金?"

江左摇了摇头,然后才意识到,自己这算是不打自招了。他的脸色很

153

难看，也感到口干舌燥。他一手拿着水杯，咕噜噜地拼命灌水，像要把自己灌撑。

陈松虞静静地看了他一会儿，才说："江左，你知道我为什么会选你吗？"

江左"哼"了一声，一脸叛逆："因为我够红啊。"

"你有尤应梦红吗？"

"好像没有。"

"所以你的这点流量，对我来说根本不算什么。"

江左愣住了，这话要是从别人嘴里说出来，他当然会觉得是在装腔作势；但是从面前这个人的嘴里说出来，似乎显得格外有说服力。

陈松虞淡淡道："在我眼里，你只是一个很有表演潜力的新人。你试镜时的表现，出乎我的意料，我觉得你很有灵气。"

江左在心中窃喜，又不禁嘟囔道："灵气是什么鬼？"作为偶像，一般人都夸他够帅、有个性、有气质，但很少有人会说他"有灵气"。这感觉令他有点新奇。

"但究竟要不要把你定下来，我当时也犹豫了几天。因为你太浮躁。"

听到"浮躁"二字，江左的脸上出现了一丝不服气。他几乎要插嘴反驳，却听到她继续道："在去年一年你就拍了四部电视剧，还不算那些乱七八糟的广告和综艺。我知道你的经纪公司之所以拼命帮你争取这个角色，只是想让你抬高身价，多拿几个代言。你自己呢？你是什么态度？"

听到这里，江左已经明白为什么陈导演能立刻猜出自己离组是为了拍广告。

"我是来学习的。"他慢慢地从牙缝里挤出几个字，"青春饭吃不了几年，我想好好演戏，做个真正的演员。"

"还不算笨。"陈松虞看着他，"那你应该明白，在这个圈子里，捞快钱和做常青树，完全是两条路。我能拉你一把，但究竟入不入得了门，看你自己。"

尽管她轻声细语，口气温和又文雅，但江左觉得这短短几句话里，有他从未听过的严厉。毕竟他这一路顺风顺水，又是个暴脾气，身边人向来都是捧着他，根本没人敢对他说这种话。他不情不愿地低下头："我知道了。我去跟经纪人说，我不去拍了。"

"嗯。"

他又忍不住问："那我最近该做些什么？"

"背台词，读剧本，揣摩角色，找人排练，去贫民窟体验生活……要做的事太多了，也可以去健身。"

江左的浴袍领口还敞开着，被这冷淡的目光一扫，他顿时觉得胸口一阵凉飕飕的，本能地羞赧——接着他才觉得不对劲。作为偶像，他从来都以自己的身材为傲，每天勤加练舞，没事也会在健身房泡至少一小时，怎么还能被挑剔？

他不禁道："我的身材有什么问题吗？"

"你练得太漂亮了，并不符合角色。"

"漂亮。"江左咬牙切齿地重复这两个字。他心想，这简直是一种侮辱。

一股热血上头，江左用力拉开了衣服，展现出自己匀称的、整齐的八块腹肌。又驱动无人机继续向前，让他的投影无限逼近陈松虞。

"导演你说实话，我的身材还不够好吗？！"他大声道。

"……"扑面而来的雄性荷尔蒙，令陈松虞叹了一口气。

"江左，你先离我远一点。"她冷静地说。

对方却胡搅蛮缠，无人机"嗡嗡"地响着，江左反而让它更进一步："我不，导演你先……"

"嘀"一声，房门开了。江左僵硬地转过头，看见一个颀长的身影蓦地出现在房间尽头。

池晏一进来就看到一幅极富暗示性的画面。

酒店暧昧的灯光之下，年轻偶像仿佛一只雄赳赳的公孔雀，凑到陈松虞面前。他几乎半裸，皮肤白得发光；她穿着家居服，凝视着他，神情甚至是温柔的。

从自己站的这个角度看，池晏甚至无法发现其中一方只是投影。他只知道，两人的脸相差只有不到一厘米。他往里走着："我打扰你们了吗？"

陈松虞看了他一眼："是的，你怎么不敲门？"

池晏晃了晃手中的房卡："因为我不需要。"

错愕的人变成了江左。制片人手上拿着导演的房卡，来势汹汹地闯进来——他目瞪口呆，怀疑自己知道了什么不该知道的事情，马上就要被灭口。于是他立马道："陈老师，十一点了，我该走了，你……你们早点休息！"

无人机"嗡嗡"作响，在地上小幅度地盘旋，这动静终于吸引了池晏的注意。

"无人机？"他轻笑一声，"很有创意。"

池晏视线一转，目光从江左那张年轻气盛的脸，一直落到对方赤裸的胸口，再到他的脚边。

池晏转头对陈松虞笑道："看来这家酒店的安保系统需要升级了。"

江左彻底感受到了什么是凌迟般的目光，他觉得池晏看自己的眼神，仿佛就是一种酷刑。他解释道："老师，你别误会，我就是来……"

池晏却只把江左当作空气，他走到了陈松虞旁边，用闲聊一般的语气，笑着问陈松虞："你就这么随便给人开门？你有没有想过，如果今天来的不是无人机，而是一颗激光弹，会发生些什么？"

陈松虞冷淡地说："你以为是拍电影吗？"

投影里的江左，一边手忙脚乱地系着浴袍的带子，一边心想，陈导演真是女中豪杰，竟然敢当面跟制片人这么说话。突然之间，他似乎听到某种极轻微的"扑哧"声，但他怀疑自己听错了。接着屏幕就黑了。

"什么鬼？"

江左在皱巴巴的床单上找遥控器，却听到冷冰冰的AI女声提醒自己："设备故障，已断开连接。"

"哈？"

同一时间，陈松虞眼睁睁地看着池晏将手伸进西装，拿出一把激光武器。他对她微笑，仍是一副气定神闲的姿态。他单手握住武器，像点烟一般轻松自如地径自锁定目标。角度刁钻，恰好避开摄影头，却准确地击中了无人机的控制芯片。

"啪"的一声，伴随着微弱的爆裂声，无人机掉在地上，灯光陨灭，无人机瞬间变成一堆废铁。

陈松虞难以置信地看着他："你疯了？"

池晏唇角微勾:"你看,我并没有在拍电影。"

他慢条斯理地靠近她,俯视她,阴影慢慢覆盖了她的脸。

陈松虞冷笑:"你的胆子真大。"

池晏不说话,笑吟吟地看着陈松虞,他不动声色地伸手握住了她的一只手。她的掌心里,隐秘地多了某个沉甸甸的东西,令她手指一颤。

池晏微笑道:"这样呢?"

这明明是冷冰冰的金属,却仿佛滚烫的烙铁一般,烫得陈松虞心乱如麻。然而她根本挣脱不开,池晏的手牢牢掌控着她的手,迫使她握住这把凶器,与他共沉沦。

"这里是贫民窟。"池晏对陈松虞露出一个令人头皮发麻的笑,"有多么危险,你比我更清楚。"

他那只手慢慢地往上滑,顺着她光洁如玉的手臂缓缓地摩挲,最终揽住她的手肘。他的拇指上下抚弄,手上粗糙的茧滑过她雪白的皮肤上残存的、新月一般的疤痕——是之前留下的新伤。

陈松虞定定地看着他。不知过了多久,她细长的手指终于慢慢将激光武器握住,她勾起唇角,露出一个讥诮的笑容:"最危险的人,不是已经站在我面前了吗?"

她微微抬手,手指轻轻地往下压,以迅雷不及掩耳之势击中了在书桌角落的那块古董手表。

表盘上辉煌的星空,在此刻化为齑粉。

第七章
他的月亮

锁定目标的一瞬间,陈松虞意识到这并非一次在俱乐部的训练。

俱乐部里的武器大多是古董款式,更重,后坐力也更强。但她手中的激光武器是最新款,像羽毛一样轻盈,杀伤力却极强,甚至不需要她费心调整姿势,就能准确地命中目标。

这是她第一次在训练场之外的地方实践。

表盘上的碎钻、碎裂的星体轨迹图案……都变成一簇小小的烟花。她定定地看着那画面,眼睛都没有眨。她紧握着武器,无意识地收紧指节,手腕都有了微微的痉挛。

池晏低低地笑了一声:"身手不错,在俱乐部学的?"

陈松虞慢慢地深呼吸,找回心跳,尽量用平静的语气回答他:"以前拍戏的时候,有演员要学这个,我顺便也上了几节课。"

池晏道:"你很有天赋。"

陈松虞扯了扯嘴角:"是啊,那个教练也这么说。"

她的声音很轻,语气也称得上温和。但她很清楚自己此刻肾上腺素在飙升,她的呼吸急促,胸口还在微微起伏。

那一声巨响分明令她震撼,但此时她高度紧张的大脑突然察觉到一点动静,是薄薄的衣料摩擦产生的轻微的、不和谐的声音。像有一只吐红芯子的小蛇在隐秘地、蜿蜒地朝着她滑过来。

——是池晏慢慢抬起了手。

下一秒，陈松虞完全出于某种应激反应，再一次抬起武器，厉声道："你要做什么？"

大多数人在被武器控制住的瞬间都会有一种本能的惊慌，但池晏一动不动，仍然气定神闲，微笑着看着她。

他甚至还有余力来轻描淡写地朝下扫一眼，把目光落在她那盈盈一握的瘦削手腕上。

她太用力，太紧张，他都能看到她那凸起的腕骨和青色的血管。

池晏心想，她的手腕空荡荡的，没戴手表，有点碍眼。

"你一直在用那块手表监视我。"陈松虞突然肯定地说。

池晏轻轻挑眉。

"里面有什么？GPS，探测仪，还是……摄像头？"

"别紧张，只是个窃听器而已。"

"只是窃听器。"陈松虞嗤笑一声，重复着他的话，"这么说，我还要谢谢你给我留了点隐私？"

池晏仿佛听不到她的嘲讽，微微勾唇："你什么时候发现的？"

"很早的时候。"陈松虞语气冷硬，"有傅奇还不够吗？"

"陈小姐，你要理解我。"池晏眨了眨眼，"从前我们关系很特殊，所以我只是……采取了一点必要的措施。"

"从前是从前，现在呢？这就是你对合伙人的态度？"

"合伙人？我还以为我们已经是朋友。"

"朋友？你在开玩笑吧？"陈松虞冷冷地反问。

池晏懒洋洋地说："哦，陈小姐真狠心。"

他动了动，或许是在调整站姿，也或许只是想将她的脸看得更清楚。

陈松虞警告道："别乱动。"

池晏的笑意更深，他缓缓地抬起手，摆出投降一般的姿势。摇曳的光照着这双手，将影子投射到陈松虞的身后。她挺直脊背，半倚着墙。墙上光影跳动，阴影散开，他的手仿佛变成了一对硕大的、漆黑的羽翼，依附着她单薄的后背，慢慢向外生长，将她揽入怀中。

光与暗结合，慢慢地化作一个亲密无间的、饱含着渴望与餍足的……拥抱。

这画面令池晏感到舒适至极,但显然陈松虞对此一无所知。她缓缓吐出一口气,继续道:"够了,你不用再绕圈子,我知道你在计划什么。"

"嗯?"

"之前你对我说过,只要你看不到芯片,它就不存在——这果然是信口开河的鬼话吧。"

池晏似乎微微一怔。

陈松虞继续道:"其实你一直在监视我,等我放松警惕后就会像杨倚川一样,主动将芯片交出来,是不是?"

她慢慢露出一个冷笑,逼视着他:"我早该想到的,你怎么可能这么容易就放过我?是不是所有人在你眼里都只是傻瓜?"

池晏看到她的眼里写满了戒备和敌意。

最终,他只是掀起眼皮笑道:"那你呢?你早知道那块手表有问题,还敢将它留在身边?"

"不然呢?扔了手表,让你再想别的花招来对付我?"

所以她故意将那块手表放在书房里,他整日听到的也只是她允许他听的内容。池晏缓缓扯了扯嘴角:"你倒很沉得住气。"

陈松虞毫不迟疑地道:"已知的威胁,总好过未知的隐患。"

说到这里,她露出了个淡淡的笑容,故意说:"每天听我写剧本,开心吗?"

池晏的反应却出乎她的意料,他笑得意味深长,拖长了语调,轻声道:"非常开心。"

这笑让人有几分头皮发麻,陈松虞不禁蹙眉道:"你有病?"

池晏深深地看了她一眼:"我的确有病。"

他朝她伸出手——像凶猛的猎豹,蛰伏已久,终于朝着猎物脆弱的咽喉扑过去。他的手指修长而有力,快而准地一把握住了武器,并调转发射口向下。

"啪。"这缴械的动作,一气呵成,如闪电一般,陈松虞甚至都看不清。直到这时,她才明白,对方如此惊人的身体反应和素质根本不是她这种上过两节课的半吊子能比的,难为他竟然有耐心陪她玩了这么久。

恍惚之间,陈松虞又听到"啪"的一声,她不自觉地一惊。池晏又动手了吗?

她定睛一看,发现他只是卸下了瞄准器。

池晏此刻站在她面前,姿态放松,双腿交叠,像扔玩具一样将那把 Metal Storm 随意地上下抛动。他转头对她一笑:"好玩吗?我也可以教你。"

他的声音如此低沉而愉悦,哪里像刚才那个单手缴械的可怕男人。

陈松虞呼吸一滞,过了半晌才回答:"不用了。"

池晏轻轻挑眉:"又拒绝我?"

"我付不起学费。"

"免费。"

陈松虞冷笑:"那我更不敢了。"免费的东西才是最贵的。

她转过头,没再继续这段对话,而是自顾自地叫了客房服务,让一个 AI 管家来打扫房间。

AI 很高效地收拾了无人机和手表的残骸,又在她的命令下,当场彻底粉碎了全部垃圾。

做完这些,陈松虞打开了关机已久的手机。霎时之间,无数条未读消息和未接来电都涌了出来。她往下翻看,翻到和江左的对话。江左果然给她留了许多言,她查看了最新的两条。

江左:陈老师,你看到我的无人机了吗?

江左:好吧,估计是坠机了。什么玩意儿,才六十楼就不行了吗?我要去投诉他们品牌方!不对,这东西好像是我自己代言的……这……

陈松虞不禁莞尔,这下她彻底放心了,但她没有回复江左,而是顺便扫了一眼其他消息,挑了几条重要的工作事宜——迅速处理。

几分钟后,她正要将手机再次关机,却听到池晏问道:"陈小姐,看什么看得这么开心?"

陈松虞头也不回地说:"不关你的事。"

池晏笑道:"说起来,还要感谢那个偶像,否则我怎么会知道陈小姐还有这么好的身手?"他故意顿了顿,"他叫什么来着?"

这问题令陈松虞产生了一点警觉:"问他干什么?你最好别在我的剧组捣乱。"

161

"你很在乎他？"

"他是我的演员。"

"那又如何？你是我的导演。"池晏的语气里隐含一丝暧昧。

陈松虞置若罔闻，只是板着脸道："你可以滚了。"

"这么急着赶我走？"

"不然呢？再请你喝杯茶？"

"也不是不行。"池晏耸肩。

"抱歉，我还有一堆工作，没空陪你喝茶。"

"那好吧，不喝茶就算了。"池晏接着说，"但我突然有个更好的想法……"

陈松虞等了半天都没听到他说出剩下的话，她抬起头，恰好看到池晏拿出了手机。

"把我的房间退掉。"他慢条斯理地说。

陈松虞整个人都僵住了："你什么意思？"

池晏微笑地看着她："你的套房里，不是有两间卧室吗？"

不久，陈松虞先听到 AI 搬行李的声音，滑轮在地板上移动，将池晏的所有物品推进另一间卧室。她接着听到了池晏不紧不慢的脚步声，皮鞋清脆地踩着地板，他在慢慢走进客厅。

尽管书房的门紧闭着，这些若有似无的噪声还是吵得陈松虞心烦意乱。它们都在无情地提醒着她：一个男人正在入侵自己的生活空间，她却无法拒绝。

她近乎自虐一般，不肯戴上耳机。就在此时，她听到了一点奇怪的机械声，像是什么东西从哪里爬了出来……金属的细肢节在地板上敲击、爬行、扩散开来。

"嗒嗒嗒，嗒嗒嗒。"即使隔着门板，这细微而不和谐的声音也让陈松虞感到强烈的不适。这下她彻底不能忽视外面的动静了，索性站起来，打开门："你在搞什么？"

似乎有什么东西擦着她的拖鞋轻轻掠过，让她感到一种冷意。她低下头，看到一只金属小蜘蛛，它的外壳闪着金属的寒光，它灵巧地从她脚边爬过。她吃了一惊，差点一脚踩上去。不过这金属蜘蛛的反应更敏捷，八只脚奇快无比,绕过她"噌噌"地往里爬,猛地钻进书房,消失在肉眼看不见的罅隙里。

陈松虞抬起头,声音里有一丝难得的惊惶:"这是什么东西?!"

"AI警报系统。"池晏微微一笑,"吓到你了吗?"

他坐在沙发上,穿着衬衫,把外套搭在一边。他挽起袖口,指尖把玩着一个银色的金属球。蜘蛛正是从那金属球里爬出来的。

"别怕,机器而已。"他说着,轻轻碰了碰球体。

神奇的事情发生了。蜘蛛的金属外壳慢慢褪色,陈松虞眼睁睁地看着它们的身体一点点变得透明——最后彻底隐匿在空气里。这画面令她不由自主地感到心惊:"这……到底是什么?"

池晏将金属球放在茶几上:"AI警报系统,还未上市的实验品。"

"实验品?"陈松虞说完,听到"叮"的一声。

池晏道:"装好了。"

"关灯。"他吩咐道。

黑暗之中,有什么东西慢慢地亮了起来。陈松虞睁大眼睛,她看到了一幅极其神奇的画面——空气中满是银色的丝线,它们彻底包裹了整个客厅。细如蚕丝的银线在月光的照耀下,发出淡淡的暗光。她下意识地回头,发现书房的落地窗亦被织上了同样的丝线。

回想方才那些小得几乎要看不见的蜘蛛,陈松虞顿时觉得自己仿佛站在一间巨大的蜘蛛巢穴里。这画面亦真亦幻,带着某种说不出的美感。她情不自禁道:"我可以碰一碰吗?"

"当然了。"

陈松虞轻轻地伸出一根手指,在触碰到丝线的一瞬间,那轻而细的蛛丝却像浮动的雾气一般立刻散开了。

"对于系统可识别的安全人物而言,它们就像不存在。"

"那遇到可疑的人呢?"

"会触发警报,假如有任何证据表明此人具有潜在的危险性,这个人就会被……当场绞杀。"

这声音令人不寒而栗。隔着重重丝线,池晏的脸仿佛被阴影分割。他的神情淡淡的，英俊而冷酷。

"想试试吗？"他问陈松虞。

好奇心大过一切，她不由自主地点头。

"那你往前站一站。"池晏懒洋洋地说。

虽然不明白为什么，但陈松虞还是依言照办。接着她看到池晏轻轻抬起手，将手中的 Metal Storm 朝自己扔了过来。

它在半空中划了个漂亮的弧线，准确地落在她怀中。怀中的重量立刻让她明白：池晏将发射器装回去了。

"Shoot me（对我射击）。"池晏说。

"什么？"

看他那副气定神闲的模样，她大致能猜到会发生什么。于是她咬咬牙，毫不犹豫地抬手，瞄准，发射——

池晏定定地看着她，嘴角含笑，眼睛都没有眨。

陈松虞心想，他还真是个疯子，如果实验品出了故障怎么办？他真的会死在她手里吗？拿自己的命赌，对他来说就这么好玩？

武器发射出的激光弹在半空中骤然停住。它被看不见的蛛网严密地包裹住，柔软的蛛丝上泛起一阵电流般的银光。

片刻后，它……消失了。

池晏懒懒地一笑："好玩吗？"

"你喜欢拿命开玩笑？你果然有病。"

"关心我？"

"怕你害我坐牢。"

池晏低笑一声。这时陈松虞才发现，原来自己的身体如此僵硬，后背都起了一层薄薄的汗。

明明她才是那个动武的人，她刚刚却如此紧张。她隐隐地松了一口气，如释重负地垂下手，手指却不自觉地握紧。

池晏又碰了碰金属球的控制器。光影交错的蛛网立刻慢慢地隐去，仿佛从未存在过。

"我说过，这家酒店的安保系统需要升级。这里并不安全，大家都知道我们住在这里。"

陈松虞突然明白了什么。眼前的人不仅是一部电影的制片人,还有极大的可能在未来成为S星总督。所以他足够警惕,他也需要这样级别的安保系统。她不禁问:"这东西之前一直在你的套房里吗?"

"是啊。"

他们在沉静的夜色里对视。月光透过阳台的玻璃倾泻而下,拂过池晏修长的身影,他像一棵树一样挺拔。

这一幕竟有种难言的静谧,陈松虞的心莫名地一软。之前她一直觉得池晏的这一系列反应都疯得莫名其妙,但此刻她才明白,他这样做是师出有名。

池晏对这些事远比她敏锐。他的确通过那架莽莽撞撞的无人机察觉到了某种潜在的隐患,而他强行搬过来,也是出于好意,是为了保护她。尽管这样做显得他很没有边界感。

陈松虞深吸一口气:"谢谢你愿意跟我分享自己的……秘密武器。"

听到最后这四个字,池晏轻笑一声。

"但我并不需要。我想你比我更需要,请你搬回去吧。"陈松虞目光澄澈,语气温和。

池晏定定地看着她:"那可不行,你可是我的导演。"

他根本不允许她再想出下一个拒绝的理由,于是露出一个更含蓄的笑容:"哦,我还有一个更合理的原因。"

"什么?"

"剧组已经停工一周了,我们当然更需要以身作则,减少不必要的支出。"

陈松虞先是一愣,之后才没好气地说:"这是我今年听过的最好笑的笑话。"

一个刚刚还眼睁睁地看着一块限量版百达翡丽手表在面前被炸成碎片的男人,居然这么小气地跟她计较起酒店租金。

当她望着眼前那张英俊的脸上露出近乎无赖一般的笑容时,她却明白了,无论出于怎样的理由,池晏都已经打定主意要和她住在一起。糟糕的是,他们的拍摄期竟然还有一个月。她转头摔上门,将自己锁在书房。

池晏饶有兴致地看着她的背影，仿佛在盯着自己的猎物，最终他露出了一个餍足的笑。

尽管意识到和对方只有一墙之隔，但很奇怪，池晏的存在没有令陈松虞如预想中那样感到无比困扰。恰恰相反，她竟然文思泉涌，一鼓作气改完了剧本。当她终于摘下耳机时，天色已经微明。

最近贫民窟的天气不是很好，天空总是雾蒙蒙的，泛着灰蓝。但值得庆幸的是，她与池晏被迫共处一室的第一夜就这样相安无事地过去了。

陈松虞抛开剧本，埋头倒在床上，昏昏欲睡。半梦半醒之间，她突然听到外面有动静，是几不可察的脚步声和关门的轻响。她一向睡得不是很沉，尽管对方已经尽量放轻了声音，她还是立刻清醒了过来。

她趴在床上，凝神听着。

犹豫了片刻后，她终于推门出去。

客厅里空空荡荡，池晏卧室的门也是虚掩的，显然他刚刚离开。陈松虞鬼使神差地推开了那扇卧室的门，这个房间尽管并非主卧，也大有惊人。

这里空旷而寂静，甚至看不出一点有人生活过的痕迹。池晏的行李箱安安静静地躺在衣帽间里，还没开过。日出的微光照在大床上，雪白的床单平整如新，没有丝毫褶皱——

陈松虞不禁一怔。

她转头朝外看，发现阳台上堆着一地凌乱的烟头。她终于意识到，或许池晏一夜都没睡。

陈松虞很快将定稿的剧本发给了所有相关人员，第二天剧组正式复工。

杨倚川来到片场的时候，眼睛都是肿的。

"我都看哭了！"他坐在化妆间里对陈松虞说，"这也写得太好了吧！明明大体情节和之前都是一样的，但不知道为什么，我看完这个最新的剧本觉得……它和之前完全不同了。好像剧本里的沈妄就站在我面前，他就是一个活生生的人。"

化妆师蹲在他面前，小心翼翼地举着美容仪，务必不能让杨公子出镜时是肿眼泡。

杨倚川还在声情并茂地向陈松虞发表自己对新剧本的感慨,说到激动之处,眼眶甚至又微红了。

化妆师:"……"

陈松虞一边笑,一边打开手机。她收到了一条新消息,竟然来自尤应梦:**新剧本已经读完,我很喜欢。**

虽然只有这寥寥一行字,但是陈松虞仍然能从中感受到对方的真诚,她心中一暖。杨倚川却不满地打断她:"陈老师,你在看谁的消息?怎么不理我!"

陈松虞晃了晃手机:"影后的。"

杨倚川满脸期待地说:"真希望能快点跟女神对戏!"

但很可惜,这个愿望暂时无法实现,因为尤应梦只有一周的档期。更准确地说,是她背后那位独断专行的丈夫荣吕,开出了如此苛刻的条件。陈松虞也无计可施,只能将涉及尤应梦的戏份全部安排到拍摄的后期。

一个幸灾乐祸的声音响起来:"很抱歉,你现在只能跟我对戏。"

江左走了进来,他一边打哈欠,一边懒洋洋地滑着手机,大剌剌地坐在另一面化妆镜前。

杨倚川一脸扫兴地"喊"了一声:"你肯定还没看完新剧本吧?"

江左飞快地看了陈松虞一眼,反驳道:"谁说的!当然看完了!不然我现在怎么会这么困?"

杨倚川立刻道:"那你肯定没看懂,不然只会越看越兴奋,才不会困呢!"

江左迟疑了片刻才道:"呃……好像是没看出来新剧本和之前的剧本有什么太大的区别,情节不都差不多吗?"

"哈哈哈,我就知道!"杨倚川开始无情地嘲笑江左。

江左吃不了一点亏,也反唇相讥,但他向来一心二用,一边跟杨公子打嘴仗,一边竟然还不忘翻看手机。

过了一会儿,江左突然一脸呆滞地指着手机,抬头看向陈松虞:"陈老师,这不是我们制片人吗?"

一段投影被放出来。面前出现了一张英俊而野性难驯的脸,他是寸头,古铜色的皮肤,衣领深处隐隐露出一点文身。这令他犹如天神,展现出一种原始的生命力。

投影里的池晏直视镜头，露出一个漫不经心的笑容："比起虚无的未来，我更关心近在咫尺的明天。"

"我们的明天。"

他的声音如此低沉，像对情人的呢喃。陈松虞立刻意识到这是他的竞选视频。

此时投影里出现了一行简短而有力的标语"Chase Tomorrow"。视频结束，取而代之的是星际公共电视台的台标。这是目前K星最权威的频道。

紧接着是一档节目，节目的主持人坐在沙发上，满面笑容地说："今天我们非常荣幸地请来了一位冉冉升起的'明日之星'。下面有请——Chase。"

镜头缓缓平移，池晏西装革履地出现在所有人面前。

出于职业原因，陈松虞跟这位公共电视台的主持人伊丽莎白打过交道，她知道这是一位犀利的采访者。无论坐在对面的是谁，无论对方的身份有多么尊贵，伊丽莎白都能准确地找出其痛点，并予以重击。

S星总督梁严就曾在这档节目被逼问得哑口无言。

奇怪的是，伊丽莎白对池晏的态度却堪称温和，她甚至难得地热了个场，引导现场几百位观众先向池晏打招呼。不少观众都仿佛被这张英俊的脸蛊惑，热情洋溢地起立鼓掌。面对如此盛况，池晏只是轻轻地颔首致意，他微笑着对台下道："各位，请坐。"

他仍是这样云淡风轻，一身笔挺的西装，衬得他整个人神采奕奕、气宇轩昂。让人根本看不出来，他其实一夜未睡。他不会累吗？

伊丽莎白再一次着重介绍了池晏的身份，称他是史上最年轻的总督候选人、远见卓识的革新者、如日中天的科技新贵，其名下的核心实验室在近几年研发出一系列高新技术，目前已被广泛运用于各个领域中。

"在我看来，这些科技都极具突破性，它们可以一定程度上改变我们的未来。"她饶有兴致，继续问道，"但你在竞选视频里，恰好提到你不关心未来，只关心'明天'——为什么这样说？在你的语境里，'明天'究竟意味着什么？"

池晏静默了片刻，深深地凝视着提问者的眼睛。这片刻的安静，足以调动所有人的全部注意力——显然他是个极其老道的演说者，很懂得如何调动观众情绪。

他薄唇轻启，微笑道："不如用一句我很喜欢的电影台词来回答这个问题。'After all, tomorrow is another day.' 对我而言，明天意味着新的生活，也是新的希望。"

伊丽莎白轻轻地"哇"了一声："这句台词是来自……"

"《乱世佳人》。"

伊丽莎白赞赏道："这是一部很老的电影吧？没想到你的涉猎如此广泛。"

池晏微微一笑："我只是比较喜欢看电影。"

他一向谈吐得体，这突然旁征博引的行为更是令他整个人的气质平添了几分绅士和儒雅。

在看视频投影的杨倚川忍不住大喊大叫道："什么？Chase 也藏得太深了吧！他居然看过《乱世佳人》！"

——看过就怪了。陈松虞盯着视频里的池晏，不禁露出一个冷笑。她心想，池晏对电影有多么不感兴趣，没人比她更清楚，还谈什么《乱世佳人》？他装得可真像。

视频里的两人很快又聊起池晏的竞选主张。因为需要阅读一部分文字材料，他煞有介事地拿出了一副金丝边眼镜。但薄薄的镜片并不能遮住他眼底的暗光，反而更显得他五官深邃，有种说不出的……斯文败类之感。非常明显，坐在他对面的伊丽莎白立刻露出了更热切的眼神。

呵。陈松虞的冷笑更深，原来他还是个师奶杀手。

伊丽莎白问："这么说来，你并不支持 S 星的现状？"

"进步的、理想的、平等的未来……"池晏慢条斯理地重复道，镜片下狭长的双眼里露出一丝不易察觉的嘲弄，"这些都只是虚无的文字游戏，毫无意义。我深深相信，想要帮助我们的人民，只有一个办法——让他们过上更好的生活。"

伊丽莎白接着道："的确，你的竞选主张一直非常务实。此前你曾在一次公开演讲中提到，目前 S 星最严重的问题是'节节攀升的犯罪率和过于严重的社会分化'。"

"严厉打击犯罪，将会是我当选后的工作重心之一。我会加大对帝国的管控力度，恢复死刑，杜绝一切毒品交易，从根本上解决社会治安和腐败问题。"

不同于大多数热情洋溢的政客，池晏说话时的语速很慢，每个字都极其笃定。他几乎不玩什么文字游戏，措辞始终平实而自然。他低沉而缓慢的声音，也似乎没有任何温度。但正是这恰到好处的冷淡和铁血般的魄力，才最具说服力。

"权利并非没有限制的自由，而是一种秩序。"他扶了扶眼镜，淡淡地瞥了一眼镜头，"我希望，能够将秩序还给我们的人民。"

这话语掷地有声，这眼神太锋利，也太具有穿透力。话音刚落，台下就响起了雷鸣般的掌声。

连化妆室里在看视频投影的观众们也一时屏息，被这段精妙绝伦、节奏完美的演说震撼到，都沉浸在余韵里，根本说不出话来。

陈松虞定定地看着投影里的男人，此刻的他，像一座计算精妙的仪器，更像一把已出鞘的利刀，充满了难以言说的力量感，令人敬畏，令人不由自主地……想要臣服。

陈松虞突然想到了什么，她不着痕迹地回头看向杨倚川："对了，你认识这个主持人吗？"

杨倚川道："啊？伊丽莎白阿姨，她经常来我家吃饭，是妈妈的好朋友。"

陈松虞："……"果然，真相大白了。

池晏的确个人魅力十足，但这显然并不足以让K星最权威的女主持人对他如此青眼有加。伊丽莎白不仅是在对他微笑，也是在对他背后的公爵微笑。

陈松虞抬眸看向银幕上谈笑自如的两人。这只是一场表演，而这个男人，的确是最出色的演员。

片场的消息总是传得飞快。陈松虞从化妆间出来时，立刻能感受到其他人若有似无的打探眼神。

显然，他们也已经看到那段视频，得知了池晏的另一重身份。

一位正在参选S星总督的候选人，却纡尊降贵地来K星当个制片人。好像怎么听都有点奇怪。

陈松虞心想，这件事情要是不说清楚，电影也就别拍了。她心思一转，故意当着其他人的面对杨倚川说:"问你个事。K星是不是有条不成文的规定,首脑不能涉足本地的媒体事务?"

他们身边没人抬头,大家仿佛都还在自顾自地做自己的事情,但陈松虞很清楚,所有人都竖起了耳朵。

"我好像听我爸爸说过。"杨倚川一怔,似懂非懂地眨了眨眼,"是为了公平起见,防止政客直接控制地方舆论吧?"

"嗯,大概吧。"陈松虞轻轻道。

她点到即止,没有继续往下讲,反而重新打开分镜剧本,跟旁边的人讲戏。但这已经足够了。

没过多久,杨倚川恍然大悟道:"哦,我说Chase为什么要来K星拍电影呢!他在S星竞选,那里所有的传媒股份就都得抛出去……只能把电影公司搬到我们这边来啊。"

计划通。陈松虞的眼神不着痕迹地转了一圈,她清楚地看到,副导演张喆眉心一松,不再是那副欲言又止的神情。旁边几个人也交换了一个如释重负的表情。

她勾了勾嘴角,接着又想,自己可不是为了帮池晏解围,纯粹是为了自己。作为导演,她不能允许片场里充斥着一种猜忌与不安的氛围。

当然,之前在筹备影片的过程中,她多少也怀疑过池晏拍摄这部电影的动机——她根本不相信这只是一次单纯的、不计成本的投资行为,但她不想深究。既然他愿意装冤大头,那就让他去装。因为至少在这件事情上,她和池晏有同一个目标——他们都想拍一部好电影。

不幸的是,当天的拍摄进行得不是很顺利。

原定要拍摄一场相当重头的对峙戏,一切已经准备就绪,陈松虞也掐好时间上摄影师将机器对准了自己早已计算好的角度和光线。但就在此时,她注意到了一张并不熟悉的面孔。对方鬼鬼祟祟地站在角落里,姿态很可疑。

导演一般很重视对整个剧组的掌控。有些导演喜欢片场里一直热热闹闹,时刻有人围着自己转,在一旁待命,仿佛这样就能彰显出导演十足的权威。

陈松虞则恰恰相反,她向来习惯在开拍前清场,只留下必需的工作人员。此刻突然出现了闲杂人等,实在很碍眼。她对准耳麦,微微抬高了声音:"摄影机三点钟方向穿黑衣服的人,你在做什么?"

对方先是一怔,接着才意识到陈松虞说的是自己,他一把推开旁边的人,拔腿跑了出去,慌不择路。这反应很可疑。

在他完全跑出片场之前,陈松虞终于看清了对方的脸。那是一张很平凡的、过目即忘的脸,但她并没有将此人与剧组的任何一个工作人员对上号。这的确不是他们的人,她眉心一皱,神情显得更加不愉快。

张喆已经飞奔过来道歉:"对不起,陈老师,可能是贫民窟的居民,混进来看明星的。"

这种浑水摸鱼的事情的确时不时就会发生,但复工第一天就犯这种低级错误,他自己都觉得赧然。

陈松虞冷淡道:"工作证呢?"

张喆捏了一把冷汗,连声赔不是:"真的非常抱歉,陈老师,今天事情太多,我有点顾不过来……"

话还没说完,他发现陈松虞的表情变得更加冷漠。顺着她的目光,他看向片场。

原来就因为这片刻的耽搁,她等的那束光线已经消失了。

张喆:"……"

这下全完了,这一天算是拍不成这场戏了。

虽然接着加拍了另外几场戏,但陈松虞还是兴致索然,早早宣告收工,继续等明天的光线。

回到酒店后,她还要继续工作,这也是她的习惯。在拍摄完成的当夜,她就将素材粗剪了一遍。尽管情绪欠佳,但她还是耐着性子做完了。一直到深夜,隔壁也没传来任何声音。池晏不在。

陈松虞心想,这倒是个好消息,算是对白天的一点补偿。

就在此时,她的手机响了起来,来电通知显示正是池晏打过来的。真是想什么就来什么。

陈松虞接起电话。

池晏的声音响起来,还是那样低沉,含着一点笑意:"你在做什么?"

这声音像窗外的月光,一点点流淌进来,了无痕迹。

陈松虞冷淡地回答:"在工作。"

"这么忙?"

陈松虞没说话,他们都沉默了片刻。

池晏又轻声问:"不问我在做什么吗?"

陈松虞:"……"她差点直接挂掉电话,但不知为何,手指一顿,她想到了电视采访里那张英俊的脸和空荡荡的阳台上那散落一地的烟头。

此刻,在迷蒙的夜色里,他的声音隔着听筒是这样心平气和,甚至还有一丝疲倦。

于是陈松虞鬼使神差地顺着他的话问道:"你在做什么?"

池晏低低地笑了一声,回答她:"睡不着,突然很想听听你的声音。"

一时之间,陈松虞呼吸一滞,根本不知道自己该说些什么。最后她只能干巴巴地说:"你现在听到了。"

池晏漫不经心道:"是啊。"

"那我挂了。"

"那可不行,我还没有听够。"

陈松虞:"……"她从不知道这男人还有这么无赖的一面,不禁有些后悔自己一时心软。

窗外不知何时下起了小雨。

陈松虞听着淅沥的雨声,在雾化的玻璃上隐隐看到弯月,像一只小小的、湿漉漉的银色钩子,又像一个含蓄的、缱绻的、欲语还休的微笑。最后她只能说:"我看到了你的采访。"

电话那端安静了片刻,才开口:"嗯?我表现如何?"

陈松虞想起视频里他坐在那张沙发上侃侃而谈的模样,实在太光芒四射,活脱脱一个大明星。她不由得低声道:"你说呢?"

"你喜欢吗?"

陈松虞语气带着一丝揶揄,故意说:"伊丽莎白很喜欢。"

"伊丽莎白?"池晏微笑道,"提她干吗?"

"她是星际公共电视台最权威的女主持人,多少人排队想上她的节目。"

173

"她最权威？"

陈松虞一怔，接着又听到池晏继续嗤笑道："因为她长袖善舞，最会讨贵族欢心，还是因为她父亲就是新闻集团的总裁？"

陈松虞明明白白地听出了他声音里的嘲讽。她几乎已经能想象到，此刻电话另一端的男人，是如何漫不经心地扯开了领口，一脸不羁。

"她之所以有资格坐在那张沙发上，向我提问，不过是因为她投了个好胎而已。"

陈松虞不禁也露出一点讥诮的笑："很可惜，这就是帝国的游戏规则。贵族才能拥有话语权，他们早已垄断了一切行业的金字塔，电视台只是其中微不足道的一环。"

池晏说："那么，你和我，好像都不属于这个游戏，不是吗？"

陈松虞的心跳顿时漏了一拍，她一时语塞。

"我们靠的都是自己。"池晏又补充了一句。

陈松虞知道他说得没有错，她家境普通，本不应该做导演。而池晏来自偏远的Ｓ星，他这样年轻，还是一把会割伤自己的利刃。他也不应该得到帝国贵族的垂青。

雨势不知何时变得更大了，犹如千军万马的亡魂猛烈地撞击着玻璃窗。陈松虞几乎失神地听着雨声，仿佛凝视黑夜的同时，自己也在被这黑沉沉的夜逼视着。

回过神来时，她轻声道："那又如何？就算看不起她，你不是也乖乖配合了她的采访吗？"

她的语气里隐含着一丝自己都未察觉到的咄咄逼人，池晏毫不在意道："要往上爬，当然要付出代价。"

他的声音变得含糊而低哑，大概因为跟她说话的同时，还叼着一根烟。

陈松虞沉默片刻，说："即使没有公爵牵线，伊丽莎白也很需要你。她的电视节目，形式早已僵化，她需要制造一个新的偶像来提高节目的收视率。"

"当然，你也很需要这个平台，来被更多人看到。你们是各取所需。"

池晏笑了笑，无声的默认。

陈松虞又喃喃道："……但这一切，都只是逢场作戏。"

突然间,她觉得池晏是一只生活在热带雨林里的豹子,只是偶然闯进了文明世界。即使他衣冠楚楚地坐在那张沙发上,他骨子里也依然是那个野性难驯的男人。他根本不会顺从任何人的游戏规则,只是静静地蛰伏着,等待一个完美的反击时机。

"所以你到底要什么?"陈松虞不禁问道,"钱?权力?这些东西你都已经有了,为什么还要竞选什么总督?"

突然之间,她仿佛也化身一个如饥似渴的采访者,不断地追问着对方。电话那端的男人也出奇地有耐心,他一字一句地说出那个答案。

"我说过了。"池晏的声音还是这样低哑,"为了……建立新的秩序。"

就在此时,一道白光劈开天空。滚滚惊雷,在陈松虞的耳畔炸开。

夜里下了一场大雨,第二天却是个大晴天,拍摄如期进行。

张喆经历了昨日那一出,今天在片场堪称如履薄冰。不仅一一核对剧组人员的身份,还特意拉了很长的警戒线,严防死守,不允许任何可疑人员在片场附近游荡。

今天他们终于拍到剧本里的一场重头戏。

男主角的养父,也就是贫民窟的商会大佬石东,在一次阴谋中殒命。男主角沈妄因此顺利成为新的掌权者。

尽管是临危受命,沈妄还是以绝对冷酷的铁血手腕进行了一次彻底的权力洗牌,所有不服他的人都被一一铲除。他悍然上位,重新制定了贫民窟的规则,其中最重要的一条就是禁止贩毒。

于是在他上位后的短短一周之内,毒窟尽数被销毁,毒贩们死的死,逃的逃。唯有最后一个制毒点,怎么也无法捣除,藏得太深,背后的势力也太顽固。沈妄不得不亲自出马,耐心地引蛇出洞。

最后他终于找出了那个隐蔽的地方。

在那里,他发现幕后黑手竟是熟悉的面孔,是自己多年的兄弟,也是自己养父石东的亲生儿子,石青。

——这正是江左扮演的角色。

"小少爷,你不是还在 K 星念书吗?"沈妄倚在门口,叼着烟道,"你爸爸办丧事的时候你都不回,怎么还在这种地方摆起灵堂了?"

这也不能说是灵堂,不过是脏兮兮的地板上,并排摆着两张黑白相片。一张属于石东,另一张则属于石东的情人阿莲。两人都死在了这场惨烈的火并里。

石青跪在地上,往火盆里递纸钱,又闷不作声地磕了三个头。之后才转过身,慢慢地站起来,冷眼看着沈妄。

"杀人凶手。"他恨声道,"是你杀了他们。"

沈妄挑眉,笑得不羁:"外面那些人胡说八道,小少爷你也信了?"

"不是你还能是谁?"石青满眼血丝,眼眶也慢慢红了,"爸爸早就说过,你这个人,狼子野心,是养不熟的狗!"

话虽说得难听,但面对这样的侮辱,沈妄只是淡淡地吐出一口烟:"那你呢,小少爷?放着好好的金融专业不去读,非要回来做个药贩子?"

"药贩子?你不知道爸爸就是靠这些起家的吗?难道他在你眼里,也只是个药贩子?"

沈妄无动于衷地说:"我很尊敬义父。但是毒品不能碰,这是我的底线。"

"你就是个欺师灭祖的叛徒,还跟我谈什么底线?"石青高声喊道,"念书有用吗?不卖毒品,我怎么能跟你打?"

他说到激动处,骤然从旁边的桌子上拿起了一包毒品,朝沈妄砸过来。

沈妄神情淡淡,不为所动,只是微微一侧身。那包粉末掉到地上,他却安然无恙。之前蛰伏在黑暗中的手下在此刻骤然现身,用无数黑洞洞的武器指向石青。

沈妄微微一笑:"何必呢?卖了毒品,你照样不能跟我打。"

"你们……"石青举目四望,悚然一惊。因为这些人都是他熟悉的面孔,都是父亲昔日的手下。从前他们看到自己的时候,态度都毕恭毕敬,和沈妄一样喊他"小少爷"。但此刻他们的目光如此冰冷,仿佛自己已经是个死人。

"你们……你们都信他?"石青饱含仇恨的目光,像是淬了毒,缓缓扫过面前这一张张脸,"石家对你们不好吗?爸爸对你们不好吗?你们为什么都要帮这个叛徒?!"

回答他的只有一片死寂。手下们都训练有素,面无表情。直到沈妄终于懒洋洋地摆了摆手，武器才被齐刷刷地放下。

"小少爷，你走吧。"沈妄似笑非笑道。

石青死死地看着他："你不杀我，以后一定会后悔。"

沈妄却径自低头，用脚踩碎了地上的烟头："兄弟一场，你好自为之。"

石青冷笑着，一步步走过来，与沈妄擦肩而过时，突然狠狠地往那张英俊的脸上啐了一口："呸！"

沈妄仍然面色如常，平静地拿纸巾擦脸。

镜头对准了他的手，只见他手背上青筋暴起。

良久之后，他再一次抬起头。纸巾被揉成一团扔掉，在地上狠狠地滚了几圈。一个特写镜头定格在这张阴沉的俊脸上，沈妄的眼神无比阴鸷。

就在他即将说出这场戏的最后一句台词时，陈松虞却轻轻道："停一下。"

杨倚川立刻抬起头来，一扫方才的阴森，很紧张地看向陈松虞："陈老师，怎么了？哪里不对吗？"

此时众目睽睽，全剧组有无数双眼睛在看着他们。

陈松虞笑了笑："没什么，你们先过来一下。"

语气很和缓，杨倚川松了一口气。

这还不是正式开拍，为了防止再一次错过那至关重要的光线，陈松虞不厌其烦地跟他们排练。等杨倚川走到身边，陈松虞说："刚才那一遍，你演得没有江左好。"

杨倚川："！！！"

尽管陈老师的语气还是很温和，但这对他而言，已经无异于当头棒喝。他狠狠地瞪了江左一眼——恰好对方向自己投来了得意扬扬的、属于胜利者的目光。

杨倚川非常痛苦地说："陈老师，我是哪里演得有问题？"

陈松虞直言不讳："你被他带跑了。"

杨倚川轻轻地"啊？"了一声，面露不解。

"江左的状态是对的。父亲死了，石青失去了一切，所以他必须恨沈妄，否则他的人生就彻底失去了意义。他需要在这场戏里，尽情宣泄自己的悲痛和愤怒。那么你呢？"

杨倚川迟疑道："他要放，我就……应该收。"

"你的确演出了内敛，但这不是问题所在——先回答我，小川，为什么沈妄面对义弟的指责，一句话都没有为自己辩解？"

杨倚川还在拧眉思考，江左却在一旁幸灾乐祸地插嘴道："因为有权有势的大佬都不爱说话？"

杨倚川立刻恼羞成怒地大喊："给我闭嘴！"

陈松虞也被这句话逗笑了，她嘴唇微勾，看着苦苦思索的杨倚川，不再卖关子："因为他的自尊心。

"沈妄和石青一样，其实都经历了丧亲之痛。但就在他最需要支持的时候，昔日的兄弟却不信任他，甚至用最大的恶意来揣测他。

"所以在这个时刻，他越不为自己辩白，就越说明他受伤之深。"

杨倚川似懂非懂地点了点头。

"而你刚才演出了他的气势、他的阴郁……偏偏没有演出他的痛苦。"

杨倚川豁然开朗："原来如此！"

陈松虞笑了笑，又继续说："其实我最近看你的表演，都有同一个问题。"

杨倚川重新露出了紧张的神色，他眼巴巴地看着陈松虞。

陈松虞的声音柔和轻缓，说出的话却一针见血："你太清楚自己扮演的是一个枭雄，所以一直在尽力放大他冷酷无情的那一面。

"但不是这样的。沈妄不是反派，而是主角。他也不是神，而是一个活生生的人。他会受伤，会孤独，也会舔舐伤口。要演他，就一定要接纳他的全部，要发自内心地认同他，理解他……爱他。"

池晏来到片场的时候，恰好听到了陈松虞对杨倚川讲的最后一段戏。他原本推开了不少工作，特地赶回片场，想要见她一面，但这段话令他一怔。

那一刻，陈松虞站在凌乱的道具中央，周围光线昏暗，周围人都行色匆匆。她的面容如此恬静，在他眼中却光芒四射，比任何一个演员都更耀眼。

池晏的脑海里反复回响着她的声音："沈妄不是反派，而是主角。他也不是神，而是一个活生生的人……要发自内心地认同他，理解他……爱他。"

池晏并没有打扰她，而是站在角落，无声地看着他们重新拍完了这场戏。

到正式开拍时，一切都很顺利。杨倚川的表现完美，陈松虞也等到了自己想要的那束光。

镜头里的沈妄站在黑暗深处，却恰好有一束光线从他头顶的天窗倾泻而下，照得他如天神一般，被明与暗分割，仿佛是人性、神性与兽性的纠葛。

这一刻，陈松虞坐在监视器前，上半身微微前倾，坐姿端庄而笔直。荧幕上细微的反光像碎钻折射的光线，都落进那双明亮的眼睛里。她目不转睛地看着屏幕，脸旁的一缕碎发，在迷离的光线下像被镀上了金边的细绒，无声地颤动着。

池晏不自觉地站到她身后，想要帮她绾起那缕头发。就在此时，从头顶传来轻微的、刺耳的不和谐声，他警觉地抬起头。一盏巨大的顶灯正直直地朝着他们砸下来——

他手疾眼快地揽住了陈松虞。

两个人都重重地摔在地上，翻滚了一圈。

沉重的顶灯倏地砸到地上。一时之间，电光飞溅，白光炸裂，场面恍如陨石砸穿地心。

脚边响起一阵"噼里啪啦"的爆响声，陈松虞和池晏在地上骨碌碌地滚了几圈。

陈松虞甚至还没反应过来，就重重地摔到了池晏身上。一时之间，她的大脑里闪过很多个问题——

发生了什么？

其他人有事吗？

刚刚拍到的素材还在吗？

为什么这个剧组总出事，她是不是应该学同行去拜一拜？

池晏到底是什么时候出现的？

为什么他总是能够出现得如此及时？

在天旋地转的一瞬间，她闻到他身上的味道。

熟悉的烟草气息竟然被某种浓烈的香水味掩盖，她想到了琥珀、没药、树脂、焚香。仿佛有什么东西在她的大脑里炸开，像烟被点燃时的火星，像顶灯砸到地面的电光。

等一切终于安静下来的时候，陈松虞感到轻微的眩晕和心悸。她立刻意识到，是池晏承担了大部分的冲击力。此刻她趴在他身上，勉强地将自己支撑起来。而他一只手扶着她的后脑勺，另一只手还垫着她的腰——正是因为这样，她才毫发无伤。

这姿势既尴尬，也太……亲密。她完全被他环抱着，她感觉有某种可怕的吸引力，正在从身体里向外扩张。

陈松虞凝视着他的眼睛，他们同时怔住。恍惚之间，他们像两株相依相生的水草，又像两个得了皮肤饥渴症的病人，一旦碰到彼此，就根本无法分开。

她心想，这太糟糕了。

直到周围的骚乱声慢慢变得清晰，仿佛有个包裹自己的真空泡沫被戳破，陈松虞才终于恢复对世界的感知力，她知道剧组的其他人都在朝他们拥来。她匆匆地站了起来，池晏也懒洋洋地站了起来。

"有没有受伤？"池晏问她。

"没有。"犹豫片刻，陈松虞干巴巴地问道，"你呢？"

池晏无所谓地笑了笑："我能有什么事。"

接着他后退几步，回到案发现场，用鞋尖踢开一地残骸，饶有兴致地低下头。

陈松虞却没空去管那些，她立马抓着耳麦，向摄影师确认刚才拍下来的内容是否完好无损。

好在他们刚才站得离摄影机比较远，拍摄内容没被波及。

这灯掉得蹊跷，像正好朝陈松虞砸下来，其他人都安然无恙。

剧组的人蜂拥而至，一堆人乱糟糟地挤在一起，片场秩序全无，差点要发生踩踏事件。

"陈老师，要不要叫医生？！"隔着人群，有人慌乱地大声喊道。

"不必。"陈松虞说，"我们没受伤。"

她镇定自若，仿佛刚才差点被砸到的根本不是自己。

其他人顿时像握住了定海神针，不由自主地按照陈松虞的指令行事——收拾拍摄器材，保留现场痕迹，无关人员先行离开……混乱的秩序慢慢恢复。只有池晏在她身后，隐隐嗤笑了一声。

不久，灯光组的两个年轻助理惊慌失措地赶了过来，向陈松虞道歉："对……对不起，陈老师，我们也是第一次使用这种灯……"

陈松虞看着他们。现在有很多剧组图省事，对灯光和摄影的要求不高，很少会采用这种规格的大灯。这两个人资历浅，现学现做，手法难免生疏。

但……真是意外吗？不知为何，陈松虞想到了昨日在剧组见到的那个鬼鬼祟祟的陌生人，她总觉得这件事没有这么简单。

陈松虞摇了摇头，正要说些什么，却听到池晏在身边道："清场查监控吧。"

接着她就看到他那群穿着黑西装的手下不知从哪里冒了出来。他们效率极高地调出了现场监控，一一核对工作人员的身份。

陈松虞错愕道："你什么时候在片场装了监控？"

池晏低头点了一根烟："防患于未然。"

陈松虞又注意到，他这拨手下竟换了一批全新的面孔。

"徐旸呢？"她随口问道。

池晏似笑非笑地看了她一眼，却见她神情如常，毫无芥蒂。看来她还没有想起之前的事情。

"我让他滚回S星了。"他淡淡道。

"噢。"陈松虞没再继续问。

过了一会儿，傅奇过来汇报："监控查过了，没别的人动过灯。"

陈松虞闻言不禁微微蹙眉。她本来以为有其他人混进来，在顶灯上做过手脚，但这样一看，好像并非如此。两个年轻助理仍然惴惴不安地站在原地，可怜巴巴地望着她。难道真的是意外？

池晏轻声道："要我帮忙吗？"他说完，立刻有人朝着两个灯光助理走过来。

两人彻底僵住，他们看着步步逼近的彪形大汉，求助一般地看向陈松虞："陈老师……"

陈松虞道："等一下。"

池晏挑眉："你相信是意外？"

陈松虞摇头，没多解释，只是随口在旁边叫了一个人："麻烦你先把制片主任叫过来。"语气是一贯的客气礼貌,但使唤的口吻很自然。

那个凶悍的方脸愣住了,他错愕地看向池晏。

池晏微微一笑:"还不去?"

"哦,哦!"那人连声道。

他一边往外走,一边想,难怪之前兄弟们私下都在讨论池先生和陈小姐之间的关系。这样一看……果然有点怪怪的。

负责外联的制片主任小郭,今天恰好有别的工作要协调,不在现场。等他匆匆赶到的时候,看见剧组一片狼藉,大惊失色。

陈松虞问:"这个景是你确认的?"

对方紧张地支支吾吾:"是……这是我从本地的一个商人手上租过来的,本来是一个库房。"

"把他的联系方式告诉我。"

制片主任明白此事重大,二话不说就掏出手机给对方打电话,但打不通。

"您拨打的号码是空号……"

偏偏这么巧。小郭脸色一变,有汗珠从额头上沁出来,他对陈松虞赔笑道:"陈老师,您找他……是有什么事吗?"

陈松虞淡淡地扫了一圈现场:"我记得这个景好像并不是我最初挑的那个,只是备选之一。"

小郭说:"是……是出于对成本的考虑。那个商人说是您的影迷,能给我们打折,所以我才……"

池晏嗤笑一声:"影迷。"

他漫不经心地问:"你收了他多少钱?"

这句话直中要害。小郭一怔,眼神遮遮掩掩。

陈松虞立刻明白了其中的缘由——外联相当于半个商务,联系场地,足够他赚一笔差价。她在心中暗叹,论起人情世故,果然还是池晏更老辣。

很快有人过来汇报:"查过他的银行账户。一个月前有一笔大额进账,但转账方是虚拟账户,暂时查不出身份。"

池晏道:"继续查。"

"是。"

小郭明白事情已败露，忙不迭地开口："我是……收了一点点钱，但这都是行业惯例而已……"

池晏淡淡地扫了一眼账户上的数字。

"你们拍电影都这么赚钱吗？"他笑着问陈松虞。

陈松虞也看了一眼，发现那是个不折不扣的天价。于是她冷笑着，将阅读器直接砸进小郭的怀里："他给你的钱，是场地租金的十倍，凭什么？"

对方手忙脚乱地接住了，颤声道："我……我也不知道，他们只说是您的影迷……"

"那他应该直接找我，何必绕这么大一个圈子。"陈松虞直直地看着小郭的眼睛，嘲弄地说，"你还跟他说了什么？"

"我……"

陈松虞打断了他，沉声道："你是不是告诉过他们，我们会在哪个地方布光，哪个位置架机器？"

小郭一愣——陈松虞从这惊惶的眼神里看出，自己猜对了。她的声音更冷："所以，这就是为什么明明没人碰过顶灯，它却能够自己掉下来。早在这盏灯被装上去以前，这个地方就已经被动过手脚。这并不是意外。"

这时傅奇走了过来，他弯腰报告道："刚才修复了现场的残骸，在里面找到一个微型 AI。应该就是这东西撬动了顶灯。"

这句话犹如压垮骆驼的最后一根稻草。小郭的脸色变得惨白，他终于意识到问题的严重性——他因为一时贪财，竟无形中成了一场蓄意谋杀的帮凶。他不禁伏在地上，冷汗涔涔，声音都开始哆嗦："陈老师，我根本不知道这个东西，这件事跟我一点关系都没有，我绝对没想过……"

陈松虞直接问："那群人是在什么时候问你现场情况的？"

小郭畏畏缩缩地说："是……也是在一个月以前……"

陈松虞转头看向池晏："那时候还没开机，就有人早就盯上了这个剧组吗？"

她接着想到了昨天那张可疑的脸，继续说："昨天有陌生人想混进片场，但被我赶了出去。或许正因为如此，他们才不得不用了原本藏在仓库里的东西。"

说到这里，她不禁感到后怕。

假如自己昨天没有及时发现那个人，谁知道他会做些什么？也许情况会比今天更糟糕。

池晏低着头，专注地看着手机屏幕，嘴角微勾，一副很愉悦的模样。

"你在笑什么？"陈松虞蹙眉问道。

"噢，没什么。"池晏说，"你说得对，的确有人盯上了我们。"

陈松虞冷笑道："不是我们，是你。"拍电影能碍着谁什么事？这群人明摆着是冲着池晏来的。

池晏耸了耸肩，恋恋不舍地看了屏幕一眼，才将手机收起来。他似笑非笑，用眼神向傅奇示意了一下。

傅奇把制片主任带走了。

池晏微笑着对陈松虞说："放心拍戏，陈小姐。这种事不会再发生第二次。"

他的目光再次隐秘地落在了那小小的手机屏幕上，那上面正在循环播放一段视频，是昨夜在酒店房间里的画面。

当时夜已太深，窗外还在下着大雨，云层翻滚，仿佛潮水涌过头顶。忽然有一道白光闪过，划破长空。

一只戴着皮手套的手不知何时出现在窗边，像一只漆黑的蜘蛛，静静地趴在玻璃上。这画面令人毛骨悚然。

这人的五指异常灵巧，像蜘蛛腿，轻巧地撬动了锁扣。

接着，一个瘦小的男人无声地推开玻璃爬了上来。他抬起手中的武器，遥遥地对准了陈松虞。

假如陈松虞也看到这段视频，她会立刻认出这就是昨天闯进片场的陌生人。

就在此时，对方整个人都僵住了。

原来不知何时出现了无数根银色的、细密的丝线严实地缠住了他的身体——他像一只银白色的茧，慢慢地高悬起来。他无法呼吸，无法求救，只能眼睁睁地看着自己被那些银色的丝线甩出窗外。

池晏并没有注意这些，他的视线完全落在视频画面的另一边。

由于太过专注,他的手指在无意识地摩挲着屏幕。

视频画面里的陈松虞裹在雪白的被子里,双眼紧闭,沉沉睡着,对于近在咫尺的这一切毫无察觉。她鸦羽般的长睫,随着呼吸而轻轻颤抖,她的神情是如此柔和与沉静。

这是一个没有月亮的夜晚,但他的月亮,就静静地藏在这里。

第八章
风波

不幸的是,视频只有这么短短的一段,来来回回地播放。因为这不过是警报系统里的存档记录,池晏并没有在其他时候打开 AI 监控。他可以继续监视她,但他没有再这样做。

陈松虞突然径自走到摄影机后,将镜头对准这满目疮痍的、空荡荡的片场。

池晏问:"怎么了?"

陈松虞头也不抬,专注地调整机位:"补拍一场戏。"

"现在?"

"嗯。"

池晏轻轻一笑,他没继续问,只是随手拉了个手下过来:"把人都叫回来,陈导演要开工了。"

回来的人并不多,只有几个关键岗位的工作人员以及两位主演。至于其他杂活儿,陈松虞索性让池晏的手下去做了。

于是副导演张喆只能一脸汗颜地、小心翼翼地指使着这群彪形大汉将器材搬来搬去。他看着这些人个个肌肉隆起,神情凶悍,仿佛随时能拎起东西砸到自己头上,不禁心中发怵。

他回头看陈松虞,却发现她毫不在意,甚至还冲自己点了点头,神情很满意地说:"这样效率高多了吧。"

张喆:"……"

效率再高,他也不敢随便让这些人做事啊,而真正令人害怕的池晏还站在后面。但陈松虞对此完全视若无睹,她自顾自地开始给演员们讲戏。

杨倚川乖乖地听着,江左犹犹豫豫地看着她:"陈老师,你都这样了,还要继续工作吗?"

陈松虞问:"我怎么了?"

江左看了看满地狼藉:"你要不要……先回去休息?明天再拍?"

陈松虞摇了摇头,淡淡一笑:"没关系。"

这下江左无话可说,只能低头看剧本。

这是男主角童年时的一场戏,同样发生在两个兄弟之间。

十一岁的沈妄,被贫民窟的商会大佬石东收养后,本以为自己的人生就此青云直上,然而现实很快给了他一记重击。

某天石东有事离家,只留下沈妄和义弟石青两人。

看似乖巧的石青,立刻撕下了与沈妄情同手足的"面具",带着一群小弟狠狠地羞辱了沈妄一番。

"这是很残忍的一场戏。"陈松虞缓缓道,"之前我一直在想,究竟要不要另请小演员来演,这场戏对他们而言,会不会压力有些大。

"但今天的事情让我下定了决心。我们剧组多灾多难,不适合让儿童演员进组。"

江左诧异地看了陈松虞一眼。

此前他一直觉得这女人为了拍电影,无所不用其极,根本没看出来她还有这么心思细腻的一面。

杨倚川突然兴奋地大叫一声:"我懂了!"

江左吓了一跳,却见杨公子两眼放光:"的确应该现在拍啊!趁热打铁!这场童年回忆,本来就是沈妄与石青对峙之后才发生的。用同一个场景,恰好能体现出那种过去和现实的互相呼应与反差。"

江左:"……"竟然说得头头是道,看来杨公子也是个戏疯子。

两位戏疯子会心一笑。陈松虞道:"是,我就是这样想的。"

杨倚川:"嘿嘿嘿。"

江左:"……"

杨倚川环顾四周。经过刚才那一番动乱，整个仓库现在的布景凌乱极了，俨然成了一片荒唐的废墟，地上还有污浊的血痕。

"真的！这场景好有张力！"他一边感叹道，一边好奇地半蹲下来，用手指沾了沾地上的血，"这是道具吗？做得好真。"

"……"语塞的人变成了陈松虞，她不忍心说出真相——这当然是真血。她回头看池晏，冲他露出哭笑不得的神情。但远处那位始作俑者，只是嘴角微弯，回给自己一个无辜的眼神。

陈松虞："呵。"

特效组的人很快赶过来给两位演员化装、戴头套。陈松虞站在一旁接着给他们讲戏："要把那种痛感演出来。"

"痛感？"杨倚川尝试着做了几个非常夸张的龇牙咧嘴的表情。

陈松虞笑着摇头："不是这样的，你不用刻意去扮小孩子。"

"哎？不用吗？"

"这些外形上的问题，都交给后期来处理。你只要记住，你演的还是沈妄。"

"噢。"他似懂非懂地点了点头。

陈松虞继续耐心地引导他："不要在乎你演得像不像小孩子。这场戏，需要的是情绪——越浓烈越好，越尽情宣泄越好。如果你觉得自己无法进入那种状态，就试着代入刚才的情形。假如刚才的大灯从你的头顶上砸下来，你会如何？"

杨倚川又点了点头。他眉心一皱，神情发怔，仿佛已陷入冥想。陈松虞知道，他是慢慢进入状态了。

江左在旁边假装看手机，其实他的注意力一直在这两个人的对话上。虽然羞于承认，但是他觉得自己内心深处竟对杨倚川有一丝羡慕。从来没有人这样跟他讲过戏，如此轻言细语，循循善诱，细致又温柔。

江左从前待过的剧组里，人人都极力捧着他，把他当尊大佛。根本不求他演得多好，只要他出现在镜头里，哪怕是块木头，也能吹得天花乱坠。当然，这些人本来对电影也没什么追求，只求能糊弄完事。谁还会像陈导演这样把角色剖开了，揉碎了，仔仔细细地分析。

陈导演在聊角色的时候，整个人都容光焕发。仿佛她所聊的根本不是什么虚构人物，而是活生生的人，是她的朋友，甚至……情人。

江左觉得自己好像第一次知道何谓"表演"。他鬼使神差地抬起头，打算向陈松虞提几个问题。他也是第一次后悔自己并没有让公司全力争取这部电影的主角，而是满足于这个更好上手的男二号。否则这时候，被陈导演的双眼注视着的……就是他了。

话还没说出口，他就看到制片人朝自己走过来。

池晏还是那副懒洋洋的模样，只是淡淡地扫了江左一眼。但不知为何，江左浑身一震，他近乎慌乱地低下头。他分明看到池晏的眼神是轻描淡写的，却像一道刺眼的强光灯当头照下，将他内心那些不可告人的悸动与渴望照得无所遁形。

池晏站在陈松虞身边，竟然拿起她的剧本翻了起来。她头也不回："你还在这里干什么？"

池晏微微一笑，低着头看她："看你拍戏不行吗？"

陈松虞轻嗤一声，没搭理他。

池晏饶有兴致地问："剧本里的这场戏不是几个小孩子吗？怎么也让他们来演？"

陈松虞"扑哧"一声笑了出来。

"笑什么？"池晏问。

"笑你……好像真的不太懂电影。"

"那你教我。"池晏很自然地说。

陈松虞一怔，又道："用 CG 技术和动作捕捉，就能完美地重塑演员年轻时的面貌，这是现在很常用的技术。"

"这么神奇吗？"

陈松虞难得耐心地解释道："其实最早使用这种技术的，是二十一世纪初的一个导演，他的名字叫作李安。"

她随手用投影放出一段视频资料："他曾在一部名叫《双子杀手》的电影里，用同样的方式重塑了演员威尔·史密斯二十来岁的容貌，而当时那个演员已经五十岁了。"

两张纤毫毕现的人脸模型对比出现在他们面前。

池晏道:"做得不错。"

"可惜票房惨败。"陈松虞扯了扯嘴角,"他是电影工业的先驱者,却得不到时代的认可。"

不知为何,池晏隐隐察觉到她声音里的落寞。

"想那么多干什么?我认可你就行了。"他不着痕迹地转移了话题,"但你不是最爱实拍吗,怎么还要用特效?"

江左清清楚楚地听着这段对话,这两人明明只是闲聊而已,他们之间却仿佛有种难言的默契和一种……难以被分割的气场,旁人根本无法介入。

陈松虞对此浑然不觉,只是很认真地回答:"我的确考虑过实拍,但这场戏太残酷,不适合让小孩子来演。"

池晏轻笑一声:"不适合?但这故事本就是由真实事件改编。"

陈松虞露出一丝不忍心的表情:"那我只能希望,这都是被戏剧加工后的情节——否则这一切,实在是太黑暗,也太荒唐了。"

池晏若有所思地看了她一眼。

在普通人的眼里,这场戏或许显得有些滑稽。明明是场童年戏,但演员们都穿着特效服,站在一片凌乱的废墟里。除了两位主角之外,其他都是人高马大的专业动作演员。

在陈松虞眼里却截然不同,她仿佛已经看到这场戏在银幕上的样子。

年幼的沈妄寡不敌众,他瘦弱的身体不堪重负,犹如一棵被压弯的矮树。

一个人笑道:"这样他都能一声不吭?"

另一个人说:"说话啊!怎么不说话?"

沈妄鼻青脸肿,都让人看不清他原本俊朗的面容。但他仍然倔强地一言不发,像一匹受伤的孤狼,冷冷地扫视着面前的每个人。

"这小子的眼神真让人不舒服。"一个人小声道。

另一个声音冷不丁地响起来:"怕什么?这小子可是从贫民窟出来的。"

沈妄愣住了,因为他听出了这个倨傲……而熟悉的声音。

"小青？"他难以置信地喃喃道。

沈妄身边另一个人恶狠狠地说："小青也是你叫的？！叫石小少爷！"

沈妄置若罔闻，只是僵硬地抬起头。他满脸血迹，眼皮高高肿起，死死地盯着面前骄矜的小少爷，也是他的兄弟，石青。

石青露出一个轻蔑的笑："是啊，你就是我们家养的一条狗而已，也配叫我的名字？我忍你好久了，之前当着爸爸的面，不好做得太明显。"他"哼"了一声，使了个眼色，其他几个小孩子又向沈妄围过去……

沈妄始终神情麻木。血液顺着肿胀的眼皮一直往下流淌，像凝固的、迟缓的恒河。或许他也哭了。

监视器的画面停留在这个特写镜头，陈松虞却还没有喊"卡"。她本打算到此为止，因为这场戏的收尾需要另一个角色出场，也就是尤应梦所扮演的莲阿姨。但尤应梦此时还未进组。

当然，尤应梦在此处只是走个过场，后面会补拍和后期处理，不会影响整体的连贯性。但此刻演到了高潮，一种难言的情绪如惊涛骇浪一般在陈松虞的心中翻滚。她想到了什么，突然站起来，对张喆低声叮嘱了几句。对方神情诧异，但还是点了点头。

陈松虞飞快地走进化妆间，换了一条轻盈的真丝吊带裙，静静地站到门口的帷幕背后——她决定亲自演完这场戏。

昏暗的光线照在污浊不堪的暗黄色帷幕上，明灭不定，缓缓地勾勒出一个窈窕的身影。

"你们在做什么？"她轻声问道。

演员们收到提示，知道摄影机还没有停。于是他们惊慌失措，面面相觑。石青嗫嚅道："莲阿姨……"

纤细的手指轻柔地挽起帷幕，帷幕背后隐隐露出一截雪白的手臂。这只手名贵得如同艺术品，本不该出现在如此污浊的环境里。但此刻在影影绰绰的光线下，这画面如同一幅戈雅的画像。

莲阿姨的手指停在半空中，她轻笑一声，说："小孩子打闹，也要懂得分寸。否则回头在你父亲那里，可不好交代。"

说完她放下帷幕，转身离去，镜头再次对准那摇曳生姿的背影。长腿，纤腰,平直的肩,无一处不美。隔着朦胧的光线,更令人心痒难耐。

"我知道了,莲阿姨。"石青沉声道,他向旁边的人使了个眼色。其他人警告地看了沈妄一眼,纷纷从后门离开。

张喆一怔,不禁小声道:"咦,陈老师改了剧本。"

原剧本上写的是莲阿姨站在帷幕后,狠狠地呵斥了这群小孩子。因为沈妄是她的亲弟弟,两人失散多年,偶然在贫民窟遇见,并认出了彼此。

沈妄能被商会大佬石东收作养子,也不乏亲姐姐在背后助力。但石东一向多疑,为了避免节外生枝,沈妄和莲阿姨隐瞒了彼此的关系,其他人都不知情。

张喆暗叹一声:"陈老师的确老辣,这么一改,这场戏立刻不同了。"

因为这样一来,沈妄的处境就变得更可怜。一帘之隔,他的亲姐姐知道他正在遭遇些什么,但为了避嫌,她只说了这么一句轻飘飘的话。她甚至不肯掀开幕帘,去看他一眼。

片场的另一端,池晏死死地盯着帷幕背后玲珑的背影。他的目光复杂难辨,他心想,奇怪,他明明故意改了这段剧情。自欺欺人也好,自我催眠也好,他只想让另一个世界里的自己得到一句虚假的安慰。可是为什么,她还是能把它改回来?

眼前这瘦削的、婀娜的背影,渐渐和他记忆里的那个身影重叠。记忆里的背影越来越清晰,越来越刻骨铭心,像一把刻刀,一笔一画,将他的心口刺得鲜血淋漓。

这场戏,演得简直和当年一模一样。

陈松虞觉得自己真的成长了。尽管白天发生了那样的事,但到了当天晚上,她不仅内心毫无波动,还能继续剪片子。

她对今天拍到的素材感到非常满意,她甚至想,如果每天的拍摄都能这么完美,自己一点都不介意再被顶灯砸几次。于是她打算给张喆打个电话,与他继续头脑风暴。此时,她却突然收到一条信息。

池晏:*出来一下。*

陈松虞眉心一皱,编辑了一个问号发过去。接着她就将手机扔到一边,继续埋头剪片子。一分钟后,她收到另一条消息。

池晏:我有你的房卡。

陈松虞:"……"这个男人还真是一贯的蛮横,不达目的誓不罢休。她冷笑着,恶狠狠地戳着手机屏幕回复道:这就是良好市民?

很快她就收到了新消息,只有两个字。

池晏:当然。

陈松虞仿佛能从这个简短的回复里,想到他脸上此时一定挂着气定神闲的笑容。她极不情愿地推开卧室的门,却发现客厅里并没有人。

找了一圈,她才发现另一间卧室的门虚掩着,门缝里倾泻出微弱的光线,仿佛是含蓄的邀请。

陈松虞走进去,看见池晏站在阳台上抽烟。他穿着白衬衫,却穿得松松垮垮,下摆随意地露在裤腰外面,袖口卷到手肘,露出劲瘦的小臂。窗外华灯初上,远处高空轨道上穿梭的飞行器变成一条璀璨的光带。霓虹灯落进他眼里,与他唇边的一点星火相连。

陈松虞敲了敲卧室和阳台之间的玻璃。池晏转过头,叼着烟,对她懒懒地一笑。他依稀做了个口型:"有事找你。"

陈松虞怔住了,因为她看到了自己在玻璃上的倒影。由于池晏恰好站在玻璃的另一边,外面的光线不断游移,虚虚实实,明与暗之间,他和她的脸,仿佛也在这玻璃上重合。不知为何,这一幕令她的心跟被刺了一下似的。

陈松虞坐在卧室角落的沙发上,池晏则面对着她,斜倚在床边。

"你最好是有什么重要的事情找我。"陈松虞语气不善,"我工作很忙。"

池晏似笑非笑地看了她一眼,指尖夹着烟蒂。他慢慢倾身过来,衬衫最上面的纽扣解开了两颗,露出蜜色的胸膛——原来他只是要碾烟灰而已,稀松平常的动作,竟让她以为他有什么别的目的。

"我一直很好奇,陈小姐,除了工作,你还有别的爱好吗?"

"当然有了。"

"嗯?"

陈松虞微微一笑:"看电影。"

"呵。"池晏笑出了声。手指微微用力,明明烟蒂早已熄灭,却还是被反复碾动。

"这么爱看电影吗?"他又问。

陈松虞没有回答,却反问道:"这就是你要跟我谈的事情?"

"当然不是。"池晏重新在她对面坐好,说,"我命人继续追查了仓库主人的身份。"

陈松虞顿时变得严肃:"结果呢?"

"根本不存在这个人。仓库已经废弃了许多年,前主人早死了。"

"剧组跟他签的合同呢?"

"伪造的。"

陈松虞神情微敛,她想,这条线索彻底断了。她意识到这件事并没有这么简单:"这么说,他们的确有备而来,小郭就是上了别人的套。"

"嗯。"

"那别的方法呢?给小郭打钱的银行账户呢?"

"是匿名账户,用虚拟币交易的,中间转了几个平台。"

另一条线索也断了,希望破灭。陈松虞一怔,感到隐隐的后怕,这次只是砸了一个灯,下次呢?这么大一个剧组,简直像是活靶子。

"看来他们不会善罢甘休。"她说。

池晏冷淡地说:"不过玩些小聪明,找到他只是时间问题。"

陈松虞沉默片刻,又轻声问:"你觉得会是谁?"

池晏轻嗤一声:"反正他逃不掉。"

"但这个人很聪明,之前根本没几个人知道拍电影的事,他却事先探听到消息,布下了棋子。至于这一次,他也做得很小心,伪装成了片场意外⋯⋯"她突然想到了什么,很快地抬起头:"你不觉得他的做事风格,和你很像吗?"

池晏诧异地看向她:"和我很像?"

"步步为营,狡兔三窟。"陈松虞看着他的眼睛,缓缓道。

池晏掀起眼皮看着她,微微一笑:"你说错了。"

"什么?"

"换作我，根本不会失手。"

窗外一阵风吹过。他的声音如此凛冽，仿佛刀锋划过脸颊。陈松虞却莫名地从中感受到某种安全感，她不自觉地眨了眨眼，或许是被这阵风迷了眼。于是她错过了池晏望向自己的目光，他的目光里分明隐含着他自己也不曾察觉的柔和。

"一些不入流的小手段罢了，不要放在心上——来根烟吗？"池晏慢慢站起来，将烟盒递到她面前。

陈松虞轻声道："好啊。"

她伸手抽了一根烟出来。她跟他的指腹轻轻相碰，温热的触感，像烟被点燃时的一点暧昧火星。

"咔嚓"一声。池晏弯腰，挑开了打火匣，动作娴熟地替她点火。陈松虞莫名地想到，从前有一次在片场，他故意让自己给他点过烟。真是风水轮流转。她轻嗤一声，并不避让，坦然受之。

大概是尼古丁刺激了神经，陈松虞突然又想到了什么，迫不及待地对池晏说："那个藏在现场的微型AI，我好像看到了它上面的LOGO，是你名下公司的产品吧？也许这是一个突破口，从购买记录……"

她话还没说完，池晏冷冰冰的手指就轻轻按住了她的肩膀。接着她听到"咚"的一声，是打火机突然被扔了，孤零零地滚到她脚边。她惊得一跳，却听到耳畔一个含糊的声音："借个火。"

她抬起头，只见池晏不知何时又叼起一根未点的烟，朝自己倾身过来。他眉眼低垂，看似漫不经心，眼里却像有一团火，藏着她看不清的光与暗，凶恶与执迷。

她一时被这眼神蛊惑，竟然移不开视线。于是唇边的两个烟头颤颤巍巍地找到了彼此。她听到了"刺"的一声——仿佛有一团含苞待放的橙花也在她的大脑里炸开。她的心猛地一跳，甚至想不起来自己刚才究竟说了什么。就在此时，眼前突然一黑，客厅的灯没来由地熄灭了。

池晏的眼神一沉，本能地抱住陈松虞，趴倒在地。两人滚了一圈，躲在床的另一边。他这机警的眼神犹如幽暗的、危险的火苗，仿佛突然点燃了陈松虞。她立刻意识到，也许这正是那不明身份者的另一次袭击。

陈松虞被迫倚着池晏的胸膛，他的手紧紧地箍住她，分不清这令人不安的心跳声究竟属于他，还是她。他们的肾上腺素都在飙升，心跳声也被无限放大。这紧张感，像临终病床旁的心电图，更像定时炸弹上的读秒器。

紧张过后，陈松虞又想，不对，池晏明明向自己展示过那个神乎其神的警报系统。这套房应该安全得像个铁桶一样，他何必要这样？她下意识地抬头。

每晚关灯后，那银色丝线都会在黑暗中现形，发出微光；几分钟后，才会慢慢地褪色隐形。然而她四处张望，却什么都没有看到。

这间卧室仍然空荡荡的，没有其他人出现。白色窗纱的一角随风而起，窗外城市的璀璨星光若隐若现。除此之外，卧室的半空中空无一物，只余空气。

陈松虞突然意识到了什么，错愕地转过头。黑暗之中，她只看到池晏的眼睛。他目光灼灼，手臂用力揽住她，眼眸仿佛被地毯上的一点猩红点燃。

"哗啦——"就在此时，冷冰冰的水倾泻而下，简直猝不及防，瞬间将两人淋成了落汤鸡。陈松虞的身体不由自主地打了个冷战，像被人浇了满头冰块。

"烟雾报警器。"她咬牙切齿地说。真相大白，虚惊一场。

陈松虞住的这间套房是无烟模式，而池晏刚才在阳台抽烟，想必也是临时起意，才在室内点了两根。没想到就闹出这种乌龙。

池晏在她头顶轻笑一声，手臂慢慢松开："抱歉，是我反应过度了。"

陈松虞立刻从他的怀抱里挣脱出来，但她还想着刚才的事情。她抬起头，直视着他："你卧室里的警报系统呢？"

池晏垂眸，半晌才缓缓道："这里没有。"

"为什么？"

池晏静静地看着陈松虞，并没有说话。但陈松虞的脑子转得飞快，立刻想出了答案："因为……你说过，这是实验品。它能够覆盖的区域有限，是吗？"

"这才是你之前一定要搬进来的真正原因。"也是池晏会表现得如此警觉的原因。因为他知道，这间卧室并不安全。池晏笑了笑，权当是默认。

陈松虞又问："为什么？"为什么他宁愿将这么重要的东西默默留给她，自己反而暴露在危险里？

池晏懒洋洋地笑道:"你比我更需要。"

"这些人是冲着你来的。"

"但我知道怎么保护好自己,你呢?"

陈松虞一时语塞,她知道这些话当然只是他的诡辩而已。如果在平时,她一定会反唇相讥,但此刻,她的大脑突然一片空白,因为池晏正直勾勾地看着自己。

他们都全身湿透。他的白衬衫紧紧地贴在身体上,勾勒出蜜色的胸膛和紧实的肌肉,他如阿波罗神像一般丰神俊朗。即使在黑夜里,他碎发间的水滴也像碎钻一般亮得惊人。他看她的眼神太危险,像猎豹,蛰伏在暗处,蓄势待发。

池晏的嘴角慢慢扬起一个弧度,声音变得低沉而蛊惑:"你如果真想感谢我的话,也不是不行。"

陈松虞一愣。池晏捏着她的下巴,继而捧住她的脸,以虔诚的姿态。

房间里潮湿、幽暗,陈松虞觉得周围的温度不知何时在攀升。池晏的眼神像一把火,慢慢沿着她的脊柱往上烧,空气中的水分似乎都成了热腾腾的蒸汽。

池晏离陈松虞越来越近,透过迷离的光线,她几乎能看到他眼里的自己。她想起那玻璃上的倒影,她与他的脸重合,仿佛他们本该是一体,生来就是两个在寻找彼此的半圆……

"咚咚咚!",直到响起一阵敲门声,陈松虞才清醒过来,她猛地推开了他。她感到惊慌,又有一丝愠怒——为池晏的冒犯,也为她自己的失控。该死的基因。

陈松虞跌跌撞撞地站起来,想冲去客厅开门。她甚至想,即使现在站在门外的真是什么危险分子,她也要感谢对方。然而她刚站起来,池晏就一把抓住了她的手。

她的身体竟然这样无力,被他轻轻一拉,就跌进他怀里,跌坐在床沿。她之前并不知道他的床如此软,像一团云,令她深深地陷进去。

池晏维持着这背后环抱的姿势,低头埋进她发间。他灼热的呼吸和毛糙的短发都摩挲着她的后颈,陈松虞却一动不动。

隐约之间,她仿佛听到了一声餍足又不满的……叹息。那叹息声像一根轻飘飘的羽毛,直直地坠进她的心口,令她既麻又痒,难以用语言形容。

"嘘。"池晏说,"我去吧。"

池晏终于放开她,起身向客厅的门走去。陈松虞仍然坐在床边,仰望他高大的背影,手指用力地抓住雪白的床单,床单上出现一圈湿痕。她忍不住追了过去。

客厅里的银色丝线仍然若隐若现地亮着,池晏顾长的身影穿梭于其中。他缓缓打开了门。

走廊里明亮的灯光倾泻而下,照出一个圆头圆脑的身影。站在门外的是她的 AI 管家。紧张的心情终于放松下来,陈松虞不禁失笑。显然它是收到了烟雾探测器的警报才赶来的。

池晏站在门口,一脸平静地在 AI 胸口的操作面板上按了又按。

"你在做什么?"

池晏没回答,轻哂一声。接着,陈松虞看到操作面板上出现了四个明晃晃的大字"投诉管家",她:"……"

圆脑袋里发出了机械运转的声音,一张纸从它的嘴里吐了出来。陈松虞本以为是投诉问卷,她想制止池晏的幼稚行为,就径直将这张纸抢了过来。然而看清上面文字的一瞬间,她"扑哧"一声笑了出来。那是一张关于室内抽烟的巨额罚单。

陈松虞转头将这张纸拍在池晏的胸口,忍俊不禁道:"喏,这就是我给你的谢礼。"

池晏根本没想接那张纸,只是目光灼灼地看着她,还一把拉住了她的手。他几近蛮横地将她的手按在自己的胸口。

"你就这么谢我?"池晏微笑道,"陈小姐好狠的心。"

罚单慢慢滑下来,像簌簌的烟灰,落在两人脚边,无人在意。陈松虞感受到掌心下的胸膛在微微起伏,这颗强大的、战无不胜的心脏正在剧烈跳动。她感觉自己像被狠狠地烫了一下,火山熔浆顺着她的脉搏向上流动,仅存的理智让她用另一只空余的手碰了碰身边的 AI。

灯一亮,管家立刻行动起来。它恰好撞到了池晏,这短暂的冲力,让陈松虞得以有机会抽回自己的手,转身快步回卧室。临走时,她匆匆扔下一句:"我让它去收拾你的房间了!"

经过刚才那一番情形,房间里已是凌乱不堪,堪比下午的片场,根本住不了人。池晏低笑一声,望着那落荒而逃的背影,终于弯下腰,捡起那张罚单。

他想,没关系,反正来日方长,他们有的是时间。

第二天的拍摄照常。陈松虞翌来的时候,池晏已经不见踪影。这一次他卧室的门紧闭着,陈松虞当然也不想再进去半步。

昨夜她辗转反侧,反复回忆这一夜的事情,发誓自己要引以为戒——从前她低估了基因对自己的影响,但以后,这种事情再也不可能发生。她和池晏的交集,从一开始就是错误的,大错特错。所以一旦这部电影拍摄结束,他们的关系就会彻底画上句号。

陈松虞赶到片场时,发现了一件令她感到错愕的事情。她一般是最早到的人,每次她到片场时,陪伴她的往往只有几个清扫机器人。而今日的片场却热闹非凡,一大群长相凶悍的彪形大汉整整齐齐地站在空地上,一看到她出现,就低头鞠躬,大声喊道:"陈小姐!早上好!"那声音简直响彻云霄。

这群人尽管穿着西装,打着领带,站在片场也还是显得很另类,与真正的工作人员相比,实在非常违和。其他人也陆陆续续赶到,看到这情形,也都一脸怀疑。有个人打着哈欠问副导演张喆:"他们是剧组新招的特约演员?"

张喆对此感到无语,他尴尬地走过去跟陈松虞说:"呃,Chase 先生说,这些人……是我们的新场务和各部门助理。"

陈松虞问:"这些岗位原来的人呢?"

张喆回道:"都……辞退了。"

"辞退?谁同意的?"

张喆支支吾吾,于是陈松虞把傅奇叫了过来:"解释一下。"

傅奇恭敬道:"先生说,之前剧组的人太多,不好管理。换成自己人比较放心。"

陈松虞扯了扯嘴角:"自己人?谁的自己人?"

傅奇察觉到她的不悦，不再说话了。眼观鼻，鼻观心，俨然一个训练有素的机器人。

"……算了。"陈松虞直接给池晏打了电话，很快就被接通了，她隐约听到听筒里传来呼啸的风声和嘈杂的人声。不知为何，这空旷的声音令她又想到他卧室里的白色窗纱。那一层轻纱，隔着月色，被微风吹拂着。

她心神微漾，下意识地轻轻摇头，将那些旖旎的画面都赶出大脑。她的声音重新变得冷硬，她单刀直入："为什么要把你的人安插到剧组？"

"留他们在，我比较放心。"

"那你应该提前通知我，而不是这样先斩后奏。"

池晏低低地一笑："昨天你使唤我的人，不是使唤得很开心？"

"这是两码事。"陈松虞蹙眉道，"不要偷换概念。我是这部电影的导演，不是你的手下。"

池晏懒洋洋地说："好了，我知道了。下次我会先问你的意见，陈导演。"他故意拖长了语调说"陈导演"这三个字，像一只豹子在无精打采地咀嚼着嘴边的苜蓿芽。

还有下次吗？陈松虞突然又想起昨夜，想起那间毫不设防的卧室。于是话到了嘴边，却鬼使神差地变成了："你不会又把大部分人留在这里了吧？"

电话那端安静了片刻。

"嗯？你在关心我吗？"池晏慢吞吞地说，含着一丝笑意。

陈松虞："……"她干脆利落地挂断了电话。

池晏突然听到了忙音，他看着手机一怔，半晌才缓缓笑了出来。身边一个性格活泼的手下忍不住问："池先生，什么事情这么高兴？"

池晏盯着漆黑的屏幕，笑了笑："没什么。"从来没人敢挂他的电话，陈小姐是第一个。

他将手机收起来，转过头，望着面前被控制住的男人。

"这人叫胡佛。"手下说，"我们复核过那个微型AI的型号和购买记录，的确是他买的。他一直不肯说买家是谁，我们刚还找到了这些。"

"哦，嘴很严。"池晏接过手下递来的芯片。

他把芯片打开，里面展现着胡佛以往做过的更多勾当，其中有些事情的性质可要恶劣得多。

胡佛看着眼前的画面，露出了惊恐的神情。

"好了，不要再浪费我的时间。"池晏慢声道，"告诉我，你到底卖给了谁？"

张喆原本一直看着陈松虞，希望她一通电话就能让眼前这群人从哪里来，就回哪里去。但越观察陈松虞的神情，他就知道希望越渺茫。等陈松虞一挂电话，他就凑过去小声问道："陈老师，我们这……这怎么办啊？"

陈松虞扯了扯嘴角："当然是照单全收，不要辜负制片人的一番好意。"

"可是……"张喆拧眉看着面前的这群人。一眼望去，他们有的有文身、刀疤、断眉……竟然还有人戴着义肢，不像是来剧组工作的，反而像是来砸场子的。谁敢使唤这群人做事？

旁边有人投来好奇又忌惮的目光，灯光师不知在哪里大喊着"我的助理呢？怎么还没来？"——他并不知道原来的人都已经被辞退了，他的新助理看起来竟然比他块头大好多。

一想到自己马上要向所有人一一解释情况，张喆就变得更加焦虑。但陈松虞的神情还是一如既往的云淡风轻，她知道池晏是故意挑了一群面相不善的大汉过来，才能唬住外面那些蠢蠢欲动的人。池晏派的人已经在这里了，如果她不敢用，未免也太无能了。

于是她拍了拍张喆的肩膀："怕什么。"然后她转头面向这群大汉。

"我不管你们从前是干什么的。"她平静地说，"既然来到了这里，就要遵守剧组的规定。谁敢惹事，就自己滚回去找你们老板。"

众人齐刷刷地喊了一声："是。"

"从现在开始，你们唯一的目标，就是协助我们拍完这部电影。"陈松虞的声音并不算很响亮，语调也很平和，但是语气足够坚定。她站在那片空地上，如一面旗帜，被初升的太阳照耀着，光芒四射。

之后一段时间，拍摄进行得很顺利。剧组被这群人围得像铁桶一般，没再出过什么意外。

池晏也一贯地来去匆匆，行踪神秘。陈松虞甚至不知道他哪天晚上回过酒店，她也没再联系过他，但她只要打开新闻，就总能看到他的消息。

这位神秘的科技巨头，一反从前在S星的低调，在K星摇身一变，成为令人着迷的竞选明星。他频频上采访，广泛地投放竞选广告，参加公益活动，甚至去大学演讲。他所到之处，都伴随着鲜花、掌声和镁光灯。

有评论员形容他是"横空杀出的黑马""现任总督梁严最强有力的竞争者""有着与年龄不符的成熟与老练""兼具对帝国的忠诚和能够主持S星乱局的铁腕"。

还有更狂热的追随者形容他是"帝国的一把长刀"——他的强硬、野心，他的大胆与锋芒，都给这日渐僵化的帝国制度带来了全新的血液。假如帝国是行将就木的夕阳，他就是东边的旭日。

不知从何时起，剧组里多了几个他的迷妹，陈松虞对此感到好笑。这些人从前见到池晏都吓得唯唯诺诺，根本不敢直视他的眼睛，但现在情况彻底变了。在拍戏的空隙，陈松虞时常能听到身后有人围在一起，一边看池晏的公开演讲，一边发出兴奋的尖叫。

还有人怯生生地走到陈松虞面前，小声问她："陈老师，那个……制片人老师，什么时候来剧组啊？"

陈松虞只是似笑非笑地回答："我也不知道，需要把他的联系方式发给你吗？"

年轻的小女孩立马眼睛一亮："可……可以吗？"

"当然可以。"陈松虞微笑道。如果能提高全组人的工作效率的话，她甚至可以把池晏叫回来，天天陪这群小妹妹喝酒。

女孩顿时兴奋地瞪大了眼睛，可一低头，看到屏幕上那张高不可攀的、英俊的脸正直面镜头，那目光简直寒气逼人，她又下意识地摇了摇头，默默回到原位："算……算了，我不打扰老师了。"

陈松虞凝视着眼前的女孩，不禁笑着摇了摇头。她想，这是一个软弱的、摇摆的时代，所以人们崇拜天才，向往强者。

一天后，陈松虞依然早早地来到片场。那几个迷妹也很快接着到了，她们依然在角落里兴奋地窃窃私语,俨然已经养成了"每天开工前都要看池晏的视频来给自己打气"的习惯。

今天陈松虞没有听到熟悉的尖叫声,反而听到一个女生疑惑地说:"咦,演讲怎么取消了?"

另一个人小声道:"听说 Chase 突然被爆出了什么黑料……"

"啊?不会吧?我偶像的形象要塌了?"

陈松虞的眉心一跳,她飞快地在手机上搜索今日新闻,映入眼帘的头版头条却与池晏无关,尽管它看起来同样骇人听闻。头条的标题是"顶流偶像被爆出恋情"。

陈松虞一怔,接着她看到江左迎着光线走进了剧组。他罕见地形容憔悴,眼下有一圈淡青,下巴上也多了一圈胡楂。

陈松虞本该很满意,因为这副样子很贴合今日江左要拍的这场戏的状态。但"顶流偶像"这四个字,令她产生了不祥的预感。她低头点进这条新闻。果真——这条新闻的男主角是江左。

昨夜,星际网上有一位匿名用户晒出了江左去年的基因检测报告。其中女方的名字和个人信息全被打码了,但报告上白纸黑字,清清楚楚地展示着他和这位女性的基因匹配度高达 80%。

陈松虞能够感受到,随着江左走进来,剧组的气氛明显变了。像一颗石头被扔进了池水里,池面泛起层层涟漪。好奇、怀疑甚至窥探的目光,犹如无数道水纹,将江左包裹起来。

江左下意识地拉紧了风衣领口,半掩住那张憔悴的俊脸,强作镇定地在两名助理的簇拥下走进了化妆间。一阵疾风扫过,江左拉门的手一松,门重重地砸上——"砰!"

轰然一下,仍然挡不住身后众人的议论和嗟叹。陈松虞将这一幕尽收眼底。她并没有第一时间进去找江左,而是在原地仔细阅读了一遍新闻,以及下面的评论。

事情是在深夜被爆出的,消息出来不到半天,就已经在全网引起轩然大波。

80%?有这么高的匹配度,还想赚粉丝的钱?

高匹配度就是原罪，这种人不配做偶像。

这件事愈演愈烈，已经有人开始挖江左的过去。他们很快发现，江左前几年竟然年年都和粉丝一起过生日。有一年，他在生日这天开播了一部新剧，还破了当年网剧收视率的纪录。

之前看起来稀松平常的事情，现在都变成了不能碰的雷池。网上有无数人评论嘲笑那些真情实感的粉丝。

没想到吧，你们还以为自己在跟哥哥庆祝生日，其实哥哥可是在这一天找到了自己的真爱。

一颗真心喂了狗。

偶像失格，这绝对是偶像失格。

陈松虞听到身后有女生在小声道："难道他真的在谈恋爱？不会这么傻吧，现在可是他的事业上升期……"

另一个人说："无所谓啊，没谈又怎么样？你能忍受你哥哥跟另一个女人匹配度那么高吗？"

"也是哦……她们说得对，匹配度就是原罪。而且基因匹配度为80%真的好罕见，就算现在没谈，以后也逃不过。想想粉丝也挺惨，这几年跟他砸的钱，难道都只是在给嫂子凑份子吗？"

陈松虞听到这里，蹙眉转身，正想要说些什么，副导演张喆走了过来。

"乱说什么呢！"他呵斥道，"你们成天就在剧组聊这些？谁要是再闲聊这些让我听到，干脆就不要继续待在剧组了。"

几个女生立刻噤声散去，回归各自部门。张喆向陈松虞递了个忧心忡忡的眼神，径直朝她走来："陈老师，你看新闻了吗？"

"看了。"

张喆勾着腰，叹了一口气："这事情闹的，不要搞得最后江左被封杀了，还牵连我们的电影。"

陈松虞说："他本来就是我们的演员，谈不上什么牵连不牵连。"

张喆蹲在她身边，仰头望着她，心头一暖。他跑的剧组多，也见过太多人情冷暖。大多数人遭遇这种事，第一反应都是弃车保帅，就算表面上还假装和气，背后也要狠狠地骂两句出气。但陈导演这句话，是在维护自己人。

于是他更小声地说："咱们剧组还真是流年不利，兴许这就是好事多磨吧。陈老师，你看要不要哪天抽空去拜拜佛？我听说东南边的四面佛很灵的，之前我有不少朋友都去拜过……"

陈松虞撇了撇嘴："是该去拜拜。"

张喆说得没错，这件事情太巧了。江左被爆出这个新闻的时机，不早不晚，正是在拍摄过半的节骨眼上。他们剧组根本没有太平几天，就又被爆出了这样一颗隐雷，或许是有些人还不肯善罢甘休。想到这里，她拿出手机，给池晏发了一条信息：上次对剧组动手的人，你查到了吗？

消息发出去后，陈松虞才想起来，之前那几个女孩说出了事的人不是池晏吗，怎么阴错阳差地变成了江左？但这时片场已经准备就绪，她甚至没空等他的回复，就抛开手机开始了今日的工作。

江左一开始站在镜头前，所有人都为他捏了一把汗，担心他将情绪带到工作里，连累其他人没办法收工。可让大家没想到的是，他今天的表现却比之前任何一次都要好。

今天他们来到海边，要拍的这场戏仍然是江左扮演的石青和男主角沈妄的对峙。

沈妄亲自带人毁了一宗大型毒品交易，而幕后黑手仍然是石青。石青赶到现场时，只看到沈妄气定神闲地命人将自己所有的毒品都抛进海里。

石青恨极了。这原本就是他赌上一切才得到的机会，为此他不惜拍卖了父亲仅剩的遗物。但他东山再起的希望，沉甸甸的希望，在沈妄这里不过是一句轻飘飘的命令，就彻底石沉大海。

于是石青不顾阻拦地冲了过去，直视着沈妄。有无数武器立刻对准了石青，但他浑然不觉，只是低声道："沈妄，你决心要毁掉我们石家的一切了，是吗？"

沈妄挑眉笑道："毁？义父从前说过，要做大事，就要会赚钱。我现在带着兄弟们赚钱，还是赚干净的钱，怎么会是毁？"

石青怔怔地望着他，只觉得仿佛有咸湿的海盐堵住了他的喉咙，又咸又痛，他根本说不出话来。他知道，对方所言非虚。当初爸爸之所以将他送出去学金融,就是希望自己将来能执掌大业,带着家族生意走上白道。

爸爸培养沈妄,其实是想培养一个暗夜里的打手,也是一个替石家做脏事的人。他们一黑一白,才能所向披靡。可是……石青恍惚地摇了摇头。不对。沈妄明明应该是石家的一条狗,为什么现在反而是沈妄站在了明处,他自己,堂堂石家少爷,却成了躲在阴沟里的、不见天日的毒贩?

"不是这样的……"石青喃喃道,"你说得不对,不是这样的……"

微腥的海风狠狠地拍打在石青的脸上。他如此失魂落魄,像一条丧家之犬。湿漉漉的刘海搭在前额,像腐烂的海草,漂浮在死海表面。

沈妄微笑着朝他走来,他微微低头,刻意附在石青耳边,轻声道:"石家养的一条狗,现在却爬到了自己头上,小少爷,是不是很恨我?"

石青如遭雷击,定定地看着沈妄。他嘴唇颤抖,半天说不出一句话。最终他只是闭上眼,眼角缓缓流下一行清泪:"你……你杀了我吧……"

沈妄笑意更深,他拍了拍石青的脸,动作亲昵,仿佛在对待一只宠物。

"放心,我不会杀你的——在我把事情办完之前。小青。"他意味深长地说出了最后两个字。

石青浑身一震,仿佛说出这句话的并不是昔日的兄弟,而是从地狱爬出来的恶犬。

陈松虞喊了"卡"。杨倚川飞快地抬起头,在人群里找到了她。确认她向自己露出了一个肯定的笑容,他才放下心来,笑得一脸明媚地朝监视器走过来。

江左木然地站在原地,起先他面如死灰,半晌才慢慢蹲下抱住了自己的膝盖,将头埋下去。他像被沙子埋起来的贝壳,任海风吹拂,始终一动不动。

江左的助理面露难色,犹豫着要不要过去,陈松虞却拦住了他们。

"让他静一静吧。"她淡淡道。

"好的,陈老师。"

过了一会儿,人都快走光了,江左才终于站起来。助理们立刻迎上去,用一件大外套罩住他的头和脸,护着他离开。陈松虞全程没有看到他的脸,但能想到他现在是什么样子。

张喆忍不住道:"看他刚才那样,估计整晚没睡。他们公司现在肯定已经乱套了，不知道能不能请到合适的公关。"

"事情发展到这一步，公关公司能不能处理好，也是未知。"

张喆深深地叹了一口气："其实他也挺可怜的，基因匹配的结果又不是他自己能够决定的，却要他来承担后果——但是话又说回来，长相、天赋、歌喉，哪一样不是老天赐的呢？说到底都是命，谁也躲不过……"

陈松虞一语成谶。当天晚上，江左和他的经纪公司发表了一则官方声明。只看了一眼，她就知道这肯定找了专业的公关公司来代笔。

江左承认了那份基因检测报告是真的，但也强调了目前自己依然是单身。他既没有恋爱的打算，也从未联系过那份报告中的女主角，同时也希望网友不要去探寻对方的身份，避免打扰无辜的人。

然而他越想要息事宁人，事态的发展就越不可控。星际网上立刻出现了一个热门投票——"你认为江左的声明是真的吗？"

投票结果显示只有60%的人选择了"是真的"。也就是投票的人中有40%都认为他撒谎了，他们根本不认为江左能够放过一个基因匹配度是80%的完美对象，还不去和对方见面。

那60%相信江左的人即使相信他现在单身，也对他隐瞒自己报告一事报以谴责的态度。因为在大多数人的心目中，基因匹配度是一种必然选择。

一条被顶到首页的高赞评论写道：根据基因检测中心去年的报告显示，基因匹配度高于80%的概率小于5%。人不可能背叛自己的基因。就算他现在说自己没有恋爱的打算，那又如何？那个命定的对象就在那里等着他。他们一旦见面，肯定就像天雷勾动地火。倒显得我们粉丝是恶人，要拆散一对鸳鸯了。求求江左，还是赶快放过我们，退圈结婚吧。

与此同时，网络舆论还在不断地发酵，变得不可控制，就像来了一场势不可当的大火，让整个娱乐圈被彻底洗牌。

一部分嗅觉敏锐的经纪公司直接让旗下的年轻艺人们晒出自己的基因检测报告——当然，结果都低于70%——这意味着他们和大多数人一样，只会有几个可有可无的匹配对象，无伤大雅。

也有不少网友开始在私下疯传其他号称"单身"的明星的基因检测报告。

仿佛一夜之间，半个娱乐圈明星的形象都塌了。但信息源不知真假，那些明星有的被打脸，有的保持着可疑的缄默，有的则直接选择发律师函来试图澄清。假新闻和律师函满天飞，这注定是个不眠之夜，众人看这些消息看得眼花缭乱。

网上还异军突起了一群"真爱党"，他们开始盘点娱乐圈那些基因匹配度高的恩爱夫妻，其中以尤应梦和她丈夫为首。于是尤应梦和丈夫荣吕拍的那部公益宣传片在一夜之间播放量竟然暴涨了一亿，网友们不断发表评论。

郎才女貌，神仙爱情。

这才是真正的娱乐圈典范，堂堂正正，不遮不掩。

到最后，此事惊动了官方。基因检测中心连夜出了一份声明，表示泄露他人的基因检测报告是严重的违法行为。目前关于江左报告被泄露一事，星际警察已经在立案调查。

当然，这些不过是推卸责任的话。星际警察的办事效率如何，有目共睹。但事态演变到此，已经彻底翻天覆地，这背后仿佛有一只看不见的手在无形之中推波助澜。令一个年轻偶像的私事，一张薄薄的纸，变成了一场舆论的狂欢，甚至是一次娱乐圈的大清算。

而江左，作为事件的导火索，需要承担的也不只是粉丝的愤怒，还有眼红他的对家的倾轧、无辜被波及的同行的愤怒，甚至整个行业的问责。他在这场突如其来的风波里，孤立无援，注定逃不过作为棋子的悲惨宿命。

第二天早上，张喆问陈松虞是否需要给江左放一段时间的假，陈松虞摇了摇头。

"昨天的情况你也看到了。"陈松虞说，"他现在只有这部电影了。如果他还能将痛苦发泄在角色里，也不失为一种幸福。"

张喆想，陈老师真的是个很温柔的人。

此后的几天，基本还是在海边拍戏。江左一改往日懒散的作风，每天都戴着一副大墨镜准时来到片场。陈松虞已经下了死命令，不允许剧组里的任何人讨论此事。于是所有人都三缄其口，装作无事发生，拍摄进行得也还算顺利。

江左肉眼可见地一天天消瘦下去，再也不是初见时那个意气风发的偶像,和当初那个仅凭一架无人机就蛮横地闯进她书房的大明星判若两人。

有时他们提前收工,陈松虞坐在海边剪片子,江左也会坐在不远处。他不像是要对她说什么,更像是在独自吹着海风发呆。只是这样微妙的平衡,也很快被打破了。

几天之后,当江左再次出现在片场,人群里突然有镁光灯一闪——

池晏的手下们还在一旁严防死守,却有人从角落里揪出一个全副武装的男人。对方不仅抱着摄影机,背包里还装着一架盗摄的无人机。显然这是一名专业狗仔。

当天晚上爆出了"江左和尤应梦疑似加盟同一新片"的消息,这下更在网上炸开了锅。同一话题的两位焦点人物,一个是话题正面的典型,一个是话题负面的典型,居然在同一个剧组。

陈松虞看着这条新闻,头痛得连片子都不想剪。她意识到,这个一向低调的剧组竟然站在了风口浪尖。就在这时,她接到了池晏的电话:"不如我们召开一场新闻发布会,如何?"

"什么发布会?"陈松虞翻开通信记录,他们上一次联系,还是几天前她向池晏发了一条消息,问他有没有查出对片场不利的人。池晏并没有回复,她后来也忙昏了头,彻底忘记了这件事。

"电影发布会。"他微笑道。

"现在?"

"现在是最好的时机。"

陈松虞压低了声音:"你疯了吗?现在开发布会,江左会被那些记者'撕碎'。"

"是吗?"池晏无动于衷地笑道,"那也是有价值的。"

陈松虞一怔,她听出了他声音里不加掩饰的冷酷。突然之间,一个近乎不可能的想法出现在她的脑海中。

"是你吗?"陈松虞低声问。

"嗯?"

"是你……曝光了江左的报告吗?"

池晏低笑一声。这对于陈松虞而言,无异于默认。

"为什么要这样做?他明明是我们的演员。"陈松虞追问道。

池晏仍然不正面回答,反而自顾自地说:"你好像太过关心那个小偶像了。"

陈松虞冷淡地说:"他是我的演员。我关心他,天经地义。"

"是吗?"

下一秒,陈松虞的手机"叮"了一声,他给她发了一条消息。她看清屏幕的瞬间,更加惊讶了。

那是一张照片,里面有两个人坐在海边,靠得很近,背景是粉红的、日落时的海。从背影可以看出,那两个人分别是她和江左。

电话那端,池晏淡淡地说:"不知道真相的人甚至会觉得,和他基因匹配度为 80% 的那个人是你,陈小姐。"

第九章
她不属于任何人

陈松虞还记得那天下午,他们在贫民窟尽头的海边拍摄。拍摄非常顺利,她提早拍到了自己想要的光线,于是很大方地宣布收工。在一片欢呼声里,不知道是谁突然提议要吃烤肉。

结果剧组一大群人围在篝火边嘻嘻哈哈,而陈松虞独自坐在不远处的一块大石头上,低头继续检查视频。

江左是在这个时候出现在她身边的。当时他已经被舆论折磨得苦不堪言,变得很沉默。陈松虞也习惯了他时不时坐在一边发呆,就没怎么管他,继续做自己的事。

片刻之后,江左轻声说:"陈老师,我能看一看今天拍摄的片段吗?"

"嗯。"陈松虞微微侧过手中的镜头,让江左也能看到画面。

"这场戏演得不错。"她说,"最近你的进步很大。"

江左看着镜头里的自己,慢慢露出一个奇怪的表情。

"真奇怪。"他说,"这个人像我,但又不是我。从前我拍戏,只会在乎镜头里的自己够不够帅,够不够完美。我还从没有试过这种感觉,完全放下自己,去变成另一个人……"

"这依然是你。"

江左露出一个落寞的笑容:"是啊,这依然是我。我越演越觉得,石青和我好像。我们都太把自己当回事,其实又什么都不是。

"陈老师,你知道吗?公司已经开始选新人了,这消息是助理偷偷告诉我的。之前好不容易拿到的代言，也都在跟我闹解约，说不定还要赔一大笔钱。从前我以为自己是无可替代的，但没想到，才不过几天，我就变成了弃子。"

起初陈松虞并没有说话，因为她知道江左只是憋了太久，太痛苦，想要找个人倾诉而已。

良久之后，她才拍了拍他的肩："都会过去的。"

江左转过头看看她，心想，奇怪，即使隔着黑沉沉的墨镜镜片，陈老师也如同一个柔和的光源，令他想像飞蛾一样奋不顾身地扑上去。

陈松虞说："你还年轻，在这个圈子里，起起落落很正常。你永远不知道自己后面还会遭遇些什么，或许在最绝望的时候，反而会出现转机。"她顿了顿，对江左展颜一笑，"你看，之前我也有两年没拍过电影了，还差一点以为自己会死。但现在我不是又用起摄影机了吗？"

海风吹拂着陈松虞凌乱的碎发，昏黄的日光为她的脸镀上一层金边。江左眉心一跳，他听到了一个"死"字，便扶了扶墨镜，问："呃，陈老师，你之前还考虑过……轻生吗？就算拍不了电影，生活还是很美好的啊。"

陈松虞错愕地笑出了声。她知道江左误解了自己的意思，但她不可能向他解释更多，笑过之后，又心中一暖。她神情微敛，温和地注视着眼前的年轻人："其实这次的事情，对你来说未必完全是一件坏事。如果你真想做个好演员，就不可能一路顺风顺水。吃过苦头，才会离角色更近。至少在我看来，现在的你才算真正开窍了，对吧？"

她的声音很轻，几乎要被吞进潮汐里，但江左听得清清楚楚。

江左慢慢扬起唇角："你说得对。谢谢你，陈老师。事到如今，只有你没有放弃我。也只有在这个剧组里，才没人用有色眼镜看我……太好笑了，以前我竟然还想请假溜走，现在我只希望这部戏能永远拍下去，我永远不要离开这个剧组。"

他们共同转过头，看到一轮迟暮的红日慢慢被海水吞没。海平面尽是一片金红，真是难以形容的壮丽美景。

"这个剧组就是我的乌托邦。"江左慢慢说完最后一句话。

海鸥掠过天际线。陈松虞伸手捧起金沙，又任它慢慢地从指尖滑落，她说："这就是电影的意义，不是吗？电影本就是造梦的机器。现实是冷酷的，而电影……永远是那个温柔的梦。"

玫瑰色的回忆，慢慢变成眼前静止的画面。陈松虞想，池晏发给自己的这张照片，想必就是在那时候拍的。

她对此感到很讽刺。那本该是一次很愉快的对话，她和江左都从中找到了某种慰藉，到了池晏口中，却变得这么不堪。是因为占有欲？池晏是在以什么立场对她宣示主权呢？

她不禁冷笑道："江左跟谁的基因匹配度是80%，你不是最清楚吗？"

池晏轻轻道："嗯？"

陈松虞不再跟他装傻充愣："难得你还算有良心，曝光那份报告的时候，记得替那女孩子打了马赛克。"

"为什么认定是我？"他笑道。

陈松虞深吸一口气："我也想问，为什么是你。"

这并不是一个问题。或者说，她已经知道了答案。当日她在片场听到的几个女孩子之间的只言片语，一下都回到了她的大脑里。

"咦？演讲怎么取消了？"

"听说Chase突然被爆出了什么黑料……"

陈松虞拧着眉，将搜索引擎的页面投影到半空中，并在搜索框内输入"Chase"。

她记得自己上一次搜索这个名字的时候，根本搜不到什么有效信息。池晏一手操控了舆论。

随着他最近在K星铺天盖地的宣传，现在却有大量信息，不管真的假的，一股脑涌了出来，像从泉眼喷涌的泉水，一发不可收拾。网上已不再是之前他只手遮天的样子，所谓的黑料也很快浮出了水面。

但这黑料其实只是一点小事，池晏曾在某一次采访中无意地提到自己在K星一所著名的商学院进修过金融。于是有好事者立刻顺藤摸瓜地去查阅了那所大学历年的毕业名单，却没有找到他的名字。

最初，有人怀疑他学历造假，接着出现了更多质疑的声音，最可疑的一点是，这位年轻、英俊的总督候选人，明明是妥妥的人生赢家，但在其任职科技公司 CEO 以前，履历表竟然一片空白。这实在太不合理。

人们不禁好奇，在那个神秘而遥远的 S 星，在他人生的前二十年里——在他成为"Chase"以前，他究竟经历了什么？为什么他总是对自己的过往讳莫如深？

候选人的完美面具上终于出现了第一道裂缝，有越来越多的人怀疑他的出身和来历。甚至有反应激烈的群众在他的个人主页上留言，要求他公开自己的生平。

在此情形下，池晏当机立断地取消了自己在另一所大学的公开宣讲。

当然，这件事本可以被发酵得更大。假如江左的事情没有突然被曝光出来，那么大家的注意力就不会这么快被转移。由江左而起的在整个娱乐圈关于"偶像失格"与"基因伦理"的探讨和清算，盖过了其他新闻。

陈松虞讥诮地勾了勾唇，她随手往下一滑，看到了此事的后续。

几天之后，事件中的那所商学院给出解释——Chase 的确不曾在本校就读，不过校长曾亲授他为"名誉学者"。他们还一并晒出了学术荣誉证书，以及一张池晏与校方的亲切合影。事情就此得到了完美的解决，尽管除了池晏的忠实拥趸，这件事早已无人关注。

合影里，池晏还是那副人模狗样的打扮，明晃晃的日光照得他胸口的红玫瑰娇艳欲滴。他西装革履，温文尔雅。她轻"哼"一声，将那张证书不断放大，直到终于看清了池晏的签名——"Chase"。

真是字如其人。他的字体如行云流水，笔锋一勾，苍劲、雄浑而张扬。陈松虞从没见过任何一个比池晏更会伪装自己的人。他就像是一匹狼，在这个钢筋水泥筑造的文明社会里，如鱼得水，所向披靡。

究竟是校方所言非虚，还是池晏抓住这短短几天成功公关了一所百年名校，说服了对方来配合他表演？

真相并不重要，重要的是，这是一场完美的公关。但这一切，都是靠踩着一个人的肩膀做到的。江左就是彻头彻尾的牺牲品，他被卷进来，何其无辜。用一桩丑闻来遮掩另一桩丑闻的确是最有效的做法，但也是……最冷酷无情的做法。

陈松虞将手机扔出去。手机砸中了投影，光线颤动，如同被打散的白雾。但电话没有挂,他们的对话还在继续。

陈松虞问:"为什么一定是江左?你想找个人来帮你转移注意力,有大把的人可以选择,娱乐圈里有黑料的人那么多……江左是我们的演员,他哪里得罪过你?为什么不肯放过他?"

池晏微笑道:"自己人,才用得更顺手,不是吗?"

陈松虞说:"你会毁了他,也会毁了这部电影。"

"他不是还活得好好的吗?还为影片贡献了一点……免费宣传。"

陈松虞冷笑一声:"你还真是机关算尽。"

池晏说得没错。在拍摄期爆出的丑闻,等影片上映时,早就会被人们遗忘。运作得好的话,这件事就白白做了一波前期宣传。所以在此时开新闻发布会,也是顺理成章,将利益最大化。但这样一来,江左还真是会被碾成灰,一点不剩。

"放心,陈小姐,我不会做对我们的电影不利的事。"池晏的声音里仍含着笑。这笑声仿佛来自恶鬼,冷酷,凉薄,残忍。

陈松虞陷入了短暂的沉默,她凝视着地上的手机,屏幕的光闪烁着,反射在窗玻璃上。

她想起了那一夜,那个白色窗纱被夜风吹起,他们因无意触发烟雾报警器而变成了落汤鸡的深夜,他们差一点就拥有一个吻。她也差一点就……对他改观。

可惜不过短短几天,现实又将一切打回原形。

可惜?不,值得庆幸。

"我不相信。"她淡淡地说,"今天出事,你能把江左拖出来当挡箭牌。明天呢?以后呢?从前我不知道你为什么要找我拍戏,也并不关心你的动机。因为我相信,至少我们还有同一个目的,就是拍一部好电影。

"现在我才知道,我错了。想必在你的眼里,不仅电影不重要,任何事都不重要。反正你这么聪明,运筹帷幄。只要你愿意,一切都能为你所用,都会是你往上爬的工具,是吧?"

电话那端安静了片刻,接着陈松虞听到池晏低声说:"陈小姐,谁都能对我说这句话,只有你……"

深夜的风轻轻地碰着窗子，风声仿佛也裹挟着若有似无的叹息。陈松虞嘴角微弯，慢慢露出了个自嘲的笑容。只有她？可是她和别人又有什么不同呢？就因为基因吗？

基因——真可怕。它迷惑了他，或许也迷惑了她。

陈松虞的确觉得自己被那个男人吸引着，仿佛有只从地狱伸出来的手，强有力地抓住她，令她站在深渊边缘，几度犹豫，像个漂泊的游魂，想要奋不顾身地往下跳——但到了这一刻，她才终于明白，基因并不会改变一个人的本性，他们始终是两个世界的人。

她一旦掉入他的陷阱，就会粉身碎骨。

陈松虞慢慢走过去，将不远处的手机捡了起来，然后说："发布会的事，我不同意。我还有事，先挂了。"说完她就干脆利落地挂断了电话。

她静静地在书房里坐下，不久，手机上收到一条消息。她预约的飞行器已经到了顶楼的停机坪。

她推门出去，经过客厅时，忍不住瞥了一眼池晏的卧室。那房门仍然紧闭着，自从上次一别，他们就再也没有见过面。

顶楼的风很大。陈松虞站在飞行器前，墨色的玻璃倒映出她的脸。她从倒影中自己的眼里，看到了城市阑珊的灯光。但那张倒影的脸很模糊，像罩着一层月色。

她决心要做一件事——去拜一拜张喆所说的那座四面佛。择日不如撞日，今夜就出发。因为白天她要拍戏，也抽不出时间。

她回忆着与佛像有关的传闻：有同行说很灵验，说得神乎其神；也有人说如果忘记还愿的话，会发生很可怕的事情。奇怪，在这个时代，还有人信奉这些。她自己本来不信，之所以突发奇想，只是心中实在郁结，想要去做点什么来摆脱那喘不过气的压迫感……

飞行器的门开了，突然有一双手臂从黑暗里伸出来。

陈松虞甚至来不及发出一声惊呼，就被牢牢地禁锢住，接着被无情地拖进了黑暗里。她感受到了熟悉的气息。池晏身上的烟草味，裹挟着夜晚危险的温度，将她包裹起来。

黑暗之中，无人说话。

池晏用力地钩住了陈松虞的腰,她被迫跨坐在他的身上,紧贴着他两条紧实有力的大腿,俯身望着他。

池晏目光灼灼,那双眼睛又黑又沉,闪烁着危险的暗光。陈松虞想要推开他,但很难做到,因为这飞行器里的空间实在太狭窄。这个姿势太亲密,她的大脑昏昏沉沉,身体也变得很僵硬,因紧张而僵硬。

他的手慢慢地往上移,指尖罕见地带着温度,灵巧的手指顺着她的脊背,像烟花的引信,一点点燃烧起来,预示着最终凶猛地坠落。

陈松虞忽然浑身一激灵。在彻底失去理智前,大脑向自己发出了最后的警报。她清醒了过来,用力推开那厚实的胸膛。她像一条光滑的美人鱼,从他身上翻了下来,奋力地逃出海啸,逃离他的桎梏。

池晏的手指还停留在她的后颈,像一条小小的红蛇,恋恋不舍地吐着芯子。但最终还是任她离去。

陈松虞深吸一口气,后背抵着飞行器另一侧的窗户,冷冰冰的玻璃贪婪地汲取她仅剩的体温。

她看向池晏的眼神毫无温度,她说:"不要碰我。"

池晏根本不以为意,只是气定神闲地看着她,他或许还有一点遗憾,因为他眼睁睁地看着猎物从掌下逃出去——再一次。但这游戏让他乐此不疲。

"这么晚去拜佛吗,陈小姐?"他笑道,洁白的牙齿在黑夜里亮得很刺眼。

陈松虞冷笑一声:"与你无关。"

她转过头,不打算再问他为什么会知道自己的行踪,反正他一向神通广大。她把目光落向窗外,内心仍然没有平静下来。

夜深露重,玻璃窗上凝结的一层薄薄的水雾,顺着她的指尖滑落。她想,这样一来,池晏在电话里的沉默也有了解释。难怪他会白白任自己指责,却毫不反驳。他并非因为她的诘问而退让,恰恰相反,他只是另有谋算,所以安静地蛰伏着……等待她自投罗网。

飞行器降落在那座名为"天山"的巨庙外。庙在山顶,他们却被拦在山脚,守庙人义正词严地说:"已经过了开放时间。"

陈松虞起先感到错愕，接着反应过来。的确，现在已经是深夜。这显而易见的事实，竟因为自己在气头上而忽略了。

"好吧。"她转身要走，一只骨节分明的大手却轻轻地拉住了她。

池晏微笑着看向她。黑夜里，他狭长的双眼在陈松虞眼里仿佛亮得惊人，她一怔。她刚才在飞行器里，一路都没有再跟他说一句话。他也配合了她的安静，就连刚才下飞行器时，他们都没有任何接触。

池晏将食指抵在薄唇边，向陈松虞比了个"嘘"的手势。接着他走向守庙人，跟对方说了些什么。

"麻烦你了。"最后他轻声道，弯了弯嘴角。

陈松虞看到那慈祥的老者转身为他们开了门，她吃了一惊。她想，池晏还有这本事？不过这还真是他一贯的做法，永远都和别人不同。

老人将两人送进去，为了安全，还开车将他们一路送上山。

"一般人都是爬上去的。"对方说，"但夜深了，爬山不方便，我送你们一程。"

"有劳了。"池晏淡淡道，倒是坦然受之。

车沿着陡峭的山坡，一路开上山。隔着婆娑的树影，灯火通明的新世界，慢慢被尽收眼底。就像有无数跳跃的火种，织成一张密密的、金色的网。这景色犹如身在宇宙中俯瞰星云，隔得越远，就越显得璀璨动人。可惜陈松虞无法从中看到任何神性，反而只觉得自己在尘世里，越堕越深。

他们很快抵达目的地。陈松虞收回视线，看到一座高耸入云的巨庙。上面刻满密密麻麻的浮雕，数以万计的石块以诡异到密不可分的形态嵌刻在一起，在月光的照耀下，更显得庄严而肃穆。

"吱呀——"老人吃力地走上前。沉重的庙门，在他们面前缓缓打开。

他笑道："我在外面等你们，二位想待多久都没问题。"

向老人道谢后，陈松虞率先走了进去。

池晏漫不经心地跟在她后面，月光将他的影子照得很长，像是一条蛇，紧紧地缠住她。

他们的脚步声在空旷的寺庙里，激起了一点回音飘荡在空气中。不多时，他们终于见到了那座传闻中的四面佛。

巨大的佛像静立在庙宇中央，遮蔽天空的人头，神秘的、如出一辙的微笑。这庞然大物，似乎更衬出人的渺小。在飘忽不定的灯火之下，佛像半明半暗，原本丰鼻厚唇的面容被照得沟壑分明，笑意盈盈的、慈悲的神情也莫名地显出几分漠然。

陈松虞仰头看着佛像，一时竟不知道自己是否真要跪下参拜。毕竟她从来不信神佛，她的心根本不诚。

她正犹豫着，却看到池晏走到一旁。他在一个金碧辉煌的圣坛里洗过手后，舀了一瓢水洒在自己身上，接着拿起三炷香、一根蜡烛和一只花串，平静地为佛头的每一面献上供奉。他双手合十，微微低头。烛光的阴影投在他的脸上，长睫轻轻颤动，像一线香。

他的动作出乎意料地娴熟，好像并不是第一次来。陈松虞站在一旁，一言不发地看着他完成供奉，俨然一个虔诚的信徒。

过了一会儿，池晏问她："陈小姐不来拜佛吗？"

陈松虞仰头看着壁画，想起自己今夜为什么会出现在这里——为了他们风雨飘摇的剧组。她冷笑道："神明为什么不能宽恕江左呢？因为他太无辜，什么都没有做错吗？"

"怎么提到他了？"池晏轻轻挑眉，"难道陈小姐大半夜来拜佛，就是为了那个小偶像？"

"我心疼自己的演员，有什么不对吗？"陈松虞说。

池晏笑了，笑过之后才说："他喜欢你，你不知道？他看你的眼神，是男人看女人的眼神。"

陈松虞错愕道："江左喜欢我？你在说什么胡话……"

接着她就回忆起江左面对自己时的许多表现，终于慢慢反应过来，池晏说得没有错。她尽管迟钝，但并不傻。她的眼睫微微垂下："就算他对我有好感，那又怎么样？演员在剧组里，的确常常分不清角色和自己。难道你就因为这种无聊的事情，一定要置他于死地？"

"我只是让他认清自己的身份。"

"他的身份？"陈松虞平静地重复这四个字，"他是恋爱了，还是结婚了？"

不知为何，她又想起江左收到的那些恶毒的、指责的评论，心中慢慢被一种难言的愤懑所填满："他到底做错了什么？为什么你们单凭报告上的一个数字，就觉得他十恶不赦？这根本是莫须有的罪名。"

"这并不是罪名，是他的命。"池晏说，"他迟早要见到那个女人，爱上她，和她结婚。"

他的语气太笃定，陈松虞不禁呼吸一滞。

"噢，我忘了。"她带着几分讥诮说，"你也是基因的信徒。"

"我说过，我相信科学。"池晏似笑非笑道。

陈松虞轻嗤一声，心想，这是哪门子科学？

一阵风吹过，梁柱上的金铃被吹得发出"丁零零"的声响，那是极清脆也极令人恍惚的声音。

在这样迷幻的铃声里，陈松虞听到池晏继续说："基因匹配是独一无二的，这意味着有一个人由身到心都属于你。"

池晏的声音本该是冷淡的，像深沉的夜，像凉薄的晚风。然而这一刻，他的语气是从未有过的低缓，像一个轻柔的梦，像在暗夜的密林，拨开了幽静的树影，听那簌簌声——惊慌的小鹿一跃而过，而它背后是一轮模糊的圆月。这是如此温柔的、充满神性的时刻。

"为什么要抗拒？你不喜欢吗？"他轻声问陈松虞。这问题终于打破了那美好的幻境，她突然眉心一跳。池晏为什么要在这样的场合反复向自己提到基因？他在暗示什么吗？

陈松虞一脸镇定，故意说："那你该在这里许愿，求神给你一个完美的基因匹配对象。"

"我的确想过。"池晏轻轻一笑，"但很可惜，不知道为什么，这些年来，我每一次去检测，都没有一个基因匹配度及格的对象。"

陈松虞的心跳漏了一拍，手指也微微痉挛起来。这更像话里有话，但是她不能装傻，装傻才会显得更假。

"这么巧，我也是。"她平静地说，"你不放心的话，可以去做体检，我爸爸就带我去做过检查。"

"哦？那结果是什么？"池晏问道。

"一切正常。"

"我也确信自己很健康。"池晏微笑道,"所以说……陈小姐,我们好像很有缘。"

他慢慢地走到她身后,两道瘦而长的影子交缠在一起。

陈松虞感到有一道危险的目光正居高临下地投向自己,像野兽的利齿,盯住她雪白的后颈。他在怀疑她吗,还是他已经确定?

她的心跳得很快,就像有无数个铃铛被狂风搅乱,在她的心里响个不停,发出令人躁动不安的警告。假如他真的想要对她做什么,在这深山古庙里,在神像微笑着的注视之下……

但最终,池晏只是将一个花环轻轻戴在了她的头顶。他说:"这看起来很适合你,陈小姐。"

陈松虞背对着他,身体一僵。她并未看到他眼中的温和与虔诚。

"呃,陈老师,你昨晚真的去拜四面佛了?"次日在片场,拍戏的间隙,张喆一脸好奇地问陈松虞。

她有些疲惫地捏了捏眉心:"是啊,折腾到很晚才回来。"

"辛苦了,老师白天拍戏,晚上竟然还大老远地跑去寺庙,去那地方得花好长时间吧?"张喆转头叫助理去泡一杯咖啡。

过了一会儿,他又说:"陈老师,如果你还去,下次能不能叫我一起?"

陈松虞笑了笑:"好,但最近应该不会了。"

"那是,拜多了就不灵了嘛!"

陈松虞没有说的是,自己到最后都没有真正参拜那座四面佛。尽管它看起来如此宏伟、慈悲,凌驾于众生之上,但每当看到这样超然于人的存在,她反而会产生一点莫名的叛逆——求人还是不如求己。她从来不愿意将命运交到另一个人的手里,无论对方是谁。

她和池晏从寺庙离开的时候,天已经蒙蒙亮。他们乘坐守庙人的车下山,天光照着浅蓝的天空,云层浓墨重彩,像一幅山水画。

池晏将陈松虞送回酒店,他没有下飞行器,就披着一身露水匆匆离去。他总是很忙,她甚至不知道,既然他是个这样日理万机的大忙人,为何还要大费周章地陪自己去一趟寺庙——难不成他只是想借机去拜一拜吗？

这一夜似真似幻，好像只是一场点了沉香的梦。直到最后，陈松虞也没能成功地试探出池晏的态度。他为什么要对她说那样暧昧不明的话？关于基因，他究竟猜到了多少？

她其实并不觉得他能够查到真相。毕竟当年胡主任带自己参观检测中心的实验室的时候，曾经信誓旦旦地承诺过，那是他们唯一的核心数据库，是整座实验室的中枢大脑。储存在其中的信息，无法复制，损坏后也无法修复。

旁边人的吵闹声打断了她的思绪。

这场戏已经拍完，恰好有一大群人围过来，在看监视器里的回放。他们在海边，海风送来了咸湿的空气，人群相当活跃。一个配角演员大喊："你们看到我这里的细节设计了吗？！"

旁边另一个人嘲笑他："打个架而已，还要什么设计？"

陈松虞听着，露出一丝微笑。这才是她所熟悉的生活，只有片场才能带给她安全感。

张喆刚才被人叫走了。不久，他又回来了，手中拿着剧本，一脸为难地小声道："陈老师，突然有个状况。"

两人走远了几步，站到一块大石头背后的僻静处。陈松虞问："怎么了？"

张喆说："下一场戏也是出海戏，但是那个演员临时出了点……事故，今天赶不过来了。"

陈松虞微微蹙眉："事故？"

"是，交通意外，现在人躺在医院里。"他说到这里，想到陈老师刚去拜了佛，剧组竟然又有人出事，看来这传闻中的四面佛也不怎么灵验嘛。

陈松虞却好像根本没在意这件事，不假思索地说："人没事就好。你以剧组的名义，帮他把医药费付了吧。"

张喆一怔，接着心头一暖："好的，陈老师。"

说实话，当他听到这个消息的时候，第一反应是怕会影响今日的拍摄计划，根本没太关心那个演员会如何。但他没想到，剧组都这样了，陈老师竟然还是将演员的安全放在了第一位。

片刻之后，他又犹豫地问道："那这场戏，要不我们往后放一放？"

陈松虞低头看了看剧本:"不必,换个人就好。"

张喆说:"但那是个动作特技演员,他要演的是场跳海戏……"

陈松虞突然有了个想法,她转过头看到傅奇站在不远处的角落盯着自己。她微微一笑,向傅奇招了招手,面无表情的年轻人立刻过来了。

"你会游泳吗?"她问。

傅奇立刻答:"会。"

"那很好。"她将剧本扔进他怀里,"下面这场戏,你来演吧。"

傅奇一愣,但又想到池先生的一大帮手下都在这剧组里做事,于是惯性地答了个"是",才低下头看剧本,只见上面赫然写着:

外景:海滩日

手下甲站在悬崖边,与沈妄撕打一番后坠海,被摔得粉身碎骨。

他抬起头:"陈小姐,这……"

陈松虞说:"放心,我会让人给你买保险。"

傅奇:"……"看着这短短的一行字,他觉得自己未必还有命赚那点保险钱。

陈松虞轻声笑道:"就当是我送你的谢礼。"

她想,之前究竟是谁向池晏通风报信,拍下了她和江左,答案显而易见。她可以允许身边有一双眼睛监视自己,但傅奇这样做,越界了。

陈松虞在片场是出了名的喜欢"保一条"。即使表演完美,摄影完美,打光完美,她还是会想尽办法,劝说演员再多即兴演几条。所以那天傅奇一共跳了十一次崖。

尽管动作特技组给他做了充分的安全措施——以现在的电影技术水平,已经很少有演员会因为拍动作戏而出事。但傅奇次次都是真跳,就好像在玩蹦极,明知道只是在玩极限运动,也照样会心悸、腿软。

等陈松虞终于说出"收工"二字的时候,傅奇只觉得自己好像从鬼门关走了一圈回来,终于看到了劫后余生的日光。他浑身湿透,甚至没有力气去拆绑在身上的安全装置,只是僵立在原地,任人摆布,像一块在水里泡发了的木桩。

陈松虞慢慢走过来，对他说："辛苦了，刚才你表现得很不错，考虑以后转型做特技演员吗？"

傅奇头皮一僵："不必了。"

她笑了笑："也是，你一向最忠心耿耿。"又很亲切地说，"今天你帮了我的大忙，别忘记让你老板给你发奖金。"

傅奇低下头："不敢当。"

片刻之后，陈松虞又道："我知道你只是拿钱做事，夹在中间也很为难。但有些事情，要知道分寸。"

傅奇不敢说话，他明白陈小姐是在借机敲打自己。潮湿的海风吹着他的后背，黏稠的泥沙沾了满身，整个人都有股海腥味。而他一看到陈松虞的脸，就想到自己刚才受的罪。

在空中下坠时鼓胀的风和落海时狂暴的海浪，一遍遍拍打他、冲刷他。即使她说话的语气不重，他也从中听到了压迫感。雷霆万钧，都隐于无声之中。她和池先生好像越来越像了。

几天后，发布会如期而至。

发布会的地点就在他们入住酒店里的宴会厅，不同于寻常的发布会，它被布置成了一场极尽奢华的酒会。不仅安保极严，还请了专业的转播团队。媒体签到的席位上，摆满了精致的伴手礼和极其丰厚的车马费。

陈松虞听到路过的工作人员咋舌："这也太大方了吧。"

另一个人道："是呀，现在电影营销的主力都转到了线上，很少有人舍得在线下这么砸钱了。"

"我们剧组可真有钱！"

陈松虞只是漠然地勾了勾嘴角。她想，池晏当然不差钱——他存心要向世界展示一袭华丽的袍子，可惜她已经看到里面爬满虱子。

她独自回到后台休息室，不久，有人敲门进来。看清楚来人后，她微微一怔。竟然是江左。

他精心打扮过，妆容精致，没有了平日在片场的颓唐，简直像只花蝴蝶。一身高定西装，内衬却是若隐若现的蕾丝衬衫。表面含蓄，实则勾人。

直到这一刻,她才明白他为什么曾经有那么多粉丝。或许这正是演员和偶像的区别。

一个真正的演员,只有在电影镜头里,才能大放光彩;但江左这样的年轻偶像,更懂得如何将日常生活变成舞台,随时随地释放荷尔蒙。然而美色在前,陈松虞只是皱眉道:"我不是让你今天不要来了吗?"

江左一脸蒙地指了指身后:"是你的助理让我来的,我还临时买了一套西装呢。"

傅奇站在他身后。

陈松虞冷笑一声:"他不是我的助理。"

江左不解:"啊?"

"我身边没有这样阳奉阴违的人。"陈松虞顿了顿,又继续道,"江左,你回去吧。"

"呃……"

陈松虞说:"我不让你来,就是不想让你这么快站到媒体面前。你知道他们会问你什么吗?"

"花蝴蝶"的神情顿时变得失落,两瓣嘴唇碰了碰:"他们会问……"

"他们会把你'撕碎'。"陈松虞简明扼要地说。

"明白了,我不去了。"江左转身要走,却被拦在了门口。傅奇还堵在那里,一动不动,仿佛是一座山。

"陈老师,这……"江左蒙了。

陈松虞问傅奇:"你还站在这里干什么?"

傅奇微微低头:"这是池先生的意思。"

她扯了扯嘴角:"看来你是跳海还没有跳够。"

她心里其实很清楚,这件事,池晏不会善罢甘休。毕竟他一向蛮横,不择手段,想要的东西就一定要得到。她拿出手机,直接给池晏打了电话,立刻就被接通了。

她说:"让你的人离开。"

池晏微笑:"之前还没有出够气?"他果然已经知道前几天她借机给傅奇一个下马威的事。

"拿他出气有什么用？"陈松虞冷笑着，故意道，"我一向不喜欢为难下面的人。"

傅奇低垂的头似乎微微一僵。陈松虞一向对他很不错，这时在气头上，用"下面的人"来称呼他，或许对他是个打击。

"你这样说，傅奇要伤心了。"

"我就是说给他听的。"

"陈小姐真狠心。"

"别绕圈子。"陈松虞皱眉，直言不讳地说，"江左绝对不能出现在发布会上。"

"是吗？"池晏轻描淡写地笑道，"可是今天那么多人都是为他而来，如果主角不出现，岂不是很扫兴？"

"那就让他们都走，发布会也不必开了。"

"如果我非要开呢？"池晏低低地笑出声来。

那居高临下的、凉薄的笑声，莫名地让陈松虞想到海风吹拂的风铃，挂在房檐上摇摇晃晃。她下意识地抬头看了一眼江左，他仍站在原地，察觉到她的视线，很可爱地对她眨了眨眼。

江左的戏份快要杀青，他也慢慢从那桩丑闻里恢复过来。但一旦他站出去面对那群记者，一切努力就白费了。

陈松虞深吸一口气，下定决心道："如果你执意如此，那我也会送给所有媒体——一个更爆炸的新闻。"

电话那端似乎沉默了片刻。

"你知道我说的是什么。"她又补充道。

池晏的声音仍然很轻："你确定？就为了这个小偶像……"

陈松虞打断了他："我说过，他是我的演员。今天就算不是他，而是剧组里的其他任何一个人，我也照样会这样做。因为我是导演，我要对他们负责。"

她没想到自己竟然也有用芯片来威胁池晏的这一天。旧事重提，这才是他们之间最丑陋、最危险的秘密。她很清楚，这个秘密从来没有翻篇，他们都在小心翼翼地维持着微妙的平衡。但是她突然打破了它，因为她不能再允许他这样伤害自己的剧组。

或许现在要担心的不仅是江左这边。真正危险的，是池晏，是他越来越不加掩饰的控制欲。他的蛛网，在一点点地向她收紧——她已经感到喘不过气来。

"你知道自己在说什么吗？"

"当然。"

池晏轻笑一声："那你最好做好准备。"

这轻描淡写的一笑，仿佛裹挟着刺骨的寒风和翻滚的乱云，瞬间将陈松虞拉回那个密不透风的黑夜。

她已经许久没有听过池晏这样阴沉的声音。就在昨夜，在那焚着香的寺庙里，她还依稀能从那个落在自己头顶的花环感受到某种难言的温情脉脉。但此刻，他们之间的关系再次降到了冰点。

她是猎物，而他仿佛变回了那个无情的、残忍的捕猎者。

陈松虞淡淡道："我拭目以待。"

发布会在下午三点正式开始。

对媒体来说，这本就是一部充满噱头的新作。它既是动作惊悚题材，又是女神尤应梦婚后复出首作。而且导演陈松虞曾一度风头正劲，却也沉寂了两年才开始拍新作。

然而一切光环都被近来江左的那条爆炸性新闻所掩盖了——所以当他们看到发布会的主创席位上竟然没有出现江左的身影时，都难掩失望，像嗷嗷待哺的秃鹫，没有找到腐肉。

到场的主创人员有导演陈松虞、男主角杨倚川和女主角尤应梦。

现场的记者分别问了几位主创关于电影剧情、角色和演员配合的问题，在这过程中，不断有人旁敲侧击，想打探几句关于江左的事，都被陈松虞和尤应梦不动声色地挡了回去——尽管尤应梦是在发布会开始前一秒才到，但她和陈松虞意外地表现得很有默契。两人时不时会交换一个眼神，会心一笑。

两位大美人对视，一个妩媚，一个知性。这画面赏心悦目，也值得谋杀许多菲林（胶卷）。

这样一来，发布会始终在一种微妙而平稳的气氛里进行着，直到一名男记者突然站了起来，望着陈松虞，连珠炮一般地问道："陈导演，不久之前，德丛影业的老总李丛被爆出性骚扰丑闻，而您曾与李丛共事多年，为什么您并没有出现在他的视频里？可否向我们解释一下，您和李丛究竟是什么关系？"

一时之间，全场的气氛立马变了。记者们表面波澜不惊，实则都竖起了耳朵，在手中的 AI 速记里迅速地画下了重点符号。他们知道，这场发布会的重头戏要来了。

与此同时，在宴会厅二楼的导播间里，一名工作人员被这突然的发难惊得满头大汗。他立刻问："先生，我们要将直播信号切掉吗？"

一个高大的身影站在那人身后，脸上的表情似笑非笑。

池晏本就是为了陈松虞而来，为此还推了不少工作。但他并没有想到，迎接自己的并非陈小姐，而是她在电话里那一番毫不念旧情的威胁——就为了一个无关紧要的人，一只他随手就能捏死的蚂蚁。

他居高临下地看着陈松虞，突然感受到这一幕有某种隐喻——他们第一次见面时，同样是他站在二楼，而她在一楼。此刻的他，俯视着那张令自己魂牵梦萦的脸，慢慢露出一个毫无温度的笑容。

"不用。"他说。

在那个尖锐的问题被抛出的一瞬间，陈松虞想起了许多事情。

她想到了两年前的星际电影节。当时她盛装出席，坐在观众席里，很清楚导播的镜头正对准自己的脸。她穿的那条浅金色的丝绒吊带裙在灯光之下闪闪发亮，勾勒出美人鱼一般的线条。她淡淡地笑着，波澜不惊，静静地等待最后的结果。

"最佳影片的得主是……"台上的司仪故意卖了个关子，停顿了片刻，讲了个笑话。

陈松虞一个字都没有听清。她身边的人哄笑一片，笑声像一把烈火，点燃了她这束干柴。她仍然一动不动地坐在原地。他们在笑什么？她不知道。她口干舌燥，五官像被浸在燃烧的海水里，视线都变得模糊。

终于，她听到了胜利者的名字。不是她，不是她的电影获奖。

尘埃落定，心脏就像从云端落回暗无天日的深海。她知道镜头还在对准自己，如此残忍，如此赤裸。这一幕将永远被大家记住，她，陈松虞，是一个微笑的、羞耻的失败者。

谁规定输也要输得好看？但她只能大方地笑、优雅地鼓掌，眼睛像失了焦的追光灯，目送另一个剧组的人依次登上舞台，成为被无数目光注视的宠儿。而她一败涂地。

导演发表完感言，然后制片人发表感言，接着是男主角、女主角……他们在台上又哭又笑，抱成一团，像亲密无间的一家人，将这场早该结束的颁奖礼无限拖长。但台下其他人都还微笑着坐在原地，没人有怨言。因为这是胜利者的特权。

陈松虞也一动不动地坐着，如坐针毡。手机在手包里振动，大概是李丛给她发了消息。他知道了这样的结果，当然会迫不及待地教育她、指责她，甚至奚落她。

"我早就说过你这样是行不通的，都什么年代了，还装什么艺术家？"

"女导演就是格局太小，非要拍长片，想一想也知道，这个奖绝不会颁给你。否则别人会怎么说？电影节居然鼓励这种保守倒退的电影风格？场面岂不是会很难堪？"

保守，倒退，难堪。她明明只是想好好讲一个故事而已，却莫名其妙地被扣上这些帽子。

接着陈松虞又想到李丛出事之后，她就为准备新电影忙得晕头转向，将李丛的后续处理情况完全抛在脑后。几天后，在一次开会途中，张喆突然小心翼翼地问她最近有没有上网。她回答"没有"，对方明显松了一口气，又开始东扯西拉地跟她聊别的事情。

她太敏锐，当即打开网络，铺天盖地的恶评立刻朝自己涌来。

德丛是不是有个很有名的女导演？好像姓陈？怎么没在视频里看到她？

陈松虞？对哦，她都有两年没拍电影了吧？我还以为她已经凉了。

她跟德丛合作了这么多年，现在不可能择得干净吧？

呵呵，那我懂了。

我就说嘛，什么女导演，不就是想立才女人设，给自己涨涨身价吗？到头来还不是靠男人……

呕。

她直面这些血淋淋的恶意，但看过这些之后，她只是面无表情地关掉了页面，仿佛无事发生，继续跟张喆聊电影。张喆甚至没发现她有任何异样。

因为陈松虞知道，这些事情都会很快过去。

丑闻，非议，诋毁，就像皮肤上的疤痕，乍一看丑陋又羞耻，但最终都会淡去。只要她还活着，活得够长，总能重新见到一个光洁如新的自己。最终被记住的，只有她的作品。

此刻，陈松虞平静地注视着面前的男记者。对方如此气势凌人地逼视着自己，仿佛双目喷着火。她想，真奇怪，他是以什么立场对自己摆出这样一副姿态？难道真觉得自己是什么正义之士吗？

她把玩着手中的话筒，眼睛微微弯起，突然"扑哧"一声笑了出来。笑声通过话筒扩散了出去，像火山爆发时的烟尘，裹挟着毁灭一切的气势。

"问我这个问题，不觉得很好笑吗？"当然，陈松虞心想，她也可以随口回答一些冠冕堂皇的话，轻轻松松地将这个小记者打发走。但为什么要便宜他呢？

会场变得更安静了，众人都抬头直视着陈松虞。仿佛有一场不可见的黑色风暴将舞台包围起来，让舞台变成一个不可触碰的真空地带。

陈松虞继续说道："为什么我没有出现在李丛的视频里？我想，这就好像质问一场灾难过后的幸存者，为什么你还活着，为什么你没有和其他人一起死？

"所以，我更想将这个问题抛回给你。你希望得到怎样的回答？一个无辜的人，要如何证明自己的清白？又为什么需要向你自证？

"还是说，在你的潜台词里，出现在李丛身边的任何一个女性，都一定要跟他发生点什么？不是被他伤害，就是臣服于他——这样的推论，是太看得起李丛，还是太看不起女人？"

她的神情波澜不惊，她是那么冷静地直视着对面的记者。

对方一时语塞，站在原地，汗津津的手紧紧握住了那只话筒，紧张的喘息声几乎要通过话筒传出来。但是他眼里还有某种隐隐的不甘。

陈松虞的回答太完美了，四两拨千斤。这样一来，他的头条和奖金都要泡汤。他想，反正他已经得罪了陈导演，不如干脆得罪到底，至少回去还能跟主编交差……

于是，他混乱的大脑里突然冒出了一个想法，他对准了话筒，不顾一切地大声喊道："那这部电影呢？陈导演，两年前您执意要拍长片，已经铩羽而归，为什么现在还要重蹈覆辙？您做过市场调研吗？您觉得您有对投资方负责吗？您知道现在有多少观众只看短视频吗？有多少人不愿意在电影院里坐超过三十分钟……"

"够了。"池晏说，"把他拖出去吧。"

他突然觉得这对峙游戏索然无味。原本一切都在他的掌控之内，他知道陈小姐可以独自应付这种无聊的挑衅，她可以做一番精彩的演讲，博得满堂彩。没有跳梁小丑，如何反衬出英雄？

但不知为何，他还是隐隐感到不愉快。他觉得这种蠢人，根本不配出现在这里向她提问，那是平白脏了她的耳朵。

"拖……拖出去？"导播的工作人员一时傻了，"可是……这是直播……"

池晏没理他，他负手站在原地，神情淡淡。他身边的手下很会察言观色，立刻叫了几个酒店保安过来。

几个穿西装的人很快就出现在了发布会现场，他们悍然地扯掉这名记者握着的话筒，然后捂着他的嘴，将他像拖沙袋一样拖了出去。但转播的镜头不知何时已无声地转了个角度，根本没将这一幕拍进去。

有个躲在角落里的记者悄悄打开了手机，想偷拍那位被拖走的记者。但是立刻有人如鬼魅一般地站到了他身后，伸手狠狠地打掉了他的手机。

"啪！"

不过几分钟的时间，整个会场的秩序都变了。

记者们近乎僵硬地坐在原地，不知该如何是好。就在这时，他们的手机里不约而同地收到了消息。

消息来自自家主编。有的是很直接地命令，有的比较迂回，但都是同一个意思——回来好好写稿，在现场不要乱说话。

他们握住手机的手不禁出了一层薄汗。大家都意识到，这部电影背后的金主可能比他们想象中的还要有来头。

台上的三人看到记者被保安拖了出去，也愣了片刻，他们也没想到事情竟然会有这么简单粗暴的反转。

尤应梦最先反应过来，她知道大多数镜头还在对着他们，场面不能乱。于是她淡淡地微笑着，神色如常，仿佛什么都没有看到。

杨倚川则按捺不住，只觉得出了一口恶气，于是瞬间眉开眼笑，悄悄在下面比了个"V"的手势。

而陈松虞坐在原地，突然明白过来，自己其实一直在等待一个机会。如同一个溺水的窒息者一直渴望浮出水面，疯狂地将这两年压在心肺里的积水全都倾吐出来，把那些闷在心里的话，也全都说出来。并非说给那个记者听，而是说给这个世界听。

现在，无数镁光灯对准了她的脸，白光太过刺眼，令她看不清台下任何人。台下的所有人只是黑压压的一片，模糊的脸，竖起来的耳朵，热切的眼睛……

原来这就是站在舞台中央的感觉。你根本看不清台下任何人的脸，也不会在乎他们的反应。因为此刻，只有台上的人才是唯一的主角。

过了片刻，陈松虞微微一笑，缓缓倾身，对准麦克风，不徐不疾地开了口："很多人都问过我这个问题，为什么执意要拍长片。老实说，电影工业如何，市场如何，这些都与我关系不大。作为导演，我只有一个目的，就是讲好一个故事。

"所以一切只关乎创作本身。假如这个故事需要用很长的篇幅来讲述，我就拍长片；反之就拍短片。仅此而已。

"电影的篇幅，跟市场和观众喜好究竟有什么关系？老实说，我并没有研究过。但我从读书时就谨记一句话：作为创作者，不要盲目跟风。因为真正的爆款，永远都是先于市场，而不是追着市场跑。"

台下不少记者听到这里都眼前一亮。这句话说得真漂亮——明天的头条标题有了。

"所以我一直在想,那些不能留住观众的院线片,究竟是时长太长,还是内容本身不够有趣,算不上一个足够精彩的故事?"讲到这里,陈松虞停顿了片刻。

"当然,我不否认,自己作为观众时,的确更喜欢从前的老电影。电影工业在过去的十几年里,经历了一场巨变。但我最怀念的,始终是童年时那些泡在电影院的日子。一部长片有两小时,从午后到日落,也只是两三部电影的时间,就足够我走遍世界,拥有五彩斑斓的人生。"她的脸上慢慢浮现出一丝怀念的、温柔的笑。

"我想,看电影本就是为了获得沉浸感。看一部好电影,就仿佛做一场美梦,能令人暂时忘掉现实,将自己代入另一种人生。从来没人会嫌美梦太长,为什么电影却越拍越短?到底应该是时长决定电影,还是电影决定时长?"

她的话说完了,台下陷入了长久的安静。最后不知是谁率先鼓起掌来,然后掌声雷动。

众人欣赏地望着陈松虞的脸——那面孔仿佛光芒四射。他们已经能想象到,当她真正站在片场掌控全局时,会是怎样耀眼的画面。或许她说了什么并不重要,更重要的是,她是天生的导演。

池晏站在二楼。

幽光照进他的眼眸,他眼里如潭水一般深不见底。即使他早已见过陈松虞在片场时的样子,但这一刻站在台上的她格外熠熠生辉。她像神女,早已将自己的一切都献祭给信仰。

这样看来,他们之间,倒像是他在庸人自扰。因为陈松虞的心里根本谁都没有,只有电影。

他转过头,看向一旁的导播屏幕。

屏幕上的特写对准了陈松虞。

当然,这张脸经得起大特写。但最美的永远是她的眼睛,这双眼睛看起来太轻盈,太有神采,像明亮的日出,像跳跃的火焰,永远令人神往。所以这双眼应该是自由的。

于是他转身,淡淡地吩咐傅奇:"以后陈小姐的事,除安全方面外,都不用再报备给我。"

"……是。"

发布会结束后，一群保安护着他们回后台休息室。在簇拥的人群里，陈松虞下巴微抬，她身材高挑，脊背挺得笔直。尽管只是普通的商务休闲打扮，但从旁边望过去，她在其中也足够鹤立鸡群。

直到彻底消失在众人的视线里，她才轻轻吐出一口气。她还记得当时站在台上说那些话的时候，她需要极力控制住自己，才不会令手指痉挛起来。现在冷风一吹，冰火两重天，她觉得自己像洗了一次桑拿，后背沾满了滚烫的汗水。

不知为何，陈松虞竟鬼使神差地想到了池晏。他做过许多次公开演讲，每一次站在台上都那样风度翩翩，游刃有余。他仿佛是天生的演说家，说话掷地有声，举手投足都能煽动起观众的情绪。

她想，他每次站在台上时会想些什么呢？他回到漆黑的幕后时，是会同样感到疲惫，如释重负，还是……更加兴奋？真奇怪，在一场大战胜利之后，自己脑中出现的第一个人竟然是池晏。他们明明才大吵过一架。

"你刚才说得很好。"尤应梦的声音打断了她的思绪。

陈松虞感激地一笑，握了握她的手，却发现对方的手跟自己一样湿滑。原来在尤应梦的细腻掌心里，也布着一层密密的汗珠。陈松虞明白过来，她和自己一样，只是表面平静而已。

陈松虞推开休息室的门，江左还穿着那身撩人的有蕾丝内衬的西装，却毫无形象地盘腿坐在一个旋转椅上看着手机。他闻声抬起头，在看清楚来人的一瞬间，眼睛立刻亮了起来："陈老师你太厉害了吧！网上针对你刚才的发言，评论都多到爆了，简直是……好多网友都变成了你的迷妹！"

陈松虞一怔："网上这么快就出评价了吗？"

江左大力地点头："是啊！直播嘛！"

陈松虞本能地产生了一点怀疑。就算是直播，按照正常的传播速度，也不可能立刻就引爆全网的。

江左已经迫不及待地将手机屏幕投影到半空中，大段的令人眼花缭乱的文字出现在他们面前。

天哪，太爽了！每个字都说到我心坎里了！

那个记者凭什么当众提这种问题？受害者有罪论这一套还没玩够吗？

真的不想再看到李丛这个恶心的名字了，能不能抱走美女导演？

姐妹们，我查了一下陈松虞的履历表，这才是真正的娱乐圈大女主吧？十九岁入围星际电影节最佳新人导演，拍过的电影有一部是年度票房冠军，还有一部是年度票房亚军，而她今年才二十六岁？

圈内人，匿名说句大实话，李丛根本不懂电影，当年纯靠投资了陈松虞的一部处女作赚了大钱。德丛影业之所以能发展起来，纯粹是走了狗屎运。

所以这么多年，德丛都拿陈松虞当摇钱树，难怪不肯放人啊。我看他们公司的其他项目都挺不靠谱的。

等等，我好像发现了什么。陈松虞自从两年前那部长片扑街了，就一直是半消失状态，直到她不久之前跟李丛解约，才终于有新的拍摄计划。难道说……

你找到了问题的关键。

小声说，其实当年我在电影院看过那部扑街长片，排片真的特别少，我是一大清早去看的。但我觉得挺好看啊，最后还看哭了，不是像很多人说的那样特别艺术和无聊……

影迷举手。我觉得陈导演的电影都很好看，很诚恳，好像在跟观众对话一样。而且她从来不跟风拍那些烂大街的商业片，作品里是一定有自己的思考和表达的。

是的！我记得她拍过一部爱情片，是关于一对基因匹配度不高的私奔情侣的！哭得我用了一包纸巾……

陈松虞身边的两个年轻人都是一副与有荣焉的神情，争先念出这些评论。被谈论的主角本人，却只是一脸平静。

江左不解地问陈松虞："陈老师你看看！有这么多人喜欢你，你怎么一点都不高兴？"

陈松虞笑了笑："你看，这就是舆论。网友们今天骂你，明天爱你，每天的风向都在变。"

江左愣住了。他意识到陈松虞在说什么，一时哑然，之后才艰涩地说："……你说得对。"

不久，张喆着急忙慌地冲了进来，半只脚刚跨进来，就拿着手机喊道："陈老师你火了！"

于是气氛一下又变回了最初的火热。他兴奋得满脸通红，仿佛大醉一场，喜滋滋地看了更多评论，又重温了好几遍现场的视频。突然，他眼珠一转，仿佛想到了什么，小声问陈松虞："对了，陈老师，那个杠精男记者是谁提前安排的托吗？那两个问题，真是提得恰到好处，演技也不错，好会拉仇恨哦。"

陈松虞慢慢回忆对方当时的神情，托着下巴说："应该不是托。"

"啊？可是我听说那个记者都被保安拖出去了啊，这么夸张的事情，还不是提前设计好的噱头吗？"

陈松虞眼神复杂地看了他一眼，在她看来，记者被保安拖走，倒很像是某人的"即兴风格"。她微微一笑："我也不清楚，也许是这家酒店的保安比较疯吧。"

张喆摸着后脑勺，更加困惑地嘟囔道："可是这是五星级酒店吧……"

他们很快就没空再继续看网上的评论，因为手机开始响个不停，像是许愿精灵的欢快召唤。

陈松虞也收到了不少庆贺。有人说非常喜欢她刚才说的那番话，有人恭喜她拍新片，还有人已经试图向她提出合作邀请。看着那一排排新消息，她有种轻微的恍惚，不记得是谁说过这样一句话，"当你红的时候，会觉得娱乐圈所有的人都是好人"，而她已经有两年没遇到过好人。

此刻她才意识到，虽然这只是一场小小的发布会，但其曝光度和影响力都已经远远超过了自己的预期。香薰静静地燃烧着，是某种能令人安定的香气，淡淡的万寿菊香味融合琥珀与麝香。昏黄的壁灯照着众人的脸，大家都喜笑颜开。

张喆开心得仿佛满脸发光，他双手合十，不停地碎碎念道："感谢偶像！"

杨倚川问："啊？你偶像是谁？"

"当然是制片人老师了！"

"哦哦，他也是我的偶像。"

陈松虞在一旁静静地听着。她想说"这未必是他"，但是心底有一个声音在告诉自己：这只能是他。除了池晏，没人有这样的能力将舆论彻底玩弄在股掌之间，如此翻手为云，覆手为雨。

过了一会儿，张喆又提议："要不要出去吃点东西？"

陈松虞抬头看了一眼尤应梦。因为要开这场发布会，影后提前了几天进组，这是件好事，这样一来，拍摄时间就更充裕了。

"也好。"她点了点头。借此机会，也恰巧能让这几个演员更熟悉。

张喆说："去哪里好呢？这附近好像没有特别好的餐厅，这家酒店的自助餐也做得相当一般，早就吃腻了……"

陈松虞说："我知道一个地方。不过要叫够保镖才行。"

第十章
流行的云

故地重游。勾人的烤肉香气里，有一排破破烂烂的小灯泡，像一串串熟透了的白葡萄，在塑料顶棚上摇摇欲坠。这家烧烤摊和陈松虞上次造访时相比，竟然没有任何区别。还是只有三三两两的食客，与一个沉默寡言的摊主。

傅奇带了几个人，远远地站在后面。他原本想要清场，让其他人离开，但是被陈松虞拦住了。她说："热闹点也没什么。"

傅奇应道："是。"

陈松虞从他们的眼神和站姿能看出来，这里并不危险。或许是因为她上一次来这里时池晏处理了曾门，又或许是在更早的时候，这块地盘就已经属于池晏。

杨倚川一脸惊讶地看着眼前泛着油光的折叠桌，还有风一吹就"嘎吱嘎吱"响的塑料凳子："陈……陈老师，你就带我们来吃这个啊？"

陈松虞差点被他这副样子给逗笑了："不好吗？正好带你来体验生活，理解角色。"

既然她提到跟拍的电影有关，杨倚川当然就没有话说了，他拿出纸巾，一层层地垫在那满是油渍的凳子上，一脸痛苦地坐了上去。

江左发出了无情的嘲笑声："哈哈哈。"之后就大大咧咧地坐下，拿起一旁脏兮兮的菜单，转头和摊主聊了起来。

杨倚川顿时用惊愕的眼神看着他："你……"

江左回过头来："我怎么啦？小时候家里穷，经常吃路边摊。"

杨倚川道:"呃,没看出来。"

陈松虞不动声色地看了江左一眼,她也没想到江左家境这么普通。在这个时代,大多数敢来娱乐圈打拼的人都是靠家底在撑。即使不是像杨倚川这样家世显赫,多半也是中产阶级以上的出身,很少再有鸡窝里飞出金凤凰的事。这样一来,江左从前那些心浮气躁、拼命接代言赚钱的行为似乎都变得更好理解,或许他的确很需要钱。

几碗香气四溢的砂锅粥端上来,众人立刻被征服了,连忙低头大快朵颐。张喆一脸幸福地捧着碗,欣慰地说:"陈老师,劝了你那么多回,你总算懂得要享受生活了。"

杨倚川好奇地问:"什么意思?"

张喆说:"你们不知道,陈老师从前真的是工作狂,对吃什么从不关心,甚至有人怀疑她是AI,靠喝营养液就能活。有一次制片组的一个小姑娘搞错了,把群众演员的午餐发给了陈老师。后来那个小姑娘发现自己发错了时都吓坏了,跑过去跟陈老师道歉,没想到饭盒早空了,陈老师已经在继续工作,根本没看出来自己吃的和平时有什么区别……"

众人不禁莞尔。陈松虞倒也毫无芥蒂:"哪有这么夸张。"

张喆说:"陈老师,快点告诉我们,你到底怎么开窍了,居然找到这么好吃的烧烤摊?"

她浅浅勾唇:"没什么,就是有人带我来过。"

张喆并没有追问那个人是谁,认真地看着她:"陈老师,我觉得你真的变了很多。"

陈松虞一怔:"是吗?"

"从前我们也合作过好几次。我一直觉得,你是我心目中的电影天才,什么都懂,但好像……缺了那么一点烟火气。

"当然,我知道你是个面冷心热的好人,但从前剧组里的人其实都有点怕你。可是这一次,你真的不一样了。你会关心身边的人,也比之前更愿意跟别人分享自己的想法……你不知道大家在背后有多么崇拜你。"

张喆最后咧嘴一笑:"虽然不知道为什么,但我们真的很为你高兴。"

陈松虞一时不知道该如何作答,但张喆的真诚感染了她,于是她露出了一个由衷的笑容："谢谢你告诉我这些。"

今夜的气氛实在太好。烧烤加了一次又一次，一直到其他客人都走光了，他们还兴高采烈地坐在这里。甚至邀请了远处的保镖们也加入进来，傅奇犹豫片刻后，竟然也同意了，只是不允许他们喝酒。

张喆也破了例。他以前从不在拍戏期间喝酒，今天却叫了几打啤酒，又兴致勃勃地教杨倚川划拳。好几个人都喝得满脸潮红，还一手烧烤，一手啤酒，几个脑袋凑在一起，比手画脚，根本看不出半点明星与导演的样子。

陈松虞只是在一旁笑着，她突然很想抽一根烟。于是她站起来，跟其他人打了个招呼，躲到了旁边。

身后不断传来欢声笑语，她咬着烟头，深吸一口气，熟悉的尼古丁灌进肺里。身后突然出现了轻盈的脚步声。她转过头，看到是尤应梦。

陈松虞扬了扬手中的烟盒："来一根吗？"

尤应梦："好。"

陈松虞淡淡地勾唇，低头，掌心拢着火，帮尤应梦点了一根烟。黑暗之中，眼前这张妩媚的面容被火光照耀着，摄人心魄。陈松虞虽也是女人，却也感到心神荡漾——帮影后点烟，这是何等荣幸。尤应梦拿烟的姿势极其慵懒，百媚横生，她站在那里，像一幅电影画报。

然而，等尤应梦真正吸了一口烟进去，却开始咳嗽起来，眼眸里也泛起一层水雾："咳咳——"

过了片刻，她用细瘦的指尖夹着烟，目光看向陈松虞，慢慢露出一个自嘲的笑容："几年没碰，竟然连烟都不会抽了。"

陈松虞知道是谁逼着她戒烟，便说："没关系，我们剧组别的没有，烟是管够的。"

尤应梦一怔，显然没想到陈松虞会这样回答自己，"扑哧"一声笑了出来："我果然没有看错，第一次见面时，我就知道你不一样，陈导演。"

"叫我的名字吧。"

"好，松虞。"两人又相视一笑。

这场酒最后喝到了深夜，三个男人都喝得醉醺醺，好在他们还算知道分寸，没有喝得烂醉以至于影响明天的拍摄。陈松虞也很庆幸自己叫了帮手过来,否则单凭她和尤应梦可没办法将这几个人扛回去。

回到酒店后,陈松虞发现尤应梦竟然就住在自己隔壁的那间套房。

陈松虞想,万一尤应梦发现自己和池晏住在一起,那可就怎么都解释不清了。

尤应梦见她神色有异,勾了勾唇,轻声道:"放心,他没有来。"

心虚之下,陈松虞的心跳漏了一拍,以为对方说的"他"就是池晏。但接着大脑就恢复了神志,她意识到了尤应梦说的是谁——尤应梦的丈夫荣吕。

"那真是太好了。"陈松虞顿时如释重负,非常真诚地说,"他最好连探班都不要来。"

尤应梦没有笑。走廊的白炽灯照着她那张楚楚动人的脸,却显得她脸色更白,犹如一张艳丽而无情的面具。她的眼神极其空洞,她慢慢地说:"他不会来的。他答应放我一周的自由……条件是,等我回去,就要给他生个孩子。"

说到这里,尤应梦有所掩饰地笑了出来:"这部电影会定档在明年吧?宣传期再见到我,应该就大着个肚子了。"

走廊上,一阵穿堂风吹过。或许因为今夜吃得太多、太油腻,陈松虞突然感到胃部有一阵微微的痉挛。她说不出话来,只是想,自己从未见过这么难看的笑容。

第二天早上,傅奇照旧送陈松虞去片场,一贯是他亲自开飞行器。

陈松虞坐在后排,低头核对今天的拍摄计划。她早已习惯了傅奇一言不发,像沉默的影子。突然,她听到傅奇说:"陈小姐,我要为之前的事情向您道歉。"

陈松虞一怔,放下手中的工作,抬头望向傅奇的后背。他虽然瘦,但是年轻,也很精壮。不同于池晏的是,傅奇总是微微佝偻着身子,习惯性地躲在暗处。

"因为我不知轻重,给您造成了困扰,对不起。"他一贯寡言,从来没有一次性说过这么多话,还是以这样文绉绉的口吻,因此语气听起来十分生硬。

陈松虞说:"算了,都过去了。"虽然他们立场不同,但傅奇这段时间也帮过她不少。

安静片刻后,傅奇又说:"之前的事情……是我自作主张,不是池先生的意思。希望您不要因为这个对他产生什么误解。"

陈松虞摩挲着手中的阅读器,笑了:"是你老板派你来当说客?"

傅奇摇头:"不,陈小姐,他不让我说这些的,是我……"

陈松虞打断他:"那么你又在自作主张了。"

傅奇顿时噎住。陈松虞不置可否地翘起了嘴角:"我们走吧。"

这一天,他们拍摄的仍然是一段非常重要的情节——男主角沈妄第一次上位。

起因是沈妄的养父石东在府上宴请宾客,其中一个远道而来的贵客,据说也是某个贫民窟商会大佬,名字里恰好也有个"东"字。

或许是因为撞了名讳,这个人和石东不怎么对付。众人唤这位贵客为"东爷",反而称石东为"石爷"。这样一来,高下立判。这位飞扬跋扈的东爷,在所有人心里,似乎要比石东更配得上这个"东"字。但石东看起来仿佛丝毫不曾被冒犯,还是笑呵呵地坐在席上,招呼众人喝酒。

石东是个精壮魁梧的中年人,即使只穿着一件普通的T恤,也能看出他的手臂和胸膛都练得肌肉勃发。他的面相并不凶悍,反而有一点斯文和善。只是因为常年染了一头银发,令整个人多了一点难以形容的邪气。

台下的那位东爷则不修边幅,大腹便便,行事风格要嚣张许多。他很快就喝得醉醺醺的,不断大放厥词,说的话也越来越难听,句句直指石东。不久,他借故出去方便。回来的时候,却拽着一个人。

对方被他拖着,踉踉跄跄地走进来。经过门槛的时候,差点被绊倒。

东爷大笑一声,硬生生揪着她的头发,将她提了起来。仿佛手中抓的不是女人乌黑浓密的头发,而是一条训犬的粗绳。

那是个窈窕而曼妙的身影。在他的强迫之下,女人昂起下巴,露出一张美艳不可方物的脸,但这张脸上写满了隐忍的痛苦。这本是一只名贵的鸟雀,却被人狠心拔了羽毛。这就是尤应梦所扮演的莲姨。

"石老大,家里藏着这种宝贝,怎么都不跟兄弟们分享?"东爷故意一脸狎昵地把头靠近莲姨的脖子,深深地吸了一口气。

沈妄坐在人群中，看到自己的亲姐姐被如此对待，脸色立刻就变了。但他知道以自己的身份，根本不配在这种场合说话，只能暗自握紧了拳头，转头看向石东——姐姐的男人，是她的保护者，他一定能够做点什么。

然而石东的表情根本没有丝毫变化，还是那样笑容可掬。

"兄弟们谈正事的场合，怎么好叫女人出来？"他微笑道，"阿莲，谁让你在外面乱跑的？快点向东哥道歉。"

莲姨咬着唇，不肯说话。石东的声音一沉："阿莲……"

回答他的是"刺啦"一声，布料被撕烂，就像幼嫩的花瓣被扯烂。东爷径自扯开了她的衣领，她被迫露出一截雪白的香肩，像夜明珠一样，在这黯然浑浊的夜里熠熠生辉。他更放肆地大笑道："道什么歉？坐下来陪你东爷喝一杯就是了。"

东爷的目光像一只无形的、湿滑的手，顺着她那领口敞开而露出的雪白逐渐向下。莲姨蓦地动了一下，像一个死物突然被唤醒亡魂。她那双莹白的手，以一个极其妩媚的姿势，慢慢将一个酒水满满的酒杯送到冶艳的红唇边。她的脸上绽放出一个堪称惊心动魄的笑容："是。东爷，我敬您一杯。"

说完她就毫不犹豫地仰头，把烧刀子一般的酒灌进了纤细的喉咙里。

"爽快！"旁边知情识趣的人立刻大声叫好。气氛也一扫方才的剑拔弩张，变得热闹非凡，仿佛看女人喝酒是一件多么助兴、多么令人血脉偾张的事情。

东爷轻"哼"了一声，睨了对面的石东一眼，脸上既有些得意，也隐含一丝不甘。他对这种残花败柳本就没什么兴趣，不过借机羞辱石东而已，没想到这个女人倒很豪爽，若再跟她纠缠，倒平白显得自己小气。

酒实在太烈，像一串红辣辣的鞭炮顺着莲姨的喉管一直炸进了胃。一杯接一杯地喝下去，她有些晕了，目光也透出几分暧昧的昏沉。但这时候再想离场已经不可能了。

她颤颤巍巍地走到石东身边，依偎着他坐下，那张红晕的脸宛如怒放的红玫瑰。石东顺势揽住了她，姿态亲密。

酒席上，时不时有人投来窥探的、若有似无的目光，尤其以东爷最为放肆。这些目光好似细细的藤蔓，直接往莲姨被扯烂的衣领里钻。但她和石东始

243

终对此视若无睹。

角落的沈妄死死地看着他们,眼前的珍馐仿佛不存在。他食不知味,双眼也像在滴血。从前在这类场合,石东从来不让他姐姐出席。石东原本的妻子早就因为难产而死了。莲姨尽管只是情人,但向来以女主人的身份自居,所有人一向对她尊敬有加。所以……他一直以为,自己的姐姐过得很好。

直到真正在这样的场合,沈妄才明白,原来姐姐不过是被人养的菟丝花,可以随意供人观赏。

这场宴席一直持续到深夜。石东在酒桌上,到底咽不下这口气。他一贯是笑面虎的风格,暗地里不断地派人向东爷敬酒,嘴上却同东爷称兄道弟,将他捧得忘乎所以。到最后东爷喝得烂醉如泥,嘴里还一直大声叫嚣着:"没喝够!没喝够!老子回去要继续喝!"

石东虚情假意地说:"这么晚了,不如在我这里将就一夜?"

东爷两眼如铜铃般地一瞪:"谁……谁稀罕!我房子还少了?"

他是彻底醉了,醉得连话都说不清楚。一个年轻的小弟赶紧过来搀扶他,东爷也就顺势将自己醉醺醺的身体架在那个年轻人的肩膀上。两人深一脚浅一脚地往外走。

人太多,场面早就乱成了一团。其他人也都喝得神志不清,只听见东爷高声喊了一句"回家",然后就见他随意地摆了摆手,让他们赶紧走。

东爷和小弟慢慢地往外走。走进角落,走进寂静无人的黑暗。月光缓缓地照亮了左右两张脸。一张脸醉得不省人事,另一张脸却还极其清醒。那真是一张好看的脸,年轻、英气、生机勃勃。

这张脸本该令人想到明媚的阳光、青翠的树木、水沸腾时产生的气泡,还有许多美好的事情。但此刻他的眼神是如此冷酷,比寒风还要凛冽,像一把雪亮的刀。

沈妄感受到东爷虚软无力的手指毫无知觉地揽住了自己的肩,对方还在自己头顶不三不四地骂着那个女人。少年低低地说:"东爷,您还没尽兴吗?"

"尽兴?就过了个嘴瘾,我还……还没碰到那个娘们,怎么能尽兴……"

少年架着东爷,慢吞吞地往僻静无人之处走。这注定是个不眠之夜。

前院的声音越来越吵闹,甚至有人开始放鞭炮助兴。沈妄闻到了硝烟的呛鼻气味，和这冰冷的、铅灰色的夜最相配。肩头的男人像一个灌满酒精的、毫无知觉的容器。

沈妄搀扶着东爷，从后门回到了石府。走廊上空荡荡的，没有其他人。所有人都在前院忙碌着，一路畅通无阻。

两人一起上楼，醉汉拖着沉甸甸的脚步，楼梯发出了"嘎吱嘎吱"的声音，像乌鸦的惨叫。醉醺醺的酒气不断喷到沈妄的脸上，但他很平静，手臂稳稳地支撑着沉重的身躯，从始至终不曾动摇。

直到他们走进了他的卧室。他的手还没松开，东爷自己就先挣脱出来，俯身趴在地上，"哇"的一声吐了出来。沈妄静静地转身，"咔嗒"一声，锁上了门。

黑暗里，他不紧不慢地拉上了窗帘。最后一缕月光透过温柔的轻纱，照亮了他床头的那个女神像。木雕女神像的身体残缺不全，甚至沾着一点褐色的血。但每一夜，他只有凝视女神慈悲的微笑后，才能安然入睡。

沈妄居高临下地望着这个倒在呕吐物里的男人。对方像狗一样瘫倒在地上，满身污浊，嘴里不知道在骂些什么。酸臭腐烂的气味慢慢在空气里发酵，沈妄感觉自己在垃圾场。

他原本打算好好教训一下东爷，他一想到这个男人的所作所为，就恨不得将那双肆意妄为的眼睛挖出来，将那双碰过他姐姐的、粗肥的手指一根根斩断……可他发现，并不是所有的事情都会在自己的掌控中，至少现在还不是。东爷突然像一条被剖腹的鱼在案板上翻滚，而且挣扎的幅度越来越小，直到停止。

这一切来得如此迅猛无声，沈妄的双手甚至不曾沾过血。他意识到，自己晚了一步，看来东爷被灌的酒里并不简单，已经有人不想让东爷活过今晚。

奇怪的是，沈妄根本不觉得恐惧。这是一场暗夜的审判。他在原地，久久不曾移动，像一尊雕塑。他静静地在这死寂的夜里，品味这一刻的百感交集。他如此痛恨的人，就这样在他面前被夺走了生命，不可名状的火焰在他内心燃烧，他却感到了一点遗憾。

不知过了多久，沈妄终于听到了一点响动。"嘎吱"，一只脚轻轻地踩上了楼梯，他警觉地转过头。起先他浑身的肌肉都收紧了，像只蓄势待发的豹

245

子，死死地盯着门的方向。

但他很快就放松下来，因为他从那熟悉的脚步声中听出来，来者并非别人，而是他的亲姐姐莲姨。他不想费心地将面前的东爷藏到床下，因为他知道姐姐不会真的进来。

她总是这样，在深夜悄悄地来，倚在门边，与自己说几句悄悄话，或是将什么微不足道的东西留在门边，再悄悄离去。就像一缕夜间的风，来去无踪。

"小妄，我……"姐姐开始说话了，但她对今天在宴席上发生的事情只字未提。她仍然像平时一样，说一些生活琐事，可今天她向来温柔的声音罕见地令沈妄感到一丝烦躁。

沈妄打开窗户，一阵冷冽的风灌进来，冲淡了室内糟糕的气味。门外的亲姐姐竟然还在妄想抹去过去所受的一切羞辱。这令沈妄一时愤怒万分，大喊出声："你为什么不能离开他？当年你为这个男人抛弃了我们，离家出走。可是你跟了他这么多年，他甚至连一个名分都不肯给你……"

沈妄的声音里还有一丝少年的叛逆与不甘。门外的莲姨愣了片刻，一向沉默的弟弟好像从未这样质问过自己。片刻之后，她才用一种奇特而甜蜜的腔调轻声说："因为我爱他呀。"

沈妄冷笑："爱？你管这叫爱吗？"

"你不懂的。"她说。

"你不懂的"，每一个年少的人都最痛恨听到这句话。

"那就教我。"沈妄固执地说。

莲姨沉默了片刻。

起先沈妄以为她又想说什么粉饰太平的话来打发自己，毕竟这是姐姐的一贯做法，但他并没有想到她接着会说出这样一番话。

"你知道基因匹配测试吧？"莲姨温和地说，"每个人到了十八岁，都要去做的。十八岁那一年，我去做了，然后我就找到了他——我和东哥的基因匹配度有90%。"

沈妄愣住了。他对基因匹配的了解不多，但也知道，90%是一个多么罕见的数值。难怪他们平时总是那样恩爱，简直亲密无间，像一对真正的夫妻。

但是他又想到今日在宴席上的事情，难以置信地开口："那他还……"

"嘘，你听我说。我跟他见面的时候，已经迟了，他正计划跟另一个女人订婚。他跟那个女人的基因匹配度的确不高，那个女人跟他也没什么感情，但这是一桩联姻。如果没有那个女人的父亲的帮助，东哥寸步难行，所以他们还是结了婚。而你今天见到的那个东爷，就是东哥从前岳父的手下。"

"原来如此。"沈妄低低地哂笑一声，无声地踢了踢地上的人。

他听到莲姨继续说："今天的事，假如东哥真的当面维护了我，就会更激怒他们，闹得下不来台。我也不愿让他为了我，耽误自己的事业。他不可能娶我的，但只要我们能在一起生活，我就很满足了。"

她说话的语气还是这样温柔。她像一株兰花草，永远温顺地依附旁人，心平气和地接受自己的命运。沈妄却不甘于此，少年的声音里带着冷冷的锋芒："这样的懦夫，也配说爱你吗？"

莲姨说："你还小，你不明白，人在这个世界上，总是身不由己的。"

沈妄却淡淡地说："这不过是在为他的无能找借口。"他慢慢看向地上那个人。

东爷死得很凄惨，张着嘴，双目圆睁。沈妄目不转睛地看着这一幕，月光一寸一寸地照亮他这张年轻而冷厉的脸。他微微勾唇，轻声道："没关系，从今往后，我会保护你的，姐姐。"

今天片场的人尤其多，很多原本没有工作安排的人也都找借口过来帮忙。往常张喆会毫不留情地把他们都赶走，这一次却罕见地没有管这些人。因为他知道，大家的目的都一致，主要想一睹影后的风采。

尤应梦的表现果然没有让他们失望，连陈松虞都没有看监视器，反而直接盯着两人现场的表演。这场戏演得酣畅淋漓，陈松虞一度忘记自己是导演，完全沉浸在两人的对手戏里。旁边的张喆不禁感叹道："陈老师，你有没有觉得，今天杨公子的表现特别好！"

陈松虞说："嗯，跟尤应梦对戏，激发了他身上的潜力。"

"尤老师不愧是拿过影后的人。"张喆又感叹道，"连配角都能演得这么恰到好处，既不会抢戏，又有很强的化学反应。"

"是啊。"陈松虞笑了笑,"那句台词也改得很好。"

"改台词?"

"你看剧本。"

"哦哦。"张喆低头去看剧本,然后发出了一声惊叹,"这句台词……竟然是即兴的。我根本没看出来,她的表演太棒了!"

"你还小,你不明白,人在这个世界上,总是身不由己的"这句话在原剧本里根本没有,但由那一刻的莲姨说出来,是那么恰到好处。

这个美丽而哀愁的女人,小心翼翼地站在门外。她甚至不敢将脸贴在门板上,只是远远地低着头,仿佛生怕自己惊扰了什么。这场景令人想到雨夜的月亮,柔和,昏黄,又像笼罩着一层迷离的轻纱。一时之间,陈松虞也分不清说出"身不由己"这四个字的人究竟是莲姨,还是尤应梦自己。

就在此时,摄影师急匆匆地赶了过来:"不好意思,陈老师,刚才我……"

一听这个开头,陈松虞就知道大事不妙。原来刚才他的助理一时慌乱,机位没摆好,角度稍微偏了一点。陈松虞立刻回到监视器前,发现的确如此。刚才那场戏虽然演员的表现完美,但瑕疵也很明显,能用的镜头不多。

"只好重来了。"她蹙眉道。这种事经常在片场出现,她作为导演不得不在两边斡旋。例如她现在只能亲自过去,向演员道歉,麻烦他们重新再演一次。杨倚川倒是很好说话,就是不知道尤应梦……

陈松虞走过去时,尤应梦独自窝在角落里,两个助理尴尬地站在一边。尤应梦目光低垂,看似在看剧本,但有什么透明液体落在了阅读器上。像雨滴一样,慢慢晕开。很明显,她哭了。

陈松虞一时间进退两难,这时一个助理提醒道:"陈老师来了。"

尤应梦的身体微微一僵:"噢,我知道了。"她尽力隐藏自己的情绪,声音却还有一点哭过的沙哑,很性感。她单薄的后背,也更显得伶俜可怜。

陈松虞递了一张纸巾过去,说:"你入戏太深了,尤老师。"

她解释了摄影师那边的突发状况,又说:"正好你先休息一下,刚才那场戏演下来不容易,辛苦了。"

尤应梦道了声"好",又轻轻地笑了一下,说:"谢谢你,松虞。"

她知道陈松虞之所以刻意强调"入戏",不过是在给自己解围。

"都是我该做的。"陈松虞说完转身要走。

尤应梦却说:"陪我坐一会儿吧。"

"好。"

助理搬来一把椅子,又很识趣地站到了远处,陈松虞坐了下来。她看着尤应梦纤细的手,默默捏着那一团纸巾,像在撕一朵白色的绢花。绢花上有一点湿痕,是被拭去的眼泪。

"你觉得我刚才演得怎么样?"尤应梦突然问。

"非常好。"

"真的吗?不是因为你想让我再来一条,却不好意思开口,才扯个摄影师的由头?"

陈松虞一怔:"当然不是,不信你自己去看监视器,角度都歪到哪里去了。"

"看来真是我想多了。"尤应梦声音低了几分,"不知道为什么,越演越觉得好像就是在演我自己。"

"所以说你是入戏太深了。最近剧组里换了一批新助理,手生得很,时不时就要给我惹点麻烦。你别见怪。"

陈松虞接着讲了几桩最近在片场发生的趣事,大多都是池晏的手下因笨手笨脚而闹出的乌龙。话音刚落,他们就听到一旁的灯光师在大声训斥助理:"不是让你提前检查灯箱了吗!"

对方一脸蒙:"啊?灯箱是什么?"

陈松虞说:"你看。"

尤应梦"扑哧"一声笑了出来。这笑容尤其动人,令她整个人都变得生动起来,陈松虞顿时感到如释重负。笑过之后,尤应梦说:"看来你和Chase的合作很愉快。"

陈松虞不知道她为什么会突然得出这个结论:"哪里愉快了?他安排的人每天都在给我捣乱。"

尤应梦弯了弯嘴角:"但他至少还有这份心。你知道吗?当初第一次见你的时候,荣吕以为你们也是……那种关系。他还觉得很奇怪,现在竟然还有这种不怕麻烦的男人,投资电影为讨女朋友的欢心。"

"我们不是这种关系。"

"我知道。"

"好像在这些人眼里,男人和女人之间只会有一种关系。"陈松虞轻嗤道,"他们迟早要为自己看不起女人付出代价——但你也不用对Chase有什么滤镜。"

她微微一笑:"毕竟他和你丈夫看起来很有共同语言。"

尤应梦却轻轻摇了摇头:"我知道你在想什么。但说到底,他还是和那些人不一样——否则,你们不会一起拍电影,是吗?"

陈松虞的心口仿佛被人撞了一下似的,她有种未知的不安与迫切。但她最终只是淡淡地笑了笑:"走一步看一步罢了。"

这两天池晏并没有出现在陈松虞面前,但她身边的人似乎都记着他,总是提起他,时不时说些关于他的好听的话。仿佛一夜之间,所有人都变成了池晏派来的说客。

他的手,总不可能伸得这么长吧?

之后重新拍这场戏的时候,一切都很完美,除了一点。

尤应梦这次是严格地按照剧本演,没有再念错一句台词。张喆在旁边啧啧称奇:"尤老师好厉害,每场戏演得完全不一样,但是都演得这么好。"

陈松虞却摇了摇头。在她看来,还是之前即兴发挥的效果最好。但她也很难再请求对方重新将那句台词说一遍,这似乎太过残忍。

拍完这场戏已经很晚,众人都累得不行,制片组的人拎着大盒小盒的食物过来:"Chase老师听说今天加班拍戏,辛苦各位了,特意买了夜宵犒劳大家。"

人群里发出了欢呼声,他们迫不及待地冲过来,打开食盒。有人兴奋地说:"老师这是大晚上请我们吃满汉全席啊⋯⋯"

食盒里装着色味俱全的八珍玉食。尽管是远道而来的外卖,但精致的摆盘没有半点受损,还冒着热气。

很快有人认出了这家餐厅,这是K星一家高档餐厅,不仅贵得令人咋舌,而且是出了名的有价无市。普通市民要想去吃,至少要等一个月才有位子。但此刻剧组人人有份，从主演、副导演到各位演员的助理，全部都有照顾到。所有人顿时一扫之前加班熬夜的疲惫，变得神采奕奕。

"这次熬夜也太值了吧！"

"制片人简直太好了！"

听着身边工作人员的感叹，陈松虞不禁扯了扯嘴角。显然他们并不知道，今天之所以会加班，就是因为池晏手下的人出了纰漏。但补救措施来得如此高效，比起司空见惯的加班，还是有价无市的高档夜宵更让人刻骨铭心。论起笼络人心，池晏果然是行家。

陈松虞盯着监视器，漫不经心地打开食盒——她从前去过这家餐厅，的确令人印象深刻，不过在她看来也不值得大家如此青睐。世人对口腹之欲的执迷一向令她感到费解，直到一股熟悉的鲜香传入鼻中。她微微一怔，低下头，发现盒子里装的并非那家高档餐厅的招牌菜，而是一碗热腾腾的砂锅粥。

吃完夜宵，所有人都变得精神抖擞，并以极高的效率完成了接下来的拍摄。陈松虞在一片欢呼声里宣告收工，但她自己的工作还没有结束。

一直到深夜，陈松虞还窝在酒店房间里剪片子，越剪整个人却越清醒。她将视频定格在最后一个镜头，那是对准沈妄的特写。她心想，杨倚川凭借这场戏，足够在明年的电影节拿一个新人奖。

她没想到他会演得这么好。有一瞬间，她甚至觉得自己通过杨倚川看到了另一个人，看到了另一个鲜活的灵魂。

沈妄像是从尸山火海里爬出来的恶鬼。他如此年轻，掌心却像开出了一丛丛热烈的、火红的曼珠沙华。突然间，她感到口干舌燥，迫切地想要一杯冰水来压下舌尖的燥热。

陈松虞转头看了一眼桌上的时钟，现在已经是凌晨一点半，但她感觉不到丝毫困倦。这场戏彻底点燃了她。她轻轻推开卧室的门，打算去厨房倒一杯水。

外面很安静，客厅里还透出一点幽光。她的脚步一转，鬼使神差地走了过去。客厅的沙发上坐着一个男人，投影的幽光照亮了他那张英俊而成熟的脸庞。池晏转过头，摘掉了蓝牙耳机，对她微微一笑："还没睡吗？"

陈松虞一怔,还真是杀她个措手不及。他们已经几天没有见面,她早就习惯了这间套房里无其他人,只有她自己。她没有想到他会突然回来,更没有想到跟他再一次见面时,竟然是这种情形。

"你在做什么?"她问。

"我睡不着,在看电影。"池晏说,"一起吗?"

他穿着一件黑色睡袍,投影的幽光照到他身上,令这个英俊的男人变得有些迷离。

陈松虞下意识地看向墙上的投影,那是她十九岁时拍的导演处女作——《基因迷恋》。

她扯了扯嘴角:"好啊。"她几乎没怎么犹豫就坐在了沙发上。

池晏微微一笑,按了重新播放键。

如果是在几天前,陈松虞都没有办法想象他们再一次见面时居然会心平气和地坐在一起看电影。她想,这一刻的池晏,给人的感觉好像很不同。或许因为他第一次没有穿西装,或许因为他们都在失眠,而人在深夜总是不设防。

客厅里的灯关了,投影仪变幻的光线将桌上一堆啤酒瓶的影子斜斜地打到了地面上,像一排斑驳的树影。大概因为客厅里无法抽烟,池晏才改成了喝酒。他一瓶一瓶往下灌,好像根本不会醉。

这还真是个集坏习惯于一身的人,但他是个很好的观众。

陈松虞原本以为,像池晏这样的人,看这种电影,过十分钟就会不耐烦。没想到他始终认真地坐在沙发上,心无旁骛地盯着投影,甚至连坐姿都没有怎么变化过。

陈松虞最初为这部影片定名的时候,当然不无反讽,因为影片的核心剧情是讲两个基因匹配度不合格的人如何坠入爱河。

故事的开始是一个颇为炫技的长镜头。镜头追随女主角陈燕溪——一个生物系的女大学生,穿过阳光明媚的走廊,进入教室。午后的阳光晒得她昏昏欲睡,教授在讲台上讲的长篇大论也慢慢变成了她的催眠曲。

"基因检测技术最早被运用于基因疾病的预防和治疗。通过筛查特定的基因组合,就可以有效根除遗传病,并避免99%以上的基因缺陷。随着基因序列库的建立和完善,基因科学家们开始将这项生物技术进一步运用到伴侣选择上。

"本世纪以来,根据《帝国婚姻法》条例规定,所有成年公民在结婚前每年都必须进行基因匹配测试。《帝国婚姻法》禁止基因匹配度低于60%的伴侣结婚,并且……"

半梦半醒之间,陈燕溪突然听到教授高喊自己的名字:"陈燕溪!请回答一下这个问题。"

她立刻惊醒了,不情不愿地撑直了身体,教室里其他人的目光都汇聚在她的身上。不幸的是,教授刚才讲了什么她根本一个字都没有听,更不知道该如何作答。

突然间,一张纸条被递到她面前。纸条上字迹工整,甚至可以说是娟秀。她下意识地念出了上面的答案:"基因匹配的原理——从生物学的角度来看,两名异性个体之间的基因相似性……"

"匹配度越高。"

教授满意地点了点头。

陈燕溪如释重负,感激地看了对方一眼,却撞上了一双温和的、含情脉脉的眼睛。那个男孩害羞地对她笑了笑。这就是陈燕溪和男朋友的开始。与基因无关,只与对方的一时善意有关。

然而这并不是一个甜蜜的爱情故事,在短暂的校园生活之后,影片的基调就变得严肃、冷酷而愤怒。毕业后的陈燕溪想要与男朋友修成正果,但他们是自由恋爱的情侣,彼此的名字甚至没有出现在对方的基因检测报告上——这说明从生物学的角度而言,他们彻头彻尾地不适合。于是,他们无法得到《帝国婚姻法》的认可。

好友苦口婆心地规劝她:"你知道有个词叫crush(迷恋)吗?就算你现在爱他,这也不过是一次crush,是你的大脑分泌的苯基乙胺激素在欺骗你。一旦激情退却呢?你会发现,他不是最适合你的那个人。大多数自由恋爱的人,最后都是这样分手的。"

自由恋爱——这是相对于基因匹配的反义词。这个年代当然还有人自由恋爱,但大多数也只是因为他们还没有找到合适的匹配对象,想要消遣寂寞,玩

253

玩而已。

陈燕溪冷笑一声："是我迷恋他，还是你们太迷恋基因？"

"基因匹配，是进化的体现。"好友作为昔日的生物系年级第一，在陈燕溪面前信誓旦旦地说，"一个人喜欢什么人，适合什么人，会对怎样的人产生欲望，这些东西早已写在自己的 DNA 里。"

"那么后天环境呢？它对人的影响就不重要了吗？"

好友摇了摇头，同情地看着她："你再这样说下去，我简直要怀疑你是不是生物系的学生。你知道的，帝国一向是唯出身论。这些外在的东西……就像我说的，都只是一时令人着迷。你这么说，让我觉得人跟低等动物没有任何区别。"

但也正因为帝国对基因的吹捧，他们这些生物系的学生才会如此吃香。

陈燕溪本来也可以找一个完美的工作，最终却放弃唾手可得的前程，和男朋友私奔到某个遥远的星系，远离世人对基因的崇拜与迷恋。

影片的收尾仍然是一个长镜头。两人手牵着手，在空旷的街头亡命狂奔，一直跑向机场。像两只蜜蜂在巨大的玻璃房中寻找出路，即使撞得头破血流也不肯停止。电影的配音里甚至没有他们脱力的喘息声，这两个瘦小的身影就被淹没在都市的繁华之中。在这个十字路口，巨大的广告屏里上演着循环往复的甜蜜戏码，街道上人声鼎沸，车水马龙。他们都不知道未来会如何，但至少在这一刻，他们是幸福的。

短暂的黑屏之后，画面中开始走片尾字幕。

池晏侧过头，发现陈松虞低着头，极其专注地在手机上写着什么，他问："你在做什么？"

"记笔记。"她头也不抬地说，"我从来不看自己从前拍的电影。但现在看了，复盘一次，会有很多收获。"

池晏挑眉："收获？"这出乎他的意料。陈小姐看了这样一部令人心潮澎湃的爱情片，居然根本不为所动。唯一的反应，竟然只是反思和学习。

陈松虞说："这部电影在拍摄技巧上有很多瑕疵，炫技也炫得很生硬。尤其这几个长镜头的运用，其实可以有更自然的表达方式……"

她说得很认真，用词也越来越专业，完全不在乎自己的听众是个对电影一无所知的门外汉。

池晏微笑地听着，没有丝毫不耐烦。他并没有发现，此刻自己的神情有多么温和。过了片刻，他又问："你为什么要拍这部电影呢？"

陈松虞手指一顿，立刻停止了自己的长篇大论。手机屏幕的光线照着她沉静的脸，她的长睫微微颤动。片刻之后，她才缓缓地说："为了探讨基因匹配与爱情之间的必然联系。"

她在撒谎。真相是，她只是想在电影里让自己的母亲能拥有另一种人生，所以女主角被设定成了生物系女学生。遗憾的是，母亲并没有机会看到这部电影。

池晏轻笑一声："是我的错觉吗，陈小姐？你好像对基因这个话题，格外执着。"

"我拍的是爱情片。"陈松虞的语气变得有一点不自然，"在这个年代，要拍爱情片，就绕不过基因。"

"好吧，你说得很有道理。"

陈松虞从沙发上站了起来。

"不看了？"池晏靠在沙发背上，摇晃着啤酒瓶。

"不看了。"陈松虞并不想继续这个话题，况且自己本来就不是想来看电影的。一部电影看完，她都没有喝一口水。她感觉自己的喉咙里简直火烧火燎。

她走进餐厅，从橱柜里拿出一个干净的水杯。

她把瓶口稍倾，打开水龙头。"哗啦啦"的水声，似乎已经能稍微缓解舌尖的干渴感。然而她弯腰的一瞬间，突然身体一僵，好像被某种毛骨悚然的直觉驱使。身后有一道黑影像行动迅猛的巨蟒，偷袭过来，紧紧地缠住她。

厚实的胸膛抵住陈松虞的后背，温热的气息喷在她后颈上，熟悉的烟草味顿时将她包裹起来，似乎还裹挟着一种……蜂蜜的甜香。

这气息让人感到头晕目眩，仿佛在狭窄而黑暗的厨房里，制造出了一种耳鬓厮磨的错觉。

陈松虞的舌尖不由自主地舔了舔唇。难以形容的干渴从身体里往上涌，她太需要一杯水了。

"哐。"陈松虞的手一松,水杯掉进水槽里,发出清脆的声响。她被这声音惊醒,冷笑一声,本能地把手肘向后一顶,毫不留情。

"呵。"池晏低笑着,灵巧地侧身躲开了。同时,他的另一只手越过陈松虞的头顶,打开了冰箱门。

"我拿啤酒。"他说。

真是拙劣的理由。

池晏停顿片刻,又故意问道:"你要吗?"

"我不喝酒。"

"也许你该偶尔尝试一下。"

"不必了。"陈松虞生硬地拒绝道。她将杯子捡起来,用毛巾擦干净,顺便洗了手。之后才转过身,纤细的手指捧住水杯,以一种看似从容的姿态,将它凑到唇边。

清凉的液体到了嘴里,让她恢复了些许理智。她想起池晏方才的举动,讥诮地勾了勾唇,故意道:"不过,你的确应该多喝一点酒。不是失眠嘛,也许喝醉了,就能睡着了。"

"很不幸,我从来没有醉过。"池晏对她微微一笑。

"的确很不幸。"陈松虞转过身,半倚在水槽边,睨他一眼。

这个开放式厨房正对着客厅的投影,投影的画面暂停在演职员表上,屏幕上赫然是一行大字。

导演:陈松虞

"所以呢?难道看我的电影就很催眠?"她说。

池晏顺着她的目光,也看了看投影的方向,但他没说话,转回头,笑了笑,突然将啤酒瓶盖递到唇边,低头轻轻一咬。

"噗",瓶盖开了。一圈雪白的泡沫如浪花一般涌了出来,顺着古铜色的手臂往下滑。他毫不在意地举起酒瓶,向她遥遥示意。

"Cheers。"池晏仰头将半瓶啤酒灌下去。

客厅里微弱的光线,将他修长的脖子和突出的喉结照得很分明。啤酒瓶底的蒸汽凝结成水珠,往下滑落。滑过他蜜色的胸膛那紧实健硕的肌肉,消失在衣领深处。

陈松虞掩饰性地喝了几口水,差一点呛到,接着她看到池晏低下头,目不转睛地看着自己。黑暗中,她觉得对方这双狭长的眼睛简直像兽一般亮得惊人。

陈松虞呼吸一滞,想到方才这个男人咬开瓶盖的样子。那洁白的、尖尖的牙齿,带着摄人心魄的力道,恨不得将自己的猎物拆吃入腹。

"不,看这部电影……"池晏微微勾起嘴角,"只是想要更了解你。"

或许对一个女人而言,在一段亲密关系里觉得最动人的瞬间之一,就是听到男人对自己说"我想要了解你"。因为在更多时候,她只会听到对方说"我想要你"。

句子的主语是"我",听起来太霸道,完全是男人对女人的索取。这背后是原始的、以掠夺为目的的、占有性强的关系。但是,"了解你"这样的用词,总能让人心里一软。这意味着他们之间的关系,已经从荷尔蒙之间的原始吸引,上升到了另一个阶段。他对她的好奇,超越了性别,超越了雄性的征服欲,变成了某种更深刻的东西。

陈松虞看着池晏,她当然听得出此刻他在蓄意撩拨。原来这低沉的声音,既可以像锋利的刀刃让人感到危险,也能够像深夜里的大提琴声令人沉迷。她扯了扯嘴角:"我该回去睡觉了。"

她转身又倒了一杯水,端着水杯往外走。

"晚安。"池晏在她身后懒洋洋地说。

陈松虞没有回答,她又听到了"哐啷哐啷"的酒瓶相碰的响声。当透明的水蒸气与啤酒的白沫混合在一起时,就产生了奇怪的化学反应。像酣畅淋漓的夏夜,令人微醺。

池晏从冰箱里拿出了新的啤酒,他拖着步子,慢吞吞地走回客厅。而陈松虞已经走到卧室门前。

池晏突然道:"再推荐一部电影如何?"

仿佛是隐晦的邀请……或者挽留。陈松虞看了一眼客厅里的时钟:"两点半了。"

"我睡不着。"

257

"那你不如看一部老电影,名字叫作《美国往事》。"

池晏挑眉:"你很喜欢吗?"

"倒也谈不上喜欢,只是这部电影的片长有四个小时,看完正好天亮,你就可以去工作了。"

四个小时。这样的片长对于绝大部分当代人来说,简直是难以忍受的。

池晏哈哈大笑起来,笑得胸腔发震。他说:"我真喜欢和你聊天,陈小姐。"

陈松虞背对着池晏,心脏微微一跳。这低哑的、含笑的声音,又令她莫名地想到月光下的白色窗纱,随着微风若隐若现,像是心中看不见的浪潮。

接着她又想到了一幅画面,晨光熹微,那起伏的窗纱旁的阳台上,满地都是烟头。大脑里仿佛有一根紧绷的弦被弹了一下,她问:"你失眠很久了吗?"

"有一段时间了。"

轻描淡写的口吻,不足以取信于陈松虞。她联想到从前这个男人的深夜来电,得出一个显而易见的结论:他应该被失眠困扰很久了。

她又问:"有没有考虑过看医生?"

池晏笑道:"又是对同事的关心?"

"当然了。"

"你还真是个有责任心的好导演。"

陈松虞微微蹙眉:"我随口一说。如果你觉得我太小题大做,那就算了。"

她向前几步,空着的那只手伸向了卧室的门,手掌平摊,触发指纹解锁。却只听到了"嘀"的一声。解锁失败。

"咦?"她下意识地低头看了看。

掌心是微湿的,或许因为沾上了玻璃杯的水蒸气,所以才会识别失败。但她还没来得及做什么,一道巨大的影子就又紧紧地缠住了她——她都不知道池晏是什么时候站在自己身后的。一只骨节分明的大手,无声地从她的后腰旁绕了过来。

她再一次闻到那蜂蜜的香气,混合着淡淡的烟草气息。甜蜜与苦涩,如此矛盾的味道竟然会出现在一个人身上。她微恼,做好了再一次还击的准备。但等待了片刻，背后始终没动静。

她不禁一怔，然后发现池晏这一次什么都没有做——同样的招数，用多了，也会让人觉得腻。他只是将一块崭新的手帕放在了她微湿的掌心，绅士得难以想象。

"谢谢。"陈松虞生硬地说。

"不客气。"

陈松虞莫名地心软了："也许你该试试褪黑素？助眠喷雾？ASMR（自发性知觉经络反应）？——我还可以为你推荐一位很好的心理医生，VR辅导就行，不需要见面。"

拍电影是创作类型的工作，精神压力很大，几乎每个导演都有那么几个惯用的心理医生。

"心理医生？"池晏仍站在她身后，轻轻道，"不用这么麻烦的。可以唱一首歌给我听吗？"

陈松虞转过身，仰头看着他。

池晏站在她面前，俯身看着她。他鸦羽般的睫毛低垂，遮住狭长的双眼，黑色睡袍也被照出一种水波般的流动与轻盈之感。这画面俨然一部奢侈品牌的香水广告片，空气里的荷尔蒙气息足够让人脸红心跳。

"我想，这样就足够了。"他继续道。

陈松虞攥着手帕，真丝柔软的质感，像一团云在亲吻自己的掌心。她突然意识到，假如这个男人愿意好好地说话，用这样恳切的口吻，根本没有人可以拒绝他。

阳台还算宽敞，能够容纳两个人。星空之下，两把藤椅紧紧地靠在一起，宛如交缠的藤蔓，密不可分。

池晏并没有坐在藤椅上，而是倚在阳台外侧，面对着陈松虞，胸前抱着一把吉他。他低头，神情淡淡地拨弦、扫弦。

陈松虞从来没有想过池晏居然会弹奏乐器，毕竟"艺术"看起来好像与这个男人无关。池晏又一次打破了她对他的认知，他既然可以是专注的观众，当然也可以是……虔诚的吉他手。

259

清澈而悠长的旋律，从修长的指尖往外流淌。

池晏的手指比陈松虞想象中的更灵活，指法也异常娴熟，仿佛这天生就是一双弹吉他的手。从他的手指落在弦上的那一刻起，他就已经不再是她所认识的那个池晏。

然而他究竟是谁，她也说不清。

夜幕的轻纱之下，月光勾勒出这个男人颀长的身形，这支曲子想必对他而言早已烂熟于心，它的旋律格外沉静而温柔。似乎有某种无法形容的情绪从他的指尖绽开，像下坠的流星，像一场流动的、模糊的、连绵的梦。

一曲结束，他们仿佛还深深地沉浸在其中。

良久之后，陈松虞才轻声问："你怎么会弹吉他？"

"只会弹这一首。"池晏又恢复了懒洋洋的姿态，手指缓缓地摩挲着吉他表面，"从前有人喜欢，故意学给她听的。"

"噢，难怪。"

"不问我是谁喜欢吗？"

"比起这个，我更想知道，你方才弹的那支曲子叫什么名字？"

"不愧是你。"池晏嗤笑一声，但还是告诉了她答案，"《流行的云》，这支曲子叫作《流行的云》。"

"好，我记住了。"陈松虞若有所思地说。她莫名地觉得，这支曲子很适合自己正在拍摄的电影。

她的目光无意识地落在池晏的手上。月光淡淡地拂过那双指节分明的手，她清楚地看到他的指尖沁出了一层汗珠。她忍不住问道："学吉他难吗？"

"难？"池晏重复道。

他想到童年时，矮小的自己坐在狭窄的房间里，抱着一把笨重的旧吉他，对着一个旧视频一遍遍地演奏。他并没有什么音乐天赋，很快就弹到手指红肿、流血，被磨出了厚厚的茧。

他对陈松虞微微一笑："也不是很难。如果你想学，我可以教你。"

"你不是只会这一首吗？"陈松虞不禁一哂。

"就教这一首。"他的声音是如此笃定，像咒语，像古老的乐章，隐含着某种难言的蛊惑。

但陈松虞还是狠下心来说:"以后有机会再说。"

池晏仍然神情自然,好像预料到自己会被拒绝一样,他挑眉道:"那么轮到你了。"

陈松虞不禁失笑,见识过池晏的音乐天赋之后,不知道为什么,她突然有一点怯场。

"你确定?我一向没什么音乐天赋,可能随便哼一下就走调了。"

"没关系。"

池晏看着陈松虞,眼神里罕见地……有一丝迫切:"我想听你的声音。"

陈松虞仿佛从他这双眼里,看到深夜里贫民窟尽头的海,黑暗、幽静,有着破碎的光。

不知为何,刚才重温的那部电影一时之间又涌上了她的心头。她回忆起其中的一句台词:受基因影响,人们尤其会被伴侣的某一特质吸引。这特质可能是眼睛,可能是头发,还可能是气味……

而池晏,喜欢她的声音。

陈松虞唱歌的声线很澄澈,让人想到喷气飞机划过天空时,总会留下一道白烟。这声音很温柔,也很自由。

"The clouds in Camarillo.Shimmer with a light that's so unreal."她唱的是一支对池晏来说全然陌生的歌曲。

旋律很简单,有种童谣一般的轻快,但是在不断重复之中,意外地产生了一种和谐而宁静的美感。

开口之后,陈松虞内心的忐忑就全部消失了。她第一次发现,原来唱歌竟然是一件如此解压的事情。一切混乱的、未知的情绪都随着旋律倾泻而出,慢慢地融化在漫天的星光里。

池晏定定地看着她。这一幕曾无数次出现在他的想象里,出现在每一个辗转反侧的深夜。但当它真正发生时,他才明白,原来所有的想象都如此苍白。

陈小姐坐在藤椅上,沐浴在氤氲的月色里,轻声唱着一支陌生的歌谣。她背后的天空漆黑一片,像一块严严实实的、黑暗的幕布。黑暗,本是池晏最熟悉的颜色。但这一刻,他仿佛从陈松虞和她低回婉转的声音里看到了很多东西。日光,蔚蓝的天空,无形的风,上升时破碎的、五颜六色的泡沫。

突然间,他的手指几乎是无意识地拨动了琴弦。一个不可思议却无比真切的想法出现了——他想要为她伴奏。

第一个音当然是艰涩的——这远比弹奏《流行的云》更困难。毕竟他从来没有学过别的曲子。

奇怪的是,随着他继续往下弹,一切陌生感都消失了。或许因为陈松虞的声音在温柔地指引着他,令旋律都不由自主地从他指尖往外涌动;或许因为他们天生就有种难言的默契,好像能共享记忆、灵感、情绪。所有她熟悉的东西,他都不感到陌生。

听到清脆的吉他声响起时,陈松虞也吃了一惊。她下意识地看了池晏一眼,见他抱着吉他,颤动的长睫在下眼睑打出一圈扇子般的阴影。他的神情仿佛比刚才弹奏那首故曲时还要专注。

陈松虞不禁微笑起来,继续唱下去,像是鼓励: "I think my spirit will be happier with the stars in outer space."。

吉他的演奏起先是生涩的,像第一次跳舞的年轻人在星空下笨拙地转着圈圈。但很快它就变得流畅而自然,完美地融入了她的清唱里。好像在看不见的地方,有一根藤蔓攀附着另一根藤蔓,它们渐渐交缠,合成一棵通天大树,一路伸向云端。

一曲结束,他们本该就此告别。不知为何,两人都还恋恋不舍地待在阳台上,心照不宣。陈松虞仰头望着天空,只觉得这一刻身心的放松,甚至比任何一场甜梦都更让人感到慰藉。池晏站直身体,将吉他放在一边,坐在了她身边的藤椅上。

两人的手肘微妙地碰到。陈松虞再一次闻到他身上那股蜂蜜般的香甜气息,这一次她辨认出其中应该还夹杂着某种沐浴后的清香。她不禁古怪地看了池晏一眼,使用这样的沐浴液,似乎与这个男人的风格完全相悖。

她的眼神直直地撞进了池晏的眼里,池晏含着笑,目光灼灼地看着她。好像有电流从彼此眼中划过,这一刻她竟然觉得慌乱——仿佛自己方才见到的漫天星辰都藏在面前这双眼睛里。

"这首歌叫什么?"池晏问。

"The Clouds In Camarillo."陈松虞说,"因为你之前弹的《流行的云》,

我就突然想到了它。"

池晏不禁失笑:"这听起来是一首会让人快乐的歌。"

"恰恰相反,这首歌很悲伤。"

"嗯?"

"这是个很长的故事。"

"我们有很多时间。"

陈松虞扯了扯嘴角,放松地将后脑勺枕在藤椅上,拿起水杯抿了一口:"这首歌是乐队的主唱写给他母亲的——更准确地来说,是他以母亲的名义写的。在他两岁的时候,母亲就被送进了一家位于 Camarillo 的精神病院。九年后,她在那里结束了自己的生命。

"在他的想象里,这是母亲透过精神病院的窗户看到外面的云的时候,想要对儿子说的话。

"很悲伤,对吧?但是也很……美。"陈松虞望着天空,喃喃道。

她并没有注意到,池晏在听到"母亲"二字的时候,神情就已经很不同。仿佛有种温情脉脉的气氛,随着这两个字而烟消云散。他伸了伸腿,用脚尖轻轻碰了碰旁边的吉他,像一只受伤的动物,下意识地抚摸陈年的伤口。

他转身背对着陈松虞,点了一根烟,苦涩的烟草味道在空气中蔓延开,冲淡了薄雾般的甜香。

"美?我不觉得。"池晏吐出一口烟圈。

"为什么?"

"他很可悲。他只是幻想着母亲对自己的爱,但实际上,他被她抛弃了。"

陈松虞注意到他声音里突然涌动的锋芒,不禁抬眸看他。隔着袅袅烟雾,那张英俊的脸变得模糊。她摇了摇头:"我相信她一定是爱他的。"

池晏轻嗤一声:"如果她还对自己的儿子抱有任何感情,就不会抛下他自杀。"

陈松虞温和地说:"这样说实在太严苛了,她是母亲,同时也是一个病人。她的爱只有那么多,都给了自己的儿子。

"你看,这个世界上总有人出于各种各样的原因……小心翼翼地想去爱别人，却由于带着一身尖锐的棱角，越想去爱，反而越会伤害到对方。

"真正的悲剧在于，从来没有人教导过她，究竟怎样才是正确的爱的方式。这个世界没有给过她这样的机会。"

陈松虞想，她明明没有喝酒，但不知道为什么，今夜的话比平时多了许多。

池晏坐在她身边，陷入沉默。假如不是烟头的火星还在微弱地闪着，陈松虞甚至要疑心对方已经不耐烦听自己的长篇大论而睡着了。

烟灰落了满地。她听到池晏轻声问自己："那你觉得他……还有机会吗？"

"当然。"陈松虞说，"每个人都有爱与被爱的权利。"

"是吗？"池晏轻笑一声，扔掉了烟蒂，站起身，走到陈松虞面前。

一个高大的阴影挡住了陈松虞的视线。她看不到天空，看不到浮动的云，看不到月亮，只看得到他。

奇怪的是，这一刻她的身体仍然是放松的。她感受不到任何危险，即使他们已经如此靠近。

她只是静静地坐在原地，看着这昔日最疯狂的掠夺者向自己弯下腰来。

池晏什么都没有做，只是轻轻吻了吻她的手指，说："谢谢你。晚安。"

后半夜，池晏罕见地做了一个梦。醒来时，他发现自己大汗淋漓，身下的白床单也满是来回翻身留下的褶痕。

但究竟梦到了什么，他回忆不起来，脑海里一片模糊。

他有种直觉，那是很重要的事情，于是他反复地在大脑里搜寻。但混乱的记忆里，最终只剩下昨夜睡前，他与陈小姐站在阳台上的情形。这场景倒是每一秒钟都让人记忆犹新。

他还记得她的笑容，这似乎是认识她这么久以来，她第一次对自己露出如此真诚的笑。那一刻她的眉眼是那般熠熠生辉，比月光还耀眼，比最烈性的酒还要让人沉迷。

这令此刻的池晏也露出一点笑意。

他庆幸自己做了如此正确的决定。一开始他拿出那把吉他，不过是为了投其所好。当她微笑着看着他的时候，他却发现，这的确是他想要的生活。如此平静，如此慵懒而放松。他不需要扮演任何人，不需要殚精竭虑地去说谎、去掠夺。

只可惜长夜终有尽时，又是新的一天。他望着窗外的天光，反反复复地回忆着昨夜的事情，最后，他打开手机，发出了一条消息：重新查一下陈松虞的基因报告。